ニボアンヌ

ニボアンヌ

上島周子

水声社

一月十五日

世界一周すごろくゲームのコマでいうと、スタートの東京近郊から、チョンチョン、ピョ――ンと来て、三時間前、シャルル・ドゴールに着いたところ。

パリは今年に入ってから、あっと驚くような大雪でしょう？　それで空港からパリ市内までのタクシーは、シャーベット状の雪道にえらく手こずって、タイヤをシャーシャー滑走させながら、やっとの思いで、裏モンマルトルの無星ホテルまで辿り着いたの。

一月のパリはお初で、まるでユトリロの描いたようなモンマルトルの雪景色にはとっても詩的な感動があるし、記念すべき此度フランス滞在の第一日目を、清潔で暖かいホテルのカフェで、心ゆくまで日記帳に認めるつもりだったんだけど、全部おじゃんね。急に事情が変わって、今日は長い感動的な日記が書けなくなったの。なぜなら、

一、ホテルにはカフェがなかったので、

二、一番近い表通りの角のカフェに来たんだけど、

三、どうにもこうにも！　せっかく降りた飛行機に再び乗り込んだみたいに、要するにエコノミーシートで鍛

えてなきゃあ耐え難いような窮屈！　騒々しさ！　煙たさ！　そいでもって、あたしとテーブルを分け合ってるこのカップルの、食べ過ぎ、飲み過ぎ、太り過ぎ、喋り過ぎったら！
四、かといって、ホテルは、部屋もろとも、とにかくホテルすべてが――あたしがいままでに泊まったホテルのなかで最も悪夢的！　汚物的！　これからあの部屋に戻って朝までじっとしてなくちゃならないなんて、考えただけでも泣きたくなるよな――正真正銘のマイナス五つ星なん―だ―か―ら！
五、そういうことで、今日は書くことがなくなったの。
六、ホテルの悪さについちゃあ、無論これ以上触れたかないんだけど、
七、これだけは書いとこう。
八、あたしは今夜、澱んだ冷気の充満したダンボール製ホテルの箱部屋に帰り、俗悪な垢の臭いのする、ボロ雑巾でこさえた毛布に包まる、いえ、包まらないだろう。が、少なくとも下半身を包むだろう。雪だというのに、暖房がないから。そして夜が明けるまで、凍える塩ダラのように、萎えたまま、沈黙を被り、硬直するだろう。
あぁ～、疲れた。

一月十六日
今、朝いちでお茶してるの。もちろん昨夜のカフェじゃなくて、ちゃんとしたナントカ通りにある、清潔で暖かいカフェで。
ここで、ゆうべのことなんか思い出すのも嫌なんだけど、やっぱり書いておくことにしたの。だってこのままなかったことにするには、あまりにも酷過ぎる部屋よ。本当は日記の初日っくらい、パリの、パリらしい、素敵な話で飾りたかったけど、実際にはパリの、パリらしい、不潔な話を書くことになっちゃった。
まず、ゆうべあたしは予言どおり、雑菌の異常繁殖した、ダンボールの冷蔵室で塩づけになって、二、三時間

は睡魔に救われたけど、あとの五、六時間は天井にぶら下ってるボロ雑巾の神――そう、あのベロンと剥がれ落ちてきてる雨染みだらけの天井の一部をみつめながら、ひたすら朝になるのを待ってたの。グリム童話、覚えてる？　あの、悪い魔法使いに呪いをかけられたカエルが心を失ってバカに――文学的に言えば、我失茫然に――なっちゃう話。あれを実際に体験したの。だけどあたしはカエルほどバカじゃあないから、時々築地の冷凍マグロから漂ってくるようなサブ～イ隙間風や、ベニヤ板一枚隔てた隣室で規則的に勃発する殺人事件ばりの騒音――ドッタンバッタン！　ガタガタガタ！　ヒッ！　キーキー！　ドッシン！　ウエックショ――ン！　ブッホ！　ブッホ！　ハッハッハッハ！　ズボッ！　ブスッ！　ヒックヒック！　RRRR！　カランカランカラン、ジャ――――！　で我に返る度に、まこと灰色不透明な気持ちになって――あの、言い知れんやりきれなさを紛らわすために、あるだけの梅干し飴を全部しゃぶっちゃったの。

それにしてもあたし、近日中に、あんな最低なホテルを「当社推薦ホテル」なんていって掲載してる旅行ガイドの出版社に、苦情の手紙を出すつもり。早ければ今日の夕方、アグネスが尋ねてくるかもしれないのに、あんな不潔で寒い部屋にはとても通せないじゃないの。そして世話好きでお節介なアグネスのことだから、即ホテル探しに奔走して、そうなったらまたごちゃごちゃしたことになるんだわよ。そりゃあ、あたしだって、せっかくのパリなんだから、ちゃんとしたフツウのホテルに泊まんなくっちゃウソだって思うけど、今度ばかりはただのお遊びとは違う、タイヘンな荷物でしょう？　だもんで、あの大荷物を移動させる苦労を考えると、エクサンプロバンスに着いて、そして無事に滞在場所が決まるまでは、極力ごちゃごちゃ動きまわらない方がいいと思うの。だいたい三日間のパリなんてすぐに終わっちゃうんだから、予定外のだるごとにかまけてる時間なんて、至極もったいないじゃないの。

それにしてもすごい雪ね。ククッ、こっちの人は雪に慣れてないから、転び方がとても無様なの。ここからこうしてカフェオレを啜りながら通り過ぎていく人を眺めてると、ちょうど窓の枠の中の空間で、へっぴり腰大会でもやってるみたいで、ククク、この《パリの街角劇場》でカフェオレが何杯でもおかわりできそうなの。あたしも転んで怪我しないように、これから雪用のしっかりしたブーツ——斜め前の靴屋を見てごらんよ、あそこにちょっと気の利いたブーツが赤札で並んでるよ——を買って、それで夕方までブラブラするつもり。こうして見ると、やっぱりパリは、夏よりも冬の方が、雪がとっても似合うの。

　雪のパリに来れて、あたしホントによかったな。

一月十七日

きのうの夕方、アグネスは来れなくて、代わりに今朝八時にあたしを迎えにきて、一緒にアグネスの実家に行ったの。待ち合わせはホテルの前だったんだけど、あまりの粗末さに、怖いもの見たさの好奇心に駆られて、ボロ雑巾の神に手繰り寄せられるまま、今にも足がズボッといきそうな、幽霊屋敷もびっくりの、ギィギィいう木の螺旋階段を上っていっちゃったの。

　アグネスはもう二十年近くこのモンマルトルに住んでいて、知らないところはないはずだったのに、こんな裏道に、これほど薄暗くって汚らしいホテルがあったなんて、びっくりだってさ。そいであたしの部屋のある四階に辿り着くまでずうっと、ブツブツ言いっぱなしなの。つまりあたしがどういうホテルに泊まってるか、アグネスのお母さんのジャクリーヌが必ず訊ねるから、こんな幽霊屋敷に泊まってることは隠しといた方がいいっていうの。でないとこのジャクリーヌって人が、またアグネスに輪をかけて世話好きのお節介で心配性のしっかり者だから、残り一泊をどうするってまではしないとしても、パリじゅうの数あるホテルの中からよりによってこんなホテルを選んだあたしに、いろんなことを言いたくなるに違いないって。

　ジャクリーヌが喋りだしたら、アグネスに輪をかけてお喋りなの。去年の夏に会った時も、ご飯の間もお茶の間も、ずぅっと一人でペチャクチャペチャクチャ喋っていて、フランス語がチンプンカンプンなあたしは、それがベルナールの体に関する話題ってことしか理解できないから、取りあえずペチャクチャペチャクチャっていう内容にウイウイ言いながら頷いてたの。ベルナールってのはベルナール・エヴァン氏のことで、ジャクリーヌのご主人なんだけど、ヌーベルヴァーグって呼ばれてるフランス映画の新時代を築き上げたフランス映画美術における第一人者で、あたしのような世代の映画好きな人間なら百人に四、五十人は知ってるような、知る人ぞ知る人物なの。あたしがベルナールのやった映画を見たのは『地下鉄のザジ』が一番最初で、次にジャック・ドゥミの三部作『ローラ』『シェルブールの雨傘』『ロシュフォールの恋人たち』、『大人は判ってくれない』や『五時から七時までのクレオ』、その他たくさんの名画を手掛けた生粋の映画人なの。ナントの映画学校時代、ジャクリーヌと知りあって結婚したんだって。無論ジャクリーヌはジャクリーヌで、ジャクリーヌ・モローっていって、映画の衣装担当で、やっぱりヌーベルヴァーグっていう画期的な映画時代に欠かすことのできない逸材で、カンヌの映画祭では衣装部門でグランプリをもらったこともあるような経歴の人なの。要するにフランス映画の最も輝かしい時代に、フランス映画界で活躍してきたご夫婦なの。

ところが一九九二年の六月、ロシュフォール市が開催した『ロシュフォールの恋人たち』生誕二十五周年記念祭の直後、ベルナールは脳溢血で倒れちゃったの。それからというものは、車椅子のベルナールを、ジャクリーヌが献身的に面倒みて、普段は自宅から通院してるんだけど、十二カ月のうちの数カ月は遠い病院に入院しなきゃあならないっていうんで、そのために夏の間はパリ近郊のナントカへ、冬の間は大西洋側のモンフォールへ、二つの家を移動しながら暮らしてるの。人生ってわからないわねぇ。それで去年の七月初めて会った時に、そうした苦労話を始めたら、延々と終わらなくなっちゃったわけ。

どうして初対面のあたしにつくづくそんな身の上話ができるかっていうと、初対面でありながら初対面じゃあないからなの。あたしとベルナール夫妻が、ある時あたしの一通の手紙をきっかけに頻繁な手紙のやりとりをするようになってから、かれこれ二年が経つんだけど、二年間熱心に文通してたら、もうさんざん何から何まで書きあったり打ち明けあったりし尽くしちゃって、いまさら「はじめまして」もないって訳なの。それだからあたしたちがモンフォールの最寄りの長い名前の駅で初めてお互いを認めた時は、「何だかしばらくぶりに会った親戚同士のような気がするわねぇ」って言って、少しもぎくしゃくしないで、仰々しいことは抜きにしちゃったの。

——懐かしいな。あたしの最初の手紙——あれはねぇ、つまり二年前のことだけど、本屋で、『エスクァイア』って雑誌の表紙に《ヌーベルヴァーグ特集》ってあったから、暇つぶしに立ち読みしてたら、そこにベルナールのインタビューが載ってたのよねぇ。そいであたし、とっても驚いて！　っていうのも映画を語る人っていえば決まって俳優か監督で、美術とか衣装とか裏方の仕事の人がインタビューされるなんて本当に珍しいことでしょう？　だから写真入りのインタビューにとっても感激して、急いでそれを買って帰ったの。そして二日間くらいはベルナール・エヴァンって人の顔を、この人が手掛けた作品ひとつひとつと脳裏で照らし合わせては歓喜に浸ってたんだけど、三日目になったら、気持ちがムズムズしてきて、どうしてもファンレターが書きたくなったの。そこで『エスクァイア』の編集部に問い合わせて、最初はもろに渋ってた編集部の女の人に、「絶対に悪用したり、言いふらしたり、ベルナールさんに迷惑なことはしませんと誓いますから、どうか住所を教えて下さい」って頼み込んだら、「そういうことなら信用しましょう」って言ってファックスで送ってくれたの。『エスクァイア』の心ある女の一瞬の気の緩みがあたしとベルナール夫妻を結びつけてくれたの。

会ったことのないフランス人に手紙を書くってとても頭を使う仕事ね。まず紀伊國屋で『プチ・ロワイヤル仏和辞典』と『フランス語の手紙の書き方』って本を買って、次に鳩居堂でバラ売りの高級便箋五枚と封筒二枚、おっと万年筆のインクインク、最後に郵便局で歌舞伎の記念切手を買って、窓口でフランスまでの手紙料金を訊いたの。それから部屋に丸一日こもって、見よう見まねの精神を駆使して十枚ほどの下書きを書いたらそれを二枚の清書にして、本局のポストに入れたの。アーラヨコラヨな話でしょう？　でもさ、一晩寝たら、まさか一回きりのファンレターに怒る人間もいないだろうなって思い直してすっかり平常心に戻っちゃった。つまりあたしの中では、ベルナール・エヴァンを巡るファンレターの冒険はレターが手元を離れたら、そこで満足して、完結したわけね。

ファンレター、書いたことある？　まさに一人よがりの骨頂ね。だけどいったん書き出して一方的の味を占めたら、後はどんどん図々しくなって、どうにも止まらなくなっちゃうものなんだから。あたしも最初はほんの十行程で品よく済ませようと思ってたのに、いったん口を開けたら芋づるのごとくつらつら饒舌になっちゃって、十枚を二枚にまとめるために八枚の内容を削る作業では、主題を除いて、いったいどの部分を削るべきか迷いに迷っちゃった。主題ってもちろんロシュフォールのこと。

☆

ベルナールさん、あたしはあなたの『ロシュフォールの恋人たち』が大好きです。あの映画のとりこになって以来、いつか映画の舞台であるロシュフォールを訪ねてみたいと思ってました。そして日本にバブルが浸透し、当時の一般市民や学生にまで金満の余波が行き渡り、いよいよ崩壊が見えつつあった一九九二年の六月三日、とうとうロシュフォールを訪れる機会に恵まれました。……パリの郊外から友人の叔父さんの車を飛ばしていきました。小さな港町、中央広場、映画の舞台となっていたカフェ、オープニングの桟橋などが、すべて私の想像通り、映画で見たとおりの景色のまま残っていて、言葉に尽くせぬ感動がありました。まるで今にもミシェル・ルグランの音楽が聞こえてき、白い白い通りの向こうから、フランス人形のようなカトリーヌ・ドヌーブや太陽を思わせるジーン・ケリーの軽快なステップが始まるようでした。青く晴れたカフェテラスの奥のカウンターには美しいダニエル・ダリューが微笑んでいるような気がしました。

私たちはあのカフェでお茶をしました。何枚も写真を撮りました。するとお店のギャルソンが通りがかって「撮りましょうか？」と言ったので「このカフェは映画のままですね。とても感動しました」と言うと、「あなたがたは今日ここにいらしたのですか？　それは残念です。実はきのう、映画生誕二十五周年のお祭りがあって、この広場にカトリーヌ・ドヌーブをはじめ俳優やスタッフが集まったんです。華やかなお祭りでしたよ」！！！　この一日違いの運命の悪戯を、ジャック・ドゥミ的すれ違いと呼ばずに何と呼びませうか！　私をそれを聞くと、ひどく映画的な喪失感を感じました。一日早く着いていれば、夢のようなひと時と遭遇できたのに……それができないわけではなかったのに……なぜなら前日、私たちはパリで一日じゅう何の気なしにブラブラ過ごしていたのですから……。言われてみれば広場には金モールや色紙の細切れが風に舞い、仮設ステージを壊したような大小の板や柱が、広場の隅に立て掛けられていました。煌びやかなフィナーレを飾ったであろう色鮮やかな余韻は、まるできのうの夢から開放されたように、高い青空に散飛して、ザンネンの妖精に心を染めながらお茶を啜る私の耳元で「もうお祭りは終わったのよ」と囁いているようでした。翌日ロシュフォールを発ちましたが、数日後、いいえ十一年が経った今でも、あの時の心の風景、祭りのあとの物寂しげな雰囲気は、私の脳裏に残存しています。

あれから十一年が経ちました。そして今年、あなたが日本の『エスクァイア』という雑誌からインタビューを受け、その雑誌が先日、日本の本屋に並びました。私はあなたやジャクリーヌ・モロー自身の姿が雑誌に載ったことに衝撃的な嬉しさと驚きがありましたが、あなたがあのロシュフォールの祭りの十日後に脳溢血で大変なことになって、それ以降はいっさいの仕事を断念し、リハビリの生活を送っているという告白を読むと、胸が締めつけられるような強い哀しみと驚きでいっぱいになりました。

でもベルナールさん、私は希望を捨てません。決して短絡的に絶望を抱きません。奇跡が起こるとは思いませんが、私の母のように、医学的な可能性の未知数を超越したところで、ひょっとすると意外にも、思いがけなく良い方向へ向かうことがあるものです。母はあなたと同じ一九九二年の六月のある朝、リウマチのために突然体が動かなくなりましたが、現在は元気に暮らしています。だからベルナールさん、あなたも母と同じように希望を捨てずにいて欲しいのです。

どうか私と同じ気持ちのファンが、世界じゅうにいることを忘れないで下さい。そしてもう一度ベルナール・エヴァンの魔法にかかった、素敵な映画にお目にかかれることを、私をはじめ世界中のファンが切に切に願っています。

ベルナール・エヴァン・ジャクリーヌ・モロー夫妻へ。愛をこめて。

☆

二週間ほどがたって、フランス語の手紙の書き方をすっかり忘れた頃、ベルナールから返事が来たの。封筒の差し出し人のところにミミズが踊ってるような字で、Bナントカ、Eナントカと書いてあって、最初は信じられなかったけど、開けてみたら大きな無地の紙の一番上に、ロシュフォールのあの桟橋の絵が描いてあって、「オ手紙ヲアリガトウ」とか、「トテモ嬉シイ」とか、多分そんなことがゴニョゴニョと、ミミズが這いずり廻ったような字で数行書いてあったの。本当に何がきっかけで誰と知り合うものか、わからないものねぇ。

こういう経緯があってあたしはベルナール夫妻とその娘のアグネスと知り合ったの。そしてとっても密な手紙のやりとりが始まるんだけど、何がどうって、二度目の手紙からはとても『フランス語の手紙の書き方』と『プチ・ロワイヤル仏和辞典』だけじゃあ、あたしの言いたいことが全然書けやしないってことがわかったの。それで、最初の返事を書くのに、フランス語の文法の本を買い足したの。それにしてもフランス語って、パズルみたいに複雑な言語だわよ。だって男でも女でもないモノにも、とにかく万物に性別がついてるんだもの。それでそれを覚えない限り、何ひとつ物が言えないんだから。こういう複雑な言語を日常語にしてるからフランス人は、単純明快な物事を思いっきり複雑にしちゃうんだわよ。——まぁ、それでも、書く方はアンチョコ片手にどうとでも融通が利くでしょう？　だけど届いた手紙を読解するってのが、これが、とんでもない大仕事なの。ベルナールは手が不自由だから、いつもジャクリーヌの手紙の終わりにほんのオマジナイ程度、チョロンチョロンと書いてくるだけで助かるんだけど、そこまでのジャクリーヌの長い手紙が、それはもう容赦ないんだから！　あたしがフランス語のできない日本人だなんて意識がこれっぽっちもないんだから！　ボールペンの力強い筆勢でもって、表、裏、表、裏、びっしり三、四枚が、日本でいうところの崩し字で埋まってるんだから。あたしはまずこれを、何しろ裏返して見ないですむように、表面、裏面を全部別々にコピーして、それから文章の意味を解くより先に、崩し文字の分解作業をしなくちゃならないわけ。これがまったく骨でねぇ。母にルーペを借りたり、一八〇度回してみたり、「この文字知ってる？」上の大学生に訊ねてみたりしながら、一個一個正体を突きとめていくわけ。何がどうって、もう、このアルファベット文字の分解が、文章よりよっぽど厄介なの。――まぁ、まぁ、それでも、文字解きができれば、文章の方はアンチョコ片手にどうにかこうにか、どうしても解けない部分は想像と憶測に頼って迷訳粗訳できたでしょう？　だけどあたしがものすごい努力と時間を費やして、もらった返事に返事を書くと、息つく暇もなく、即！　返事が返ってくるんだもの！　一度なんかあたしが二カ月くらい怠けて返事しないでいたら、「返事が来ませんよ！」って催促のハガキが来て、あわてて机に向かったんだから！

あ――書いた書いた！　もうすぐ三時！

ここまで来れば、もうあと三時間ほどでこのマイナス五つ星ホテルとオサラバできるわよ。六時半にジャクリーヌが予約したタクシーに乗るために、六時過ぎにアグネスが部屋まで来てくれて、荷物を下までおろすのを手伝ってくれるの。それで一緒にパリのリヨン駅に行って、駅の中にある有名な古いカフェでしばしお別れのお茶をして、ＴＧＶの発車のベルが鳴ったら何度も抱擁をしながらメルシボクとオヴァを言って、いよいよ動き出したら窓越しに手を振るだけね。

それにしてもパリに親切な知り合いがいて、本当に助かったな。

アグネス、ありがとう。

一月十八日

エクサンプロバンスってところは街中噴水だらけなの。石の顔はみんな頬っぺたを膨らまして口から水をピューピュー出してるんだから、可笑しくって。

ゆうべ寝ない分TGVで寝ようと思ってたんだけど、エクサンプロバンスで目覚める自信がないから、眠らないように目をパックリ開けっ放しで三時間も堪えてたら、頭が痛くなっちゃった。でも駅に着いたら眠いどころの話じゃなかったの。だってホームに降りたら改札が見当たらなくって、駅の人に改札を尋ねたら「あっち」なんて平然と答えたけど、あっちってどっちなんだかだだっ広くてちっともわからないわけ。途方にくれて「ここはどこなんでしょう?」ってもう一度尋ねたら、今度はオツムの加減を案じてくれたようで「あんたどこに行きたいんだ? エクサンプロバンスかい? それなら駅とは離れてるからここからタクシーで行くんだよ。あぁ、荷物がすごいね。重たいんだね。ひとりじゃあ持てないんだね。よし、おじさんが手伝ってあげようね。学生さんかい? そうかい、そうかい。よっこらせ。しかし重たい荷物だね」急にやさしくなって、タクシー乗り場まで連れていってくれたの。それでタクシーで約五十分かかって本当のエクサンプロバンスに着いたの。

いま? ミラボー通りのカフェテラス。ホテルに荷物を置いて出てきたの。ホテルはようやくちゃんとした、風呂付きのフツウのホテルにチェックインできたの。これで今夜からのお風呂と睡眠が保証されたと思うとほんとにホッとしてるの。あー嬉しいな。

このミラボー通りってのがどうやらこの街の中心の通りみたいよ。通り沿いに銀行や大きい店がたくさん見えるもの。ツツツーと行くと右側の突き当たりに特大の噴水があって、その周りがロータリーになってて、その向こう側に観光局や郵便局らしい建物が見えるの。日本人はどこにもいない。正面には素敵なウィンドウの、上品なお菓子屋さんがあるんだけど、斜め前に焼き栗のペッポコな屋台が立ちはだかってよく見えないの。菓子屋はさっきから随分はやってるけど、焼き栗はさっぱりだねぇ。浮かない顔の半袖サスペンダーのデブのおじさんが売れない栗を自分でせっせと食べてる。栗太りか。嫌ねぇ。

それにしてもパリは凍えるように寒かったからテラスなんて考えられないけど、さすがにここまで南下すると暖かいから、太陽が出てる日中ならコートを羽織ったままテラスでお茶ができるの。空がだだっ広くってフランスの田舎の匂いがする街ね。

ちょっとやっぱり今日はミラボー通りで止めておこう。さっきまでは観光局で地図をもらって、学校まで歩いてみようと思ってたけど、お茶してたらなんだか気抜けして億劫になっちゃった。こういうのを困憊したっていうんじゃあない？　今はただ、通りにギャルソンが撒いたパン屑を啄ばむ鳩のプチプチがプチプチプチプチ幽かに聞こえるだけなの。

そういえばきのうアグネスん家に行った時のことを書いてないんだっけ。これも明日ね。でも食事のメニューだけ忘れないうちに書いておくか……

・シャンパン
・アボカドと小エビのサラダ、プチトマト
・ジャガ芋のスープ
・牛と野菜の煮込み
・パンとご飯
・果物（ぶどう、りんご、オレンジ）
・コーヒーと温かいアーモンドのパイ

あ〜あ！　エクサンプロバンスは本当に遠かった！　重かった！　ここまで来たらパリとは違ってもう簡単には日本に帰れないわね。それだけは肝に銘じておかなくっちゃあ。

日本っていえば、電話するの忘れちゃった。はいはい、今夜、電話ね。

一月十九日

ゆうべは五日ぶりに湯ぶねに浸かって、日本に電話をして、すぐに寝たんだけど、生きた心地が懐かしかったわ。それでホテルの朝食をとったあと、コンシェルジュにエクスマルセイユ大学の場所を聞いて、歩いていってみたの。とにかくミラボー通りを中心に考えればどこに行くのも簡単な街なんだそうで、「じゃあ迷子にならないですねぇ」って安心してたら、市庁舎の裏手のいりくんだ小路にまんまと迷い込んじゃって、うんと歩いちゃった。

学校は市庁舎広場から何本にもニョキニョキ伸びてる石畳の道の一番太いのを、それだけが坂になってるから二、三分上っていったところにあって、やっぱり石畳が建物に化けたような、古いひなびた造りなの。こじんまりした門から学生が出入りしてなければ、学校に見えないから、通り過ぎてしまうようなの。二階に職員室と事務室の受付カウンターがあって、特大のマグカップに手を掛けているすごい眼力の大柄な受付嬢がギューッとこっちを見たから、今日のところは引きあげて街の散策をすることにしたの。

学校を背にして市庁舎広場まで戻ると、そこに郵便局、似たような商店街が五、六本ニョキニョキ伸びてて、気の向くままあっちこっち曲がったりしてたら、また迷宮入りしちゃったの。コンシェルジュに言われた通りミラボー通りを目指してどこまで歩いても、ミラボー通りが見えてこないわけ。お陰でうんとこさ歩いちゃった。これだからフランス人の言うことは当てにならないんだわよ。

迷子にならないためには、最初にミラボー通りを知らなきゃあね。ってことで、今日はミラボー通りを検証しましょう。

はい、ミラボー通り。両突き当たりが見渡せマース。大きい噴水がどっちにもありマース。パリバ銀行、ほか大手金融、エールフランス、フランス版イトーヨーカドー、何かの会社、また違う会社、カフェ、レストラン、ホテル、クイックバーガー、カリソンていうアーモンド菓子で有名なお菓子屋さん、市庁舎前より数倍大きい郵便局本局、エトセトラエトセトラ……そして観光局。いざ観光局へ！《隣の人は　よく観光局　行く人だ》ってあたしのこと。観光局大好き！――はい、観光局！　ほぉ〜、これはまた……ほどよい静寂ほどよい暗さ――♬シッずかなコッはんの森の♬よな観光局ですねぇ。

ボンジュール、地図くっださ〜い。それと各種パンフレット、バス路線図と時刻表、日帰りパックツアー、あれもこれも。明日からそこの学校に通う者です。この街のこと何も知りません。だから知らなければなりません。
えっ？　そんなにくれるんですか？　おぉ、親切なマダム。ではお言葉に甘えて。全部頂きますね。ボクメルシ。
ヘッ？　なんですって？　カフェ……？　あぁ、あのカフェが？　美味しいから？　そこでお茶しながらゆっくり広げれば？　んまぁ、それはご親切にボクボクメルシ。じゃあ、そうします。オヴァ。

ってことで、今観光局お薦めのカフェで熱いショコラ飲んでるの。

そうそう、ミラボー通りの検証もおしまいだから十七日のアグネスん家の続きを少し書かなくっちゃ。
アグネスの実家はパリから北の方に行く、旧常磐線式の国鉄に乗って一時間のところにある長ったらしい駅名の駅から、車で十分ほどの場所にあるの。駅はひどく心寂しくて北風がシバレルの。駅には改札も売店も駅の人もいなくて、駅名が書いてなかったらそこがその駅だって証拠はないような、本当の田舎の駅なの。

着いたらジャクリーヌが約束より二十分遅れて車で迎えにきてくれたんだけど、ムギュムギュっと挨拶するなり早口のベラベラが始まって、車中でも行儀の悪いタクシーの運ちゃんみたいに半分反身になって喋ってるから、時々グウィンと揺れる度に真冬の田んぼに突っ込みそうになってヒヤヒヤしちゃった。あたしが人差し指で「前！　前！」ってやってもジャクリーヌはなかなか前を見てくれないんだもん。

肝心のお喋りの中身についてあたしの理解した限りでは、ジャクリーヌの出掛けに／毎度のことながら／ベルナールが／車椅子からつんのめって／今日は／ベルナール無傷／あたしが下敷き／膝を強く打って／腕と足も／床が×××だったから／こんなに擦り剥いちゃったわよ／おおお、痛い！／見てよ、この傷！／それで薬と思ったら、あるはずの引き出しにいつもの軟膏が入ってなくて／――それより膝がズキズキして！／しょうがないからベルナールの薬を三つに割って飲んだんだけど――イッタッタタ、まったくベルナールはしょっちゅう車椅子から落ちるのよ。それで度々あたしが犠牲になるんだよ。

ア――キ――コ――？　あたしの言ってること、わ――か――る――？

ア――ちょっとだけね。

一月二十日

今日は学校に手続きに行ったの。そこで初めて日本人を見たわ。ベンチに固まって日本語三昧してるのがあたしと同じ新入生で、束にならずに堂々としてる人たちが在学生でしょう。そしてカウンターに群がる登録者をサクサク捌いていたのはきのうのガンリキ嬢だったんだけど、やっぱり思った通りのツワモノだったの。

あたしが行ってみると、カウンターの前には既に長蛇の列ができていて、ドキドキしながら並んでると、どうも皆同じような点で注意を受けて帰されている感じなの。でもそれがいったいどの点なのか、後ろからじっと窺っても全然わからないわけ。外国人が日本のお葬式に行って、お焼香に並んでる時と同じ不安ね。ガンリキ嬢と登録者の神秘のやりとりは登録者の背中に完全に遮断されてまったく洩れてこないから、ヒソヒソヒソヒソ最初のやりとりがあって一、二分するとガンリキ嬢が声を荒らげて何か言い出す、すると言われた登録者は顔を赤らめて足早にどこかへ急いで去っていく、その繰り返しをひたすら見守りながら自分も同じ運命にあることを悟ってたら、異様な緊張で全身が強張ってきて、いよいよあたしの前から人の背中が取っ払われた瞬間、ガンリキ嬢のピリピリに感電するかと思っちゃった。

「次！」ガンリキ嬢が苛立って言ったの。あたしは思わず「はい！」って言って写真付きの申込書と願書と封筒に入れた授業料を揃えて出したら、突然、どの紙にも目を通さないでガンリキ嬢の堪忍袋の緒が切れちゃったの！「××××××××××！」「え？」「××××××××！××××！！」「はっ？」「××××！！！」「へっ？」だってわからないものはわからないんだもの。するとガンリキ嬢はいきなりドン、と立ち上がって、マグカップを抱えて奥に消えちゃったの。あたしが唖然としていると、後ろで見ていた日本の在学生がやってきて、彼女が怒っちゃったらまず半日はストライキだからってガンリキ嬢の言ったことを全部訳してくれたの。それによると、問題は授業料の支払いにあるらしいの。学校側では申し込みにくる前にあらかじめ郵便局で授業料を支払って、その領収書を申込書に添えてきて欲しいっての。なのに皆が皆、現金をそのまま持ってきたもんだからガンリキ嬢が怒っちゃったらしいっての。でもさ、あたしちゃんとその辺は日本にいるうちに抜かりなく訳してみたけど、絶対にそうは書いてなかったんだから。現金でって書いてあったんだから。それで、「じゃあこの入学案内書にはどう書いてあります？」って在学生に見てもらったら、やっぱり現金でって書いてあるって。

けど、学校がそう言うんじゃあ。で、あたしも急いで郵便局に引き帰して、支払いをして、また領収書を持って、もう一度提出し直したんだけど、《授業料》の次は《クラス分けテスト》、そう、今度はクラス分けテストを明日の朝八時三十分からやるって言い出したの。つまりあたしの入学案内書では、クラス分けテストは一月二十四日になってるんだけど、実は一月二十一日に実施しますってことなの。ってえことは、あたしの入学案内書は随分いい加減ってことね。あっそう。

ところで二十一日って明日じゃあないの。じゃあ試験対策に充てる予定だった明日と明後日とその次の日はなくなって、今夜のうちにできることってのもないわ。所詮今から一時間やそこら対策したところでビリのクラスに入ることには変わりがないんだし、それにビリのクラスにビリで入ろうとビリから五番目で入ろうと、どっちにしろ同じ授業を受けるんだもの。

一月二十一日

テストはとても難しかったわ。前半は絵と等しい文を選んだりする比較的単純なものだったけど、後半は有名な小説の一部分が引用してあって、数行目で追っただけで回収されちゃった。次にヘッドホンをつけて聞き取りと話すテストがあって、《NHKのフランス語講座入門編》ぐらいの表現を聞き取ったり言ったりするんだけど、ヘッドホンからほかの人の声が全部聞こえてきて、大混線したまま訳がわからないうちに鐘が鳴っちゃったの。

三時間のテストを終えて受付前に下りてくると、偶然きのうの親切な学生さんとばったり遇ったので改めてきのうのお礼を言ったら、最初は誰でもわからないことだらけで大変だから何かあったら遠慮なく聞いて下さいって言ってくれたの。岡田真子さんっていうんだって。それでさっそくお言葉に甘えて、ホームステイの斡旋を行っている事務所の場所を伺ったら、いいところはすぐに決まっちゃうから早く行ったほうがいいって、今日は二日目だから今日じゅうには行ったほうがいいって教えてくれたの。それほんと？？　そうよねぇ！　よく町の不動産屋の話で、「あぁ、お客さん。その物件でしたら今しがた、一足違いで決まっちゃったんですよ。ああいう好物件は、すぐ決まっちゃうんですよ。申し訳ありませんがね」っていうのがあるじゃないの！　急げ！

学校でやってる斡旋事務所は事務所の下の小さい部屋で、あたしが行った時はすでに六、七人が並んでたの。

十七、八の外国の女の子たちばっかりで、あたしの前の子はこの寒いのにおへそを出してコカコーラを飲んでるの。するとドアが開いて五十代くらいの女の人が「次」って言って手で招きいれると、六、七人の女の子たちはどやどやと全員で入っていって、十秒もしないうちにどやどやと出てきたの。仲良し同士一緒に生活したいんでしょうけど、いくらなんでもそんな大勢を受け入れてくれるような家庭はどこを探してもないわよ。

あたしの番なの。マダムはガンリキ嬢と違って穏やかな感じで「どうぞ、お掛けなさい」とってもゆーっくり言ってくれたの。あたしこれが、外国人への話しかけの心遣いが、本当に嬉しかったの。だってフランスに来てから、ゆーっくり話してくれた人の第一号なんだもん。それでほっとしたら、急にこの人のフランス語がいままでのほかの人のフランス語とは違った感触で耳に入ってきて、不思議と言ってることがわかってきたの。「あなたの希望を伺いましょう」「はい、マダム。ここにあります」あたしがこの時のために書いておいたメモを渡すと、マダムはひとつひとつ頷きながら確認して、受け入れ先のリストを横に置いてしばらく慎重に検討してくれたの。その間あたし、心をまっさらにして、「どうかいい家が見つかりますように」を数十回唱えてたから、マダムが「あ……あ、あ」って希望を示す幽かな「あ」を囁いた途端、「ほんとですか？」って身を乗り出しちゃった。

あたしに紹介してくれた家ってのは学校からセザンヌの家の方向に徒歩三十分のところにあって、八十ウン歳のご婦人とそのお姉さんの二人暮らしの家の離れにある、素晴らしい庭つきの広い部屋だって。ご婦人の希望っていうのが、年寄り二人に迷惑をかけないで静かに暮らしてくれる女の人っていうことで、マダムが「この点は大丈夫ですか？」って聞くので「もちろんです。厳守します、マダム」誓ったら、「わかりました。私もあなたが適当だと思いますよ。日本人はお行儀がいいしね。この婦人は以前にも何度かここの学生を受け入れてくれてるのよ。だからよく知ってるの。過去に問題もなくて、とても気持ちのいいご婦人ですよ」そう言って即連絡を取ってくれたの。それで二十四日の午後二時にこの事務所で、ご婦人と面会することになったの。家賃は月三三〇ユーロ。この家賃でこの条件の家が存在するとは思えないんだけど、もしもここの事務所で斡旋してもらえなかったら自分で不動産屋を廻って探さなくちゃならないんだから、ジャクリーヌが「アキコの語学力では部屋探しは絶対無理よ。何がなんでも絶対に学校で斡旋してもらうのよ、いい？」ってしきりに言ってた、その《アキコには絶対無理なこと》をやらなくちゃならないんだから。その苦労を考えたらあさってご婦人と面会して実際に見たり聞いたりした時点で少しくらい条件が違ってたって、この際譲歩する価値があると思うの。まぁ、いまは何とも言えないんだから、ひたすら心をまっさらにして「どうかいい家でありますように」って唱えるだけね。

ところでアグネスん家でご飯をご馳走になって以来、お茶ばっかりしてろくな食事をしてなかったんだっけ。あれから五日経って、ようやくお腹がすいてきたわ。

一月二十三日

きのうの晩はミラボー通りからひとつ入ったカフェで、オリーブのピザとワインを一杯飲んで、それでもまだお腹がすいてたから、店を変えてアーモンドの温かいパイでお茶をしたの。アグネスん家でアツアツのアーモンドパイを食べてからとても好きになったの。そういえばアグネスん家の話が途中だったから、何にもない日に書いとかなくちゃ。

それで十七日に行った方の家は初めてだったんだけど、本当の田舎なの。ホーホーなんて細い鳴き声が白樺だか何だかの高木のどこかから聞こえてきて、見渡す限り印象派の描いたような冬枯れの田舎の景色なの。この土地が気に入って、一九六〇年から何年も掛けて自分たちで少しずつ建てたんだって。

車を物置きのガレージに停めると「どうぞ。こっちよ」敷居を潜って跨いでするると、もうそこが家の廊下なの。っていってもこっちは土足の生活で、「どうぞ」って言われても靴を脱がないで家に上がるわけだから、この習慣は日本人にとっちゃあやっぱり違和感があるわねぇ。玄関とドアは要らないから造らなかったんだって。可笑しいわね。

廊下を歩いていくと右側にいろんな大きさの部屋がいくつかあって、どの部屋もドアがなくて同じ中庭に面してるの。なんだか子供が積み木で発想したような家でしょう？　つまり真ん中に四角い庭があってそのぐるりを、庭側が廊下、廊下沿いに反対側が部屋になってるわけ。上から見ると、四角い家の真ん中に四角い庭があるってことなんだけど。京都の有名な重要文化財にも、確かそんな構造の屋敷だか寺だかがあったわよね。

どこにいても見える中庭っていいわねぇ。焚き火のあとがいくつかポンポンと山になったままあって、あとは冬の鳥や鳩が枯葉と戯れながらパン屑を啄ばんだりしてるだけの、何でもない冬枯れの風景から入る衰弱した季節の自然の明るみだけが、日中の部屋の光になってるの。どの部屋にもフェルメールの《読書する女》がいるような、詩的な静寂に包まれていて、家全体が希薄な白い感じなの。日常の飾らない感性を象徴するような白。あたしとても好きだったな。

フェルメールの部屋をいくつか通り過ぎながら二つ角を曲がると食堂があって、それもフェルメール風なの。広くて天井が高くて、立派な暖炉があるんだけど火が点いてないからやっぱり冷え冷えとしてるの。そしてこの体に染み入るような冷たさが部屋の暗さを一層暗くしてるようなの。フランス人は徹底的に節約家だから、ああいう寒くてどんよりした日に電気をつけないで平気なのね。あたしなんか真冬の真昼間の薄暗がりに電気なしでいようもんなら、気が滅入ると思うんだけど、この人たちは十分元気で過ごせるのね。

食堂に入るやいなやあたしが「アヴヴッ」って肩を振って寒がったら、ジャクリーヌが「あら、寒いの？　ここは家で一番暖かいところよ。いま鍋に火を入れるから、そしたらすぐに暖まるわよ」と言って、続き間になっているお勝手に行ってお鍋に火をつけたり、食事の用意を始めたの。テーブルはもうお料理を運んでくるだけになっていて、アグネスとあたしがスプーンフォークとグラスを並べてシャンパンを出してるうちに、温かいいい匂いがプーンと漂ってきて、「あぁ、いい匂い」とあたしが言ったら「そうよ、アキコ。アキコのためにタイのコメを買ってやってみたんだから」「ま！　ありがとう、マダム！」「でもいっぱい焦げて失敗しちゃったのよ」

「さあ、さあ、食べましょう！」

「ジャクリーヌ、ベルナールは？」

「あ、ベルナールベルナール、彼を忘れちゃあいけないわよね。アキコのことずっと待ってたのにね。もう起きたかしら？　いま連れてくるわ」


ベルナールがジャクリーヌに押されて車椅子で現れたの。あたしとベルナールはとても丁寧な心のこもったあいさつを交わして、今度こそ皆で乾杯のシャンパンをしたの。

まずパンと一緒に前菜のアボカドとエビのサラダ、それとプチトマトが枝ごと出てきて、サラダも結構なんだけどこのトマトがなんとも言えず美味しいのよ。ベルナール？　ベルナールはかわいいエプロンをして、子供が持つような軽いスプーンで食事をするの。何でも一生懸命口に運ぶんだけど、手が不自由だからポロポロタラタラ零しちゃうの。

次にジャガ芋とパセリのスープ、そしてメインの牛の煮込みがご飯と一緒に出てきたの。「アキコはコメと食べるんでしょう？　あたしは嫌だねぇ。コメツブなんて気持ち悪い」アグネスが「お母さんはコメもトーフも嫌いなの」と言うと、ジャクリーヌが思いっ切り嫌いィの顔をしたの。アグネスはコメ、スシ、サシミ、トーフ、ショウユ、ワサビ、日本の食べ物は何でも大好きなんだって。大の和食好きなんだって。それであたしに二、三質問したいって。何でも聞いてよ、アグネス。
一、　日本のコメはなぜ高いのか？
二、　コメの炊き方

三、スシのコメがふつうのコメと味が違うのはなぜ？　教えてよ、アキコ。

《三》はともかく《一》と《二》の説明はとても難しいわよ。あたしの持てる表現力を駆使してとりあえず答えといたけど、あたしの説明を聞いてる間じゅうアグネスったら相槌もなしで眉をしかめっぱなしなのよ。こりゃあ理解に苦しみますって顔なの。

この難問にヒッシに答えてたら、あら？　誰も煮込みなんか食べてないじゃない。ぶどうやりんごやオレンジの大きな盛り合わせがとっくに運ばれてきてるんじゃない。「アキコ、早く食べなさいよ」ジャクリーヌがあたしを急かしながら「もうパイを温めるからね」って。ベルナール？　ベルナールも黙ってパイを待っている様子なの。すると一瞬途切れたあたしにすかさずアグネスが「で、スメシのメシとコメはどう違うの？　アキコ？」って。

まったく答えろだの、食べろだのって、忙しいったらありゃしない。

パイの真ん中に小さい陶器の王様人形が入っていて、それを当てた人はその年に願いが叶うって。フランスの新年のお楽しみらしいの。

へぇ〜、面白そうねぇ。どれどれ、当たるかな——ベルナールが当てたの。口から小さな王様人形がコロンと転がり出て、ジャクリーヌが正面から「ベルナール！　どうしてあなたが当てるの！」ベルナールの頭を叩く身振りをすると、ベルナールは何も言わずに複雑な表情をしてるから、あたしちょっと不憫になって、王様を当てた人が被る紙の冠を被せてあげて「王様、おめでとう」と言うと、「今日はアキコに」喉から搾り出したようなしゃがれ声を出しながら冠を取って、あたしの頭にそおっと乗っけてくれたの。

「さあ、お茶にしましょう。アキコは何を飲む？　まさかコメのあとにコーヒーは飲まないでしょう？」

「とんでもない、ジャクリーヌ。だって最後にパイを食べたじゃない。頂きます。コーヒー大好き」

「ええ？　まだコメがこの辺に（胸を擦りながら）あるでしょう？」

「あるけど問題ないよ」

「日本でもそうなの？」

「もちろんもちろん」

「気持ち悪くならない？」

「もちろんもちろん」

コーヒーを啜りながら、あたしおみやげを思いだしたの。八幡様のお守り袋。ジャクリーヌとアグネスには開運ので、ベルナールには健康のね。アグネスがとっても喜んでくれて「さっそくかばんにぶら下げよう」って。ジャクリーヌは「この中には何が入ってるの？　開けてみようか」言いながら紐を解こうとしたんで、ノンノンノン！　あたし慌てちゃった。

食事が済んだらベルナールは薬を飲んで休んじゃったの。アグネスとジャクリーヌも一時的にどこかに行っちゃったの。で、あたしその間に流しを片づけようと思って流しに立ったら、まぁ！　こんなに山のように洗い物をため込んだ家って見たことないってほどの洗い物なの。とにかく洗っても洗っても減らないの。お湯の出し方がわからなくて水で洗ってたらトイレに行きたくなっちゃってトイレに駆け込んだら、まぁまぁ！　こんなに汚れた家のトイレって見たことないってほどの汚れようなの。それで結局流しもトイレもざっときれいにしといたんだけど、えらく時間がかかっちゃった。一段落着いた頃にどこかから二人が戻ってきて、「アキコ、アルバムを見ましょう」ジャクリーヌがおしとやかに言ったの。

五冊のアルバムをものすごい速さで見せられて、そのあとで家の中を案内してくれたんだけど、これもジャクリーヌはさっささと歩いていっちゃうから、足を止めてゆっくり見ることができずじまいなの。でも家のなかは全体に白くて、至るところに絵が飾ってあるの。ほとんどジャクリーヌが描いたんだって。そのなかで一番傑作なのが居間のマリーアントワネットの肖像で、まるでベルサイユ宮殿に飾ってあるのくらい荘厳なの。ベルナールも一番気に入ってるんだって。ベルナールとジャクリーヌの仕事部屋はまったく独立して離れた場所にあるの。ベルナールの部屋は一九九二年のまま、絵の具のパレットや筆や鉛筆のスケッチなんかが当時のまま置いてあって白くて明るいの。「アキコ、これ見たいでしょう」ロシュフォールを始めとしてベルナールの全作品が年代順に整理されて綴じてあるデザインのスケッチを見せてくれたの。ページを捲りながらジャクリーヌが「もう過去の話よ」って長い溜め息をついたの。

　ジャクリーヌの仕事部屋は廊下のあるところから梯子を上った屋根裏風の狭いところにあって、正確には部屋じゃなくて場所なの。こっちは足の踏み場もないくらいにいろんな物が溢れていて日が当たらなくて暗いんだけど、それぞれのアトリエに仕事のスタイルが表れているようで興味深かったわ。アグネスの部屋も廊下にあるの。中庭に面した白い廊下にソファと箪笥と小さい鏡台が横に並んでて、それだけなの。いつもはパリにいて、たまに帰ってきた時はソファをベッドにして寝るんだって。

「最後に家の外を散歩しましょう」ってんで、家のぐるりを散策したの。ジャクリーヌが送ってくれた押し花の花は全部この辺で摘んだんだって。家の庭沿いに水のほとんど涸れた川があって、そこから百メーターぐらい向こうに隣家が見えるの。どんな人が住んでるのかは知らないんだって。「今何時？　明日は早い出発なんだから夜にはホテルに着かないと駄目よ。もうそろそろね」散歩から戻るとジャクリーヌは車を出して、あたしに「ベルナールにさよならをしておいで」って言ったの。ベルナールは天蓋付きのベッドに深く沈むように寝ていて、あたしがさよならを言うと、とても寂しそうな目をして、絶対に手紙を書くのを忘れないようにって言ったの。その時のベルナールの目がとっても、なんて言ったらいいのか、心に想い描くもの透いて表れるものを大切に大切に生きてきた人って感じの目だったんであたし――。

とにかくこの日のお別れはいつまでも忘れられない思い出になると思うわ。

ふ～う。これだけ書いとけば。この先五カ月いろんなことがあっても決して忘れはしないわよ。

一月二十四日

ソレイヤブって変わってるでしょう。あたしがあさってから四カ月お世話になることになった家のマダムの名前なの。最初の紹介でいい家に決まって、最大の不安が解消されたんだから、こんなに嬉しいことはないわ。

二時に事務所で約束した家主さんってのが八十ウン歳の老婦人っていうからどんなよぼよぼのお婆さんが現われるかと思ってたら、想像してたより随分元気なお婆さんだったの。昔読んだ「ハリスおばさん」そっくりのお婆さんで、同じように小さくって背中が丸くって同じ髪形で。でもあれより色白で、若い時分はべっぴんさんだったろうなぁって思わせる顔立ちの方なのよ。それで事務所の人に簡単な紹介をしてもらうと、実際に部屋をみせてもらうためにすぐにマダムの家に行くことになったの。

マダムは年齢の割に歩くのが速いの。ヒールをカツカツ鳴らしてあたしがまだ行ったことのない学校の上の方へ、上り坂をタッタカタッタカ行っちゃうの。「マダム、お元気ですね。歩くのがとても速いですね」あたしが言うと「急がして悪いんだけど、あなたを迎えに行く前に買い物をしてたら駐車場の時間がギリギリなのよ」って言うじゃない！「車？　マダムが運転なさるんですか？」あたし仰天しちゃった！　五分ほど行くと屋上が駐車場になってる四階建てのビルがあって、屋上に着くとマダムの車はものすごい奥まった場所に止めてあったの。「そっちのドアは開かないから、あなたはそこで待っててよ！」マダムが（見えないけど多分、車に体を捻り込ませながら）言う、ブブン、ブンブン、薄茶のカタツムリに似た車が唸りだし、複雑な小回りをしてあたしの目前に滑り込んできたんだけど、本当のことを言って、命が惜しければ――――！　って心境だったの。だって車の窓にほとんどマダムはいないんだもん！　ハンドルを握る手があって、その上は、マダムの頭のポヤポヤした天辺しか見えてないんだもん！　まるで暴走寸前の無人の車なんだもん！　とてもオソロシイんだもん！　じゃあどうするの？　乗るしかない！　えい！　やっ！

あたしを乗せた薄茶のカタツムリは相当古そうで、座席がタイヤの下あたりまで沈んでるの。だけどそんなことはどうでもいいの。ただ生きて車から降りたいだけよ。と、いきなりカタツムリは四階分の螺旋を花やしきのジェットコースターさながらに急旋回、《サン・ジョゼフ坂》って標識のある大型バスが行きかう急坂の大通りに躍り出たと思ったら、すごいスピードで飛ばし始めたの！　あたしこの時は本当に命が惜しくなって「神様！助けて！」心で叫びながら、お尻に敷いてた膝掛けの端っこを握り締めちゃった。まさかエクサンプロバンスまできてこんなに怖い思いをするとは思わなんだわ。

およそ十分の死のドライブを終えて、生きて車を降りることができたの。マダムのお宅はサン・ジョゼフ坂をしばらく上ってから左折して、クネックネッと行ったところにあるの。それが精いっぱいの記憶よ。何しろあたし車中では、命がけで膝掛けを摑んでた記憶しかなくて、それ以外はまったく記憶にないわ。

マダム・ソレイヤブのお宅は高台の閑静な住宅地にあって、とても立派な家なの。あたしに貸してくれる部屋ってのは、マダムが暮らしてる道路に面してる一階の階下なんだけど、傾斜に建っているから建物は独立してるの。要するに門は一緒なんだけど、マダムのいる母屋の横の階段を下りていったところにあるの。部屋は二つあって、狭い方はフランス人の女の子が借りていて、広い方をあたしに貸してくれるんだって。以前はマダムのご主人が使っていた部屋なんだって。

部屋はひとことで言うと、間違いなくトレビヤンなの。学生なら優に二人で借りられるような広さの部屋よ。L字型の大きな一部屋にやたらと大きくてがっしりしたベッド、重厚な感じの机とサイドボードがデーンデーンと置いてあって、装飾がいっさいない、いかにも勉強熱心な男の人の書斎って雰囲気なの。それと中くらいの箪笥が二、三設えてある三帖くらいの予備の部屋がついてるの。天井が高くて、窓側は総窓、床は白と黒のアラベスク風のタイル貼りで冬の間は冷たそうだけど、温水式の暖房が二カ所にあるから十分暖かいって。「消し忘れに注意すること。——はい、終わり」マダムは急いでるんだって。また出掛ける用事があるって。それで本当にパッとしか見ることができなかったけど、とにかく勉学に励むにはもってこいの、あたしにはもったいないようないい部屋よ。

部屋と部屋の間にもうひとつ狭いドアがあって、その細長い部屋のなかにキッチンとシャワー、トイレがまとまってるの。キッチンはいいんだけど、シャワーとトイレが一枚の薄っぺらい引き戸で括られてるだけで考えようによっては無用心だわよ。「くれぐれも水道の使い過ぎには注意すること。水道代や光熱費は家賃に入れてないんだから。洗濯？　洗濯機があるのよ、でも今修理に出してるの。隣の学生が壊したのに修理代はこっち持ちよ。あなたが来る頃には直るでしょう。それから調理器具と食器はどれでも自由にお使いなさいね。なんでも揃ってるからね。——はい、終わり」

最後に上は老人の二人暮らしだから静かに生活して欲しい、お互いに干渉せずにそれぞれの生活を大切にしましょうって。ウイウイ、マダム。メルシボク。心掛けます。今日はお忙しい時間を私のために割いてくれて本当にありがとうございました。帰り？　歩きます歩きます絶対歩きます。学校まで歩いてみたいので。はい、これで部屋の見学終わり。えらく簡単で短い見学だったんで何がどうって考えが浮かばないけど、欲を言えば浴槽が欲しかったな。だけどこの際すっぱり諦めるわよ。

結論から言って、ここを断ったら今後ここより条件のいい物件はあり得ないと思うの。部屋も環境も申し分なく思えるわ。あたしのような予算の少ない学生が月に三三〇ユーロでこれだけの物件を逃すって方はないわよ。

ってことでここに決めたの。ちゃんとした契約や支払いは二十六日にして、来月の一日を待たずに二十七日から入っていいって言ってくれたの。ご親切に。右も左もわからない国に来たら、何でも疑ってかからなくちゃいけないだの疑っちゃいけないだのっていろんな話を耳にするけど、マダム・ソレイヤブに関して疑ってかかるべき点はないわ。きっと本当に親切なお婆さんに違いないわ。

それにしてもこれで学校の入学と部屋の問題が無事に済んでしまえば、二つの難関から解放されるわ。

＊　マダムの家から学校まで徒歩三十五分

一月二十六日

はぁ〜、やっぱり言葉の壁って厚いわねぇ。家賃の支払いと契約のサインで七十分もかかっちゃった。とにかくすべてこれから勉強するっていうのに、賃貸契約の規約とか保証金の支払いとか、そういう絵に表せない高度な単語ばっかり並べられてもウンともスンとも出ないわよ。仕方がないからいちいち仏和辞典で調べてると、そのちょっとした沈黙の間に、マダムは何を喋ってたのか忘れちゃうの。それでまた話が行ったり来たりするわけね。

一番手こずったのは賃貸の条件の話なの。学校の一年ってのは前期と後期に分かれてて、今回のあたしが通うのは後期なんだけど、おそらく五月の中頃には終了して九月から始まる前期までは休みになるわけなの。つまりあたしが希望するのは二月から五月までの四カ月間なんだけど、マダムの方は極力空室の月をつくらないように七月までの六カ月間の契約が希望なの。八月からは九月からの授業に備えて早めに探し始める前期の学生がけっこういて埋まる確率が高いらしいんだけど、七月はどうにもならないってことなの。だから貸すんであれば七月までにしたいって。で、その希望は前もって事務所に伝えてあるってマダムは言うんだけど、あたし聞いてないな。要するにあたしがもし仮にここを借りるのであれば、五月中に引き払うのは自由だけど六月分と七月分の家賃も払って下さいよ、って理屈なの。マダムは、うちにはうちの事情があってねェって顔をして「それでよければぜひあなたに借りて欲しいわ」って言うの。三三〇×六÷四＝四九五、約五〇〇か――――あたし決めちゃった！　だって五〇〇ってことはえ～と《エクサンプロバンスの物価》×《この部屋》《この環境》《このマダム》÷五〇〇ユーロってことでしょう？――――ってことは――――どう考えたってプラス二〇か三〇くらいはイってるわよ。

「はい、それでよござんす」この件であたしが承諾するまでに掛かった時間が約五十分。あとの二十分で保証金の一カ月分と最初月（二月分）分、併せて二カ月分の支払いをしてマダムの手書きの契約書にサインしたの。すべてが終わったらあたしもマダムも深～い濃～い溜め息がでたわ。

帰り道はとっても身が軽かったの。やっぱり学校までの急坂三十五分は思い違いじゃあなかったけど、どんなにけっこうな物件でも必ず一つや二つ不便があるものよ。なかには《学校が遠い》とか《浴槽がない》って不便よりも、もっともっと厄介な不便がいくらでもあるに違いないわ。

＊　マダムの家から中心街まで五十分

一月二十七日
もうすぐ三時。日が射してるからテラスのテーブルでマフラーして書いてるの。庭はゆるい傾斜になっていて、あるところでダンッと切れて絶壁になってるんだけど、およそ二百坪ほどの土地の中にはあます所なく何かの木が植わってるの。花の季節が待ち遠しいわ。それで冬の白々とした木々の枝にはハロハロハロとかギュエッギュエッとか鳴く鳥たちがいて、ワサワサと集まったり散れたりしているの。

それはそうと、ゆうべ浴槽にお湯を張ってたら、蛇口のお湯が止まらなくなって溢れ出したの。すぐにホテルの人を呼んだら、あたしが悪いんじゃないって。どうも蛇口がバカになっちゃったって。それで間もなく日付が変わろうって時間にやむを得ず部屋を変えてもらったの。パリといい、エクサンプロバンスといい、ほんとにフランスに来てからホテルに運がないわよ。

で、今朝はマダムが十時過ぎなら何時でも構わないって言ってくれたから、十時きっかりにチェックアウトしてホテルからタクシーでここまで来たの。住所はRue Beauvallon、辞書で調べたら美しい谷通り。vallonは小さい谷のことでイタリア語風なんだって。可愛いわね。でもあたし、山と谷の違いがよくわからないな。っていうのは、どんな土地でも山と谷ってものは隣合って常に凸凹の地形を成すものなんだろうに、ここから見渡す限りいったい周辺は山ばっかりで、じゃあ谷はどこに行っちゃったのかと思ってるわけ。ま、こんな素朴な疑問も毎日歩き回ってるうちに解決するでしょ。

部屋に着いたら「マダムは留守だけどあなたのことはちゃんと聞いてるよ。あたしが全部やってあげるから大丈夫よ」て言って、腕っぷしの強そうな家政婦さんが満面の笑顔で迎えてくれたの。今日はあたしのために早めに来て、部屋のワックス掛けから窓磨き、カーテン、シーツまで、全部ピカピカにしといてくれたんだって。ボクメルシ、マダム。このマダムがいてくれたお陰で、大荷物の階段——門から部屋へ続く、木の丸太が足場の、森林公園にあるような階段よ——も四苦八苦せずに済んだの。

部屋に荷物をドスンドスンと勢いよく運び入れて、家政婦さんが満面の笑顔で上に戻ってしまうと、まるで家政婦さんがこの部屋の音を全部持ち帰ったように音が消えて、すぅっと全身から力が抜けていったの。静寂。脱力感。この気力の、大気に溶けゆくような離脱は、来たるべき——我が——エクサンプロバンスの——安息——感——急に猛烈な睡魔に襲われて、小一時間本物の眠りに落ちたわ。

——寝てる場合じゃあなくって。十二時から学校の掲示板にクラス分けテストの結果発表が貼り出されてるはずだから行かなくっちゃ。どうせビリかブービー賞だからこれに関しちゃとっても気楽よ。

あたしのクラスはＩＪよ。クラスは十九人で日本名はあたし一人なの。先生の名前は確か女だったかな。そして授業は二月三日から始まるんだってさ。それ以外は何も掲示がなくて《すべては各自授業にて。詳細についての質問は一切受付けません》って貼紙がしてあるの。ふぅ〜ん。またそういうこと言うの。この学校のまこと素気ない対応にも少し慣れてきたわ。あたし同様にふぅ〜んって顔をして掲示板を眺めてる日本人がチラホラいたけど、おそらく同じ事を思っていたに違いないわ。

途中サン・ジョゼフ坂の角の《ＳＴＡＲ》っていうゴチャゴチャした食料雑貨店に寄って、卵と牛乳、りんご、ビスケットを買ってまっすぐ帰ってきたの。食料品をぶら下げてサン・ジョゼフ坂を上るのは、これは大した運動よ。なんだか上っても上っても減らないの。まるで食べても食べても減らないラーメンのようなの。

部屋に戻ってお昼を食べて、いよいよ荷物を解いたら、晴れてエクサンプロバンスの地に無事着地したって実感があったわ。そしてこうしてテラスに座って、高遠な青空にスワッスワッと浮き出た山々の澄み渡る景色を眺めながら新鮮な空気を吸っていると、ああ！　これが命の洗濯だ！　って心境になるわよ。

お？　あれに見えるは、かのサント・ビクトワール山？　ほ〜お、富士山よりゴツゴツとしててご立派ですねぇ。これを背景にすると、あたしが骨して達成した二つの難関が、ちっちゃく霞むねぇ。

一月二十八日

きのうの夕方マダムが来て、何か不便はないかって下りてきてくれたので、「今のところ何もありません。何もかもとても気に入りました、マダム。どうぞよろしくお願いします」改めて頭を下げて、この時のために用意した《いせ辰》の手ぬぐいを渡したら、予想以上に喜んでくれたの。隣の女の子にも挨拶しとこうと思ってるんだけど、いるようないないような感じでよくわからないから会った時でいいわ。

ゆうべは本格的な睡魔に襲われて、夢も見ずに朝までぐっすりよ。これでお通じさえあれば完璧なんだけど――きっとフランスに来てからのアンバランスな食事と毎日の緊張が崇ってるのね。ひどい便秘なの。メジオバが持たせてくれたプルゼニドって薬も効かないし、なんというか、もうそろそろ限界よ。それで今日は買出しに行ってヨーグルトや野菜や果物を入るだけ冷蔵庫に入れとこうと思って。それと、そうそう、日本へ報告すること。下宿先が決まったらいろいろと送ってもらうために、物品のリストを書いて知らせることになってるの。


今机でお茶しながら物品リストを書いたんだけど、着る物を考えてたら、あたし日本の家を出た時からずっと同じジーパンを穿いてたことに気づいたの。カッコイイでしょう?

ってことでまずは着る物から書いてみたの。さらしあん色のスカートとセーター、パジャマのズボンのみ二本、シャツブラウス二枚、冬のスリッパ。それから食べ物が、とろろ昆布、わかめ、桜えび、ふりかけ、ねりわさび、のり、黒飴。その他に携帯のティッシュペーパー入るだけ(紙がとっても高いから)、新聞、用意しておいた本、ゴム手袋、下剤、もしまだ空きがあれば、その時はおまかせです、エトセトラエトセトラ。

できた! これを明日郵便局のファックスで送る、と。

夕食――隠元とマッシュルームを茹でたのと茹で卵、バナナとりんご入りヨーグルト
今日の所持金――七六〇ユーロ
暖房――快適

一月二十九日

今日郵便局でファックスしようとしたら壊れてて、二回分のお金無駄にしちゃった。それで仕方がないから公衆電話にしたの。みんな元気。

それから中心街や学校の周辺を散策してどこに何があるのか歩いてみたんだけど、エクサンプロバンスってところは物価が高いところよ。何でもパリと同じくらいの値段なの。あたしの予算は一日八ユーロ。一日八ユーロっていえば完全にやりくり生活最前線でしょう。八って数字はどこから出てきたかっていうと、一日八ユーロでできれば、学期中の休みがそこそこ楽しめて、それで学期終了後には念願の地中海線車窓旅が叶うって算段から割り出した数字よ。つまり対策は日々の節約、食費のやりくり、これが要なの。

やりくりに役立つコレって店は見つからなかったけど、学校の近くにちょっと気の利いた文房具店を見つけたから、エクサンプロバンスの噴水のマークが付いた便箋と封筒を買ったの。五ユーロ二〇――タッカイナァ。フランスってどうしてこんなに紙が高いのさ。

帰り、サン・ジョゼフを上りながら発見したもの。

一、《セザンヌのアトリエ☞》矢印の看板　一枚
二、バス停　二停
三、三人掛けベンチ　四つ
四、ベンチに座っている老人　五体
五、公衆電話　二台
六、二メートルはある緑の巨大ゴミ箱　一箱

夜、噴水の便箋でメジオバに手紙を書いてたら、ドアの透けた部分に人影が映ってコンコン――――!! マダムが野菜のポタージュを差し入れてくれたの。それが猫のお皿にオタマ一杯ほどのポタージュなの。「私たち年寄りはあまり食べないからこれで十分だけど、あなたには少なすぎるわねぇ。温かいうちに、温め直さないで召し上がれ、火に掛けたらなくなっちゃうから」って。

一月三十日

強風。雨かと思えば晴れ、晴れかと思えば雨。午後からは雨去り晴れ。雨の気配がないので、日用品の買出しに。マダムに聞いたら「いい店を教えてあげるから」って地図をかいてくれて。これで迷子になることはないと思って安心して出掛けたの。ところがこれが間違った地図だったわけ。

不安な気持ちで真冬の見知らぬ街角を彷徨っていると、芯から寒くなるものよ。時々すごい強風に体を硬直させながら、太陽の当たらない陰道を行きつ戻りつする。冷たい石畳で綴られた同じような長さの路地――今来た道――さっき曲がった角――違う――こっちも違う――自分がどこに向かっているのか自覚している人々は――皆先を急いでいる――一本戻る――二本進む――また違う、どの道を見ても今来た道に見える――同じような広場、同じような噴水、同じような建物、突き当たりの風景、袋小路――マダムの地図を握り締めミラボー通りの外れ、暗い、不安に満ちた一帯を幾度も徘徊するうちに――凍りついていない犬の糞を踏み、気分が凍りつく――ギブアップ! ギブアップ! カフェへ!

温かいカフェ・クレームが一杯三・三ユーロ。カフェの暖かさが天国に思える。手足の感覚が甦ったところでもう一度地図を広げて見ると、目の前に目的地があった。

ここで何でも揃うから。マダム推薦の店。「ボンジュール。(不安)電球と電池、まな板とたらい、洗濯バサミ、ザル、足マット、カーテンの環と棒――(不安)あとここに書き出したものが欲しいんです」マダムの地図の横に書き出した買い物リストを見せると、玉虫色のナイロンとっくりに上半身の贅肉を押し込めた店のマダムが「この地図は全然あってないよ。ほら、ここにこの噴水はないよ。うちの角、角ったって離れてるけど、そこにある噴水は＊＊だよ。それからたらいのSが足りないし、《書き出したものが欲しい》の文法がなっちゃないね。――パピエイジェニクパピエイジェニク――これはうちには無――これ言える？　言ってごらん」と言って鼻の穴を震わせて笑いながら、赤鉛筆で赤々と何重にも添削してくれたの。パピエイジェニクってトイレットペーパーのこと。それでパピエイジェニク以外のものはマダムが手際よく駆けずり回って揃えてくれたの。

揃えてくれて、持ちやすいようにってひとつにまとめてくれたのはとてもありがたいんだけど、これが傑作なの――透明の大きなビニールの中にまな板、たらい、ザルを被った洗濯バサミと電球電池、足マットが無残に折れてこれらの下敷きになって、止めにカーテンの棒がどこかにグサッと刺さってるの。これを黄色い紐でがんじがらめにして「はい、できた」って。これ以上まとまらないって。こっちをピュッと押すとあっちがピュッと飛び出すって。ハハハ！　本当だ！　マダム、ここにトイレットペ、パピエイジェニクが加わるんですよ！　アッハッハ！　そうだったわね！　だって――あんた、まるで×××みたいじゃないの！　アーハッハ！――×××？　そう？　アーハッハ！　それなーに？　アーハッハ！

笑いは国境を超えたの。これがまだ透けないで突起物がなければ我慢できるんだろうけど、見える物が物でカーテン棒が突き出てるでしょう？　まるで日用雑貨を吸い寄せる魔法にかかった長棒がその辺の家に忍び込んでクシャミをしたらいろんな物がくっついてきちゃって、もうどうにも剥がれなくなっちゃったからいっそ黄色い紐でぐるぐる巻きにしちゃったのさって感じの荒物の塊よ。あたしも過去にいろんな荷物を経験したけど、ここまで滑稽で笑いを誘う荷物は経験がないねぇ。

まぁでもどんなにトンチンカンな荷物だってトイレットペーパーを買い足して持ち帰らなくちゃ。メルシボクマダム、オヴァア。よいこらせっと。あら、案外軽くないね。

「どこまで?」「サン・ジョセフの坂の真ん中辺を曲がってちょっと行ったところです」「へっ? 遠いねぇ。それにサン・ジョゼフの坂は大変ねぇ。プセットで来なかったの?」「はい、持ってないんです。まだここに来て間もないですから。あ、エクスマルセイユ大学に通うんです。やっと部屋が決まったので日用品の買出しに来たんです」「そう。ならうちにプセットがあるから今それも買って全部乗っけて行きなさい。そうすればパピエイジェニクも楽に積めるから。あの坂に住むんならプセットは必需品よ。絶対重宝するから」

プセットってショッピングカート、キャリーのこと。な〜るほど。そういえばサン・ジョゼフで見かける坂の人々は老いも若きもあれ引いてるわねぇ。そういえば街なかの店内も、色とりどりのプセットが狭い通路をひしめき合って盛んに他人のすねを直撃してるわねぇ。なるほど、あたしまず先にプセットを買えばいいんじゃない。

プセットって便利ねぇ。誰が発明したのかしら。あたしの買ったプセットは袋が取り外せるようにできていて袋を使わなければ車輪に骨だけがついてるガチャンとたためるやつなの。これならどんな形の荷物でも対応できるわ。で、さっそく例の荷物を袋なしで結わえつけて引いて帰ったんだけど、あんまり楽だからトイレットペーパーに洗濯石鹸と台所用スポンジも追加したの。お陰ですれ違う人を何人も楽しませてあげることができたわ。あたしの買い物ひとつで人々が微笑んだり笑ったり、大荷物のサン・ジョゼフも難なく上ってこれたりしたんだから、今日は実にいい買い物をしたわ。

家に着いたら暗くなりかけていて、門からの階段を一段一段踏み外さないように降りようとした刹那、確かに隣の部屋の電気がパッと消えたの。ははぁ〜ん、やっぱり。どうも隣りは怪しいのよ。

あたしここに来てからいつか顔を会わせたら挨拶しようと思っているけれど、気配はあっても会わないの。隣同士なのにあんまりいつまでも対面しないでいるっていうのもどうかと思って三回ほど部屋に気配のありそうな時をねらって行ってみたんだけど、いくらノックしても出てきやしないの。で、結局しつこくするのもどうかと思って引きあげるんだけど会わないうちから嫌われるってのもおかしな話だと思うから、なんだかとっても謎めいてるのよ。

夕飯。インド米に挑戦。書いてある通り三、四分茹でる。蓋を開けたら数の子の粒に似たぐちゃぐちゃした物体が数千個密集している。匙に取ってよく見ると鈴虫の卵にも見える。見るに耐えず食うに耐えずコレいかに。——ゴミ箱。気を取り直してチコリとトマトのサラダ、レモンとマンゴー添えヨーグルト、食す。その他、紅茶、カリソン（アーモンド菓子）など。

とても冷えるので九時以降ベッドで過ごす。

一月三十一日

朝、カーテンを開けたら粉砂糖のような雪が降っていたの。どおりでゆうべはものすごく冷えたわけね。こういう日だから暖房の効きが悪くて、顎がガクガクしちゃったけど、お腹がひどく冷えたお陰で久しぶりにお通じがあったの。まったく便秘がこんなに辛い痛いものとは知らなかったわ。

今日は雪だから一日部屋から出ずに、手紙書きや家計簿やあれやこれや、机の作業をして過ごすつもりなんだけどその前にきのうの続き、数日前から気がかりな《マドモアゼル隣人のミステリー》があるのよ！　どんな風に怪しいか——

一、電気がついているのにあたしが訪ねていくと応答がない。その反応は（＊）

二、あたしが門から階段を下りてくる時は特に、警戒的雰囲気のもと、即座に電気が消える。

このすばやさは（＊）

三、存在しているのに対面したことがない。この不自然なすれ違いは（＊）
四、それなのにあたしが部屋で落ち着いている間には頻繁な動きがあり、トイレ、シャワー、キッチンの多数長時間使用、また話し声笑い声などこれらも《二》に基づきながら非常に頻繁かつ長時間に及び――しかしあたしが物音を立てると急にパタッと静かになる――この二面性は極力あたしを避けていることの表れのようである

（＊）あたしを避けているように敏感である

どう？　怪しいでしょう？　ま、近いうちに素性がわかると思うけど、それまでは何となく薄気味悪いわよ。

隣の女学生はマドレーヌだかママレードだか、マダムの発音から察するとそんな名前よ。ママレードはこの寒いのにシャワーが長くて頻繁なんだから。今さっき浴びて部屋に戻ったと思うと十分後くらいにまた浴びに来たりするの、この寒いのに。ってことは体と髪を別々に洗ってるのか、どちらかは洗濯してるのか、どちらかだと思う。――ホントかしら？

そのシャワーだけど、あたしここに来てからまだ一度もしないでいるの。専らお湯絞りのタオルで乾布摩擦にヤーッヤーッの気合いを入れながら（寒いから！）体を拭いて、洗面所で足が攣りそうになりながら一度洗髪したの。乾布摩擦調体拭きは終わったらすぐに日本から持参した湯たんぽをひしと抱きながら暖房に引っつけばナントカなるんだけど、洗髪はドライヤーがないからシンドイわよ。枚数のないタオルを好きなだけ濡らしてしまうわけにはいかないしバスタオルは持ってないしで、つまり普通のタオル一枚で、とにかく手が動く限り、髪にメレンゲを立てる勢いでシャカシャカ、一刻も早く水気を取らないことには背中がイヤな寒さでゾクゾクして

くるの。ドライヤー、欲しいな。

シャワーを使わないもうひとつの理由はママレード嬢よ。フランスってところは筋金入りの節約国で電気同様水に関しても家庭での節水厳守を実行してる国なの。だからシャワーのお湯も制限があって、ある一定の量を使い切ってしまうと、予告なしに自然と出なくなるようになってるの。つまり早い者勝ちなの。なんだけどママレード嬢はまったくお構いなしにいつもさっさと何遍も使っちゃうんだわよ。だからいつもあたしが後回しで、栓を捻ると何だかしょぼくれたお湯がショボショボ出てるんだけど、見るからに頼りないの。鳥肌ものの泡立て洗い、いざ洗い流そうとしたら――――ピチョン――――って最悪の事態がどうしたって過ぎるじゃないの。アヴヴ。それでいつも断念しちゃうわけ。

それと洗濯機は戻ってこなかったの。あたしもいい加減洗濯物が溜まっちゃってるから、きのうの晩マダムに洗濯機のことを訊きに行ったの。そしたら結局直らなかったんだって。マダムが言うには、隣のママレード嬢が壊したんで弁償してもらおうとしたら、ママレードはあたしじゃないって言い張って弁償しようとしないんだって。それに対してマダムはとても腹立たしいって。高い洗濯機だったのにって。へっ？　あたしだってとてもショックよ！　洗濯機があるっていうから溜めに溜め込んじゃって！　あの洗濯物の山をぜんぶ洗面所で地道にゴシゴシ洗うなんて残酷な話だわよ。

そんなことを聞くとますますママレード嬢って存在が怪しげに思えてきて、下書きなしでうまく言えるかどうか自信がないけど、ママレード嬢の《一》から《四》までのミステリーをそれとなく話してみようかなって気になったの――――と、ガンコロボッチャンドッテンピュー！！　すっごい音がマダムん家の奥からして――マダムが仰天！　両手で耳を覆いながら「××××！」家政婦さんの名を叫び、あたしも驚いて咄嗟にドアを覗いたら「後でね。アキコ」ぴしゃりと閉められちゃったの。何事かと思って数秒間ドアに耳をくっつけてたら、マダムと家政婦の早口なやり取りに混じって椅子が床を引き摺るような音や何かをよっこらせと動かそうとするような気配が聞こえてきたの。やり取りはもちろんちんぷんかんぷんだったけど、ただごとじゃないことだけは確かだわよ。

それからマダムは何とも言ってこないの。妙に静かになったきりよ。頑丈な家政婦が付いてるから大丈夫でしょうけど、なにせけっこうな齢だから万が一、万が一のことがあっても不思議じゃあないんだからね――嫌だ嫌だ。留学中に家主が死んじゃったなんてあたしまっぴらごめんだからね。まぁ、車の運転を見てるととても元気なんだけど――!!

マダム、どうかあたしがここにいる間は元気で生きてちょうだいね。

二月一日

ゆうべ八時五十分から、ルイ・ド・フュネスっていうフランスの有名な喜劇俳優の没後五十年記念ってことで五〇～六〇年代の主演映画が特集されてたの。あたしの大好きな俳優のひとりよ。こういう場合は不思議と言葉がわからなくても気持ちだけで夢中になれるものね。三本が三本とも懐かしいし面白かったわ。

あたしの部屋にはベッドの前に懐かしい型の大きなテレビもあるの。マダムは上に響かない程度の音量なら見ていいって。フランス人はテレビ好きってよく聞くけど、あたしが点けると大概あっちもこっちもクイズ番組なの。視聴者が参加して賞金稼ぎするやつよ。

朝の早い時間には子供向けのアニメが多くて、毎日欠かさず見てるの。あたしの語学力でも何となくわかるから面白いのか、面白いから何となくわかるのか、ただアニメが面白いのか、そんなこと考える暇はないの。それほどたくさんあるんだから。ドラエモンだってやってるんだから。ドラエモンの声はまさしくフランス語版ドラエモンの声よ。日本のとそっくりの声、喋り口調で「セ、ドラエモ～ン」ってやってるのよ。

それはそうと今日から二月。この半月毎日いろんなことがあって、いろんなことを感じたわ。今はまだ日常生活のひとつひとつが腫れ物に触るようでぎこちないけど、早く安定期が来るように頑張ってみるわ。

《今日の発見》

サン・ジョゼフ坂入り口からここ（マダムん家に続く）の曲がり角にあるバス停までバスを使うと、三つ目で一ユーロ一〇／セザンヌのアトリエ拝観料、六ユーロ／ときおり空からドサッという音と共に落下してくる物体の正体は松ぼっくり、直径一〇センチ。それを頭に受けた人の驚き、約八〇ホーン／大きい絹さやと小さい絹さやのオムレツ、星二つ

二月二日

きょう日没後に、ドア向こうの暗闇から老婆の幽霊が！――と思ったら薄いピンクの長いガウンを着たマダムだったの。あたしのところへ来たの。

「アキコ、先日は驚かせて悪かったわねぇ。実は姉×××病院××××、××床×××落ち××××の。あの花瓶××××××残念よ。姉は××××××××――。そういうことだからくれぐれも上に老人が二人暮らしていることを忘れないでね。できるだけ静かに生活することを約束してちょうだい」この国の人たちは皆どうして、あたしがこれからフランス語を一から学ぼうっていう日本人だってことなんかお構いなしにペラペラ早口で喋ってくるのかしら。あたしが相槌も打たずろくすっぽ返事もしないでただキョトンとして相手の顔を眺めてても、最初のうちは喋りたいだけ一気に喋るんだわよ。そいで言いたいことが済んでから初めて「わかってるの？」って聞いてくるの。

マダムの言わんとすること、あたしの訳ではこうよ。――マダムのお姉さんは今年九十二才で精神の病気が

ありマダムがひとりで世話をしている、と。数日前病院を退院してきたばかりだ、と。一昨日はちょっと目を離した隙に椅子から転落した、ちょっととは玄関であたしと話している間だ、と。お姉さんはマダムが見えなくなるとパニックを起こして探し追いをするので家政婦さんのいない時は傍につきっきりでいなければならない、それはマダムにとって大変苦痛なことだ自由のないことだ、と。おとついは花瓶と陶器の置き物が割れた、それらは思い出深いものだったからとても残念に思う、と。お姉さんは昔はピアニストで病気を患った今でも音楽だけには敏感に反応する、と。お姉さんはさっき薬を飲んで爆睡中、そんなこんなでとにかく静かにしておくれ、と――。

「そうですか。わかりました。なるべく静かに過ごします、マダム」

「それからママレードに会った？」

「いいえ、まだ――マダムそのことなんですが――」今度こそママレード嬢のミステリーについて話そうと思って単語を選んでいると、マダムの顔が急に厳しくなって

「――何かあったの？」乗り出してきたの。はっ？　マダムこそ何があったの？

「実は（振り返って部屋の電気が消えているのを確認し）――今いないわね――ママレードには困ってるの。あなたにも話」――と、上からドッシンガッタンゴロンゴロン！　またすごい音がして「オ！　ラ！　ラ！　大変だこと！」マダムは手で《来ないで》の振りをしながら大急ぎで真っ暗な階段を上っていったの。すると隣の電気がパッと点いて、突然ドアから男が飛び出してきたの！　暗闇の老婆の幽霊の次は暗闇に躍り出た見知らぬ男よ！　あたしが心臓を引き攣らせて暗闇の中で硬直してると、男は大慌てで――一瞬あたしを意識してチラッとこっちを見、唇がボジュ（ボンジュール）と動いた気がする――トイレに駆け込んでいったの！　ヒッ！　まさ――か！　彼がママレード？？　あたしも何が何だか！　とにかく部屋に戻って厳重に鍵を掛けてカーテンをピッチリ閉め――これが覗かないでいられる？　まさか！――カーテンの端っこに顔半分をビッタリくっ

つけてじ～っと目を凝らしてトイレから出てくるのを待ち伏せたの。数十秒が経ち、いろんな水の音が聞こえて引けて——出てきた！！——見た！　やっぱりどう見ても男よ！　ボンレスハム型の色白、にきび面のブルドック顔——あの男の名前がママレードだったらあたしの名前が二郎でもまかり通るって、そういう類の男よ！——ふ～ん、しっかり見たわ。そしてママレードミステリー《一》から《四》の謎が解けたわ。真相はこうよ。——つまりママレード嬢はマダムに内緒であのハム男と隣の部屋に住んでいるから、マダムと、そいからマダムへの告げ口を恐れてあたしとも顔を合わせられないのよ。シャワートイレや台所の占領時間が長いのもママレードとハム男、ママレードが電話魔に思えたのも実は電話じゃあなくてハム男と話してたのよ。ハム男は警戒して声を潜めてたから、あたしにはママレードの声しか聞こえてこなかったのよ。あのカップルのせいであたしの便秘がなかなか解消されないしお湯だって満足に使えないんだから、とても迷惑な話よ。

あ～らよ、こらよ。い～けなんだ、いけなんだ。そういえばマダムが言ってた約束事の中に《二人以上で住むことを禁じる》《友達を呼んではいけない》《他人を泊めてはいけない》って項目があったあった。あたしには関係ないわって思って見てたの。マダムは気づいてる？　気づいてない？　わからない。でもさっきのマダムの感じではマダムとママレードはうまくいってない、二人の間に穏やかならぬ空気が憚ってることは確かよ。

どっちにしろママレードは大家との賃貸の約束を破って、隣人に迷惑を掛けているんだから甚だ身勝手な話じゃないの。言～ってやろ、言ってやろ。言わないで見過ごしてたら、あたしがママレードとグルに思われるんじゃない？　ノン、ノン、本当に言いつけてやろう。

二月三日

今日から授業が始まったの。先生はミシガン先生っていって二十七、八くらいでフレンドリーな女の人なの。生徒はアメリカ、中国、メキシコ、スウェーデン、ノルウェー、ブラジル、韓国、あたしが日本、エトセトラ――実に各国の各層の年齢の男女よ。

あたしの隣はコロンビア人の十代の女の子で、コーヒー豆そっくりなの。コーヒー豆色にギラギラ光る肌をしていて、そこからコロンビアの大地を這いずり回るムカデみたいにニョキニョキと同色の三つ編みが数十本四方八方に生えてるの。コーヒー豆の真ん中に立派な穴が上向きに二つ開いていてその下にたらこ風の肉厚の唇がとても立体的についているの。こうして日本の裏側の国の人の顔をまじまじと観察してみると本当に神秘的ねぇ。この彼女がコーラ中毒なの。この寒いのに朝の八時からコーラ、午後の授業でもまたコーラなの。だもんだからひっきりなしにゲップが出るんだわよ。これにはあたしも参ったわ。

授業で使うテキストは、黄色い文法のとオレンジの語彙のと二種類で、絵がたくさん入ってるからいいんじゃない？　一二ユーロ七〇×二で、二五ユーロ四〇。これをペラペラ捲りながらこれからどんな感じで授業が進むのか大まかな説明があったけど、ほとんど理解し損ねたわ。だって大概初日はテキストを使わないで自己紹介や学校のあれやこれやを話してくれたりするものよ。それでやっぱり自己紹介だったんだけどこれがまた――こういうシーンを絵に描いたような――閉鎖的な雰囲気だったの。「さぁ皆さん、いいですか。自己紹介って言っても堅く考えないで。知ってるフランス語で好きなことを言って下さい。間違っても構わないのよ。皆さんはこれからフランス語を勉強するんだから。さぁ、皆さん！　何だか元気がないわねぇ。もっとリラックスして！――じゃあまず私から自己紹介します。私の名前は×××ミシガンです。今日から皆さんにフランス語を教えることになりました。私はこの学校に来て三年目です。それまでは――――。はい、こんなもんかな。じゃあ――こっち、左側から行こうか。そう、あなたあなた。どうぞ」どうしてフランス人ってのはフランス語がちんぷんかんぷんな人に対してこうやって普通のスピードでペラペラ喋っちゃうのかしら。いくらなんでも先生くらいは少しゆっくり話してくれそうなものなのにそうじゃないのね。こんなことだろうと思って「私は外国人です。フランス語が話せませんからできるだけゆっくり話していただけませんか？」って文をきのう暗記しといたんだけど、その場になると何だか思い出せないからおかしいわね。でもたとえ思い出せたってあの雰囲気じゃあとても言い出せないわよ。なにせみんな鼻息ひとつ立てずに緊張の糸をピーンと張ったままがっちり腋を締めてしゃっちょこばってるんだもの。ミシガン先生の自己紹介も、先生は盛んに笑顔を振りまいてたけど、あたしたちは何も可笑しくないわよ。コロンビアのコーラちゃんもつまらなそうな目をしてどこか上の方を見てたわ。あたしも頭の中で知ってる単語を漁ってみたけれど、それらは違うパズルから寄せ合わせた一個一個のようにどうやってもひとつの文を成し得ないし、それじゃあ知ってる単語をとりあえずくっつけてみたらどんな《あたし》が成り立つかと思って構成してみたんだけど、とっても意味不明な珍文しかできなくて、またそういう奇文変文に限って芋づるみたいに次々と湧いて出てくるもんだから――思わず笑いがこみ上げて、それをグッと飲み込んで――はて、何を言おうか？　首を捻っているうちにあたしの番が来ちゃったの。

仕方がないから「私はアキコモモイといいます。日本から来ました。あなたがたに会えてとても嬉しいです。先生、わたしたちは外国人です。フランス語が話せませんからできるだけゆっくり話していただけませんか？」って言ったの。《あなたがた》の前に《色々な国から来た》が入ればあたしの自己紹介は完璧だったのにねぇ。

他の生徒の自己紹介ったってほんの一言二言、せいぜい名前と年齢と生まれた国を言う程度よ。蚊の鳴くような声で、微妙な沈黙を挿みながら順番に呟かれる名前の連続は、囚われた人々の細々とした音声のように頼りない響きがあったわ。

今日のところは本格的な授業をしないで終わったけど、本格的な授業のための本格的な予告があったの。明日か明後日には動詞の活用を八十四個覚えて、語彙の暗記と応用については毎日たくさんのプリント学習、LL（聞き取り、発音、話す）は一人ずつ毎回のテスト、その他《アトリエ》っていう自由選択のクラスがあるんだけど、それにはわかるわからないに関わらず必ず興味のあるのを選んで出なきゃいけないの。最後に一週間の時間割と《アトリエ》のリストが配られて、空いた時間に自由学習したければ図書館があるって。

終わってから、学校の大きい方の校舎に行って自動販売機の一ユーロ一〇のカプチーノを啜りながら時間割を見たら、何とも言えぬバランスの時間割なの。朝八時から午後五時までどこにも休憩なしにびっしりの日があるかと思えば、午前十時から午後四時まで空いてる日や、二つの授業が重なってるところもあって、とにかく目まぐるしいの。《アトリエ》のほうは二十クラスくらいあるんだけど、あたし《フランス映画》と《シャンソン》、それでも足りなきゃあ《詩の朗読》《和訳仏訳講座》を取ろうっと。

買い物をして部屋に戻ると事件があったの。あたしが門からの階段を下りるといつもだったらパッと電気が消えるのに、今日は部屋もキッチンも煌々と点いたままよ。怪しい。警戒しながら恐る恐る階段を下りて部屋の鍵を開けてたら、背後から「ボンジュール」女の声じゃない声がしたの。ヒッ！　振り返ると隣のハム男が引き攣った愛想笑いをして立ってたの。手には半分丸めたレンジ用ピザの紙皿、紙皿の中身は強烈な溶けるチーズの臭いとなってハム男の口からあたしに向けて放出されたの。ヒーッ！「ボ、ボジュ」あたしが小声で答えると、「僕は隣に下宿してる彼女の彼氏さ。彼女は授業で今は僕一人なんだ。その事なんだけど、僕たちは何も違反してないんだ。つまり彼女はきちんと家賃を払ってるんだから上のバアさんにとやかく言われる筋合いじゃないのさ。なのにあのバアさん、契約違反だの未払いだのって——頭がおかしいんだ。姉さんは本当の気狂いだし。だいたいバアさんのせいでまともな生活が送れねぇんだよ。彼女が留守で僕が一人で部屋にいる時に見つかるとヒステリーを起こして怒鳴りつけてきたり、彼女の実家に電話してあることないこと言いつけたりするんだぜ。まったくクレイジーなババアだよ。——ある時バアさんが息子を連れてきやがって、これ以上契約を無視するなら今すぐ出ていけって二人して怒鳴りやがったから——表向きだけもう二度とここに来ないって約束したんだけど、その後何度も帰ってないのがバレて、ついこないだ、二月二十日までに出ていけって言われたんだ。そのつもりさ。こっちだって彼女の留守中いつも上の気配を気にしながら、息を潜めて生活するのはもうこりごりだからさ。そういうことで君もせいぜい気をつけたほうがいいぜ。君だってこの話を聞いて上のバアさんがおかしいと思うだろ？　だろ？　僕の言い分に賛成だろ？　だったら——僕に会ったことはバアさんに言わないでくれよ」なによ。結局言わないでくれって話じゃないの。よし、明日全部話してやろう。ハム男の話が六割方わかったのはほとんどやさしい幼稚な英語だったからよ。それにしても懲りないカップルねぇ。借りる側の理屈がどうあれ大家が駄目だって言ってんだから駄目なんだわよ。

あたしハム男の戯言を聞いてる間、終始だんまりのお客さん顔をしてウイもノンも言わなかったの。それで最後に「あたしは日本人です。フランス語も英語もわかりません。あなたの言ったこと何にもわかりません。さよなら」ってわざとモールス信号風のフランス語で言ってやったの。

怪しいっていえば、今日、学校裏の非常に怪しいテレホンカードとファックス専門店でテレホンカードを購入。店の窓全体に世界の国旗の紙が張ってあって中が見えないようになってるの。ドアを開けると調子の良さそうな国旗のTシャツを着たアラブ人がニカッと笑って「コニチワ。デンワ?・」日本語。「ウイ。一番得なテレホンカードちょうだい」って言ったらあたしに日本へ、アジアへ掛けるのか。それともフランス国内ないしはヨーロッパへ掛けるのかって。日本だって答えたら「ハイ、ドウゾ」日本語。なかなか開かないプラスチックケースから芸者の写真がプリントされたアジア専用のテレホンカードを出してきたの。一五ユーロで四十分間掛けられるんだって。学校の周辺には学生向け格安テレホンカードや携帯電話の店がたくさんあるんだけど、どこも怪しげなの。どこに行ったたって怪しいんなら一番近いとこで手を打とうと思って入ったの。

やっぱり電話よ。エクサンプロバンスってところは想像以上に田舎で何事も融通がきかないの。パリしか知らないあたしのような人は、ここで何かトラブルが起きようもんなら、本当に打つ手がなくて戸惑っちゃうわよ。万が一急を要する問題が起きてこの街の機能で解決できなければ、その時はパリか、それでも駄目なら日本のしかるべきところに直接連絡をして助けを求めるしか方法がないんだから。それを思うととても不安になるわ。それに日本を離れて半月が経ってみると、手紙じゃ間に合わないことが少なからずあるの。それにそれに最近はふと日本の声が聞きたくなったり、いろんな出来事を思う存分日本語で喋りたくなったりする時があるの。そういうわけで、海外に留学するとテレホンカードがこんなに貴重だとは知らなんだわ。

祖国を離れて生活をしてみると、あたしにとって祖国で生活するってことがいかに自然で安心で心強いことか実感するわ。こういう形で日本を離れなければ決して実感しなかったことよ。世の中には祖国を持たない人やいろんな事情で持てない人、また自ら祖国を捨てて生きてる人が少なからずいるわけでしょう? そういう境遇にある人たちが世界中に存在するんでしょう？　あたしここでしばらく生活することになってから――《あたしという個人と祖国の関係性》をちょっぴり意識するようになってから――祖国うんぬんに限らず、身辺を取り巻く複雑な社会的心情のようなものの背景をあたしなりに察してみるようになったわ。
何はともあれ持つべき物は格安テレカよ。

二月五日

きのうは本格的に授業が始まったんだけど、午前八時から午後四時までびっしりシゴカレタの。とにかく覚えることが多すぎて、とても上に行くどころじゃあなかったの。ミシガン先生はなんて読むのかわからないような動詞で埋まってる活用表を広げて、「これこれ、ここも。このページ全部覚えて。フフッ」なんていとも簡単にポンポン言っていくの。だもんで、きのうからあたしの頭は奇妙なアルファベットの羅列でパンク寸前なの。覚えても覚えてもちょっと気を抜くと順不同に喪失しちゃうんだもの。

ところで学校が終わってから上に行って、さっそく「キッチンから男が出てきた」とだけ言っといたの。マダムはきっと怒って騒ぎ出すだろうと思ってたら、「そう」一瞬目を低く据わらせて怒りを飲み込んだの。そして「今その男はいる？」怒りの炎を秘めた冷酷なトーンで聞いてきたの。ややっ、これはもしやっ――予感がしたけど「わからないけど明かりが点いてますよ」正直に答えてやったわ。するとマダムはコート掛けからコートと懐中電灯を取って「さ、行きましょう」日が落ちると真っ黒く塗りつぶしたように何にも見えない階段を討ち入りに出たの。
ママレードとハム男は、夜にマダムが下りてくることは滅多にないと思って、煌々と電気を点けたまま、二人で溶けるチーズの臭いがする夕食を取っている最中だったの。この時に限ってキッチンの明かりもつけっ放し、テレビの音量もブオッとやってたんだから運が悪いわねぇ。マダムが勢いよくドアを叩くと「ウイ」、まずテレビの音量が消えてママレードがひとりで出てきたの。――この時初めてママレードを見たわ。ニキビがたくさんあって、まず減量が課題とされる体操選手みたいな肉付きの女の子よ――そこから先の状況を日記に書くのは止すわ。そんな暇があったら喪失した動詞のひとつも拾って覚え直さなくちゃ。要するにフランス人同士のすさまじい言い合いが始まって、あたしにはまったくチンプンカンプンのハイレベルなフランス語がものすごい速さものすごい強い口調で飛び交い、行き詰ったママレードが叫び出し、と後ろからハム男が登場して選手交代、マダムハム男の横柄な応戦にとうとう怒り爆発、呼吸そっちのけで素晴らしい戦いっぷり、優勢、優勢、ハム男どうしたハム男ざまみろ、マダムの勢いにハム男手が出ない、マダムやれやれ！　とママレードハム男の横で泣き叫び出し、泣き叫ぶママレードをマダム怒鳴りつけ、ハム男とママレードが何か決裂的暴言を吐き、マダムが何か決定的通告を下したの。――戦いの終わり。マダムは興奮冷めやらず。されど勝者の貫禄たっぷりにあたしの傍に来て「アキコわかったでしょう？　あの男は家賃も光熱費も払わないで、ここに十六カ月もいたんだよ。うちは一人一部屋で一人分の家賃って条件があるの。それを承知して入ったママレードが約束を破って二人で生活してたんだから、当然二人分の請求をしますよ。家賃、光熱費、それと洗濯機代もある。息子に請求書を書いてもらうわ。まったくこういうことが起きちゃあねぇ。部屋を貸すのも楽じゃあないわ」やれやれって顔をして言ったの。

どうしてあたしがほぼ完璧に聴き取れたと思う？　やっぱり動詞のギュウギュウのお陰かしら？　ノノノン、それだけじゃないと思うな。これはミラクルよ。最近三十回に一回くらいあたしの聴き取りにミラクルが起きるんだもん。まるで一瞬の魔法のように急に見えない力が働いてスーッとわかる時があるんだもん。不思議ねぇ。

それにしてもマダム・ソレイヤブのエネルギーはすごいわ。外見は細くて小さい背中曲がりのお婆さんなのに、車も口も達者達者でとても年齢には見えないわよ。やっぱり「ハリスおばさん」そっくりよ。これだけのエネルギーがあるんだから、あと十五年や二十年は軽く生きると思うわ。

マダムっていえば、マダムは部屋の中でもコートを着てるの。暖房の節約だって。もちろん電気も最大に節約していて、いつ行っても暗くて寒いの。アグネスん家と一緒よ。てことは、あたしも大家さんに倣って極力節約をしなくちゃならないってことね。だけど今日の壮絶な戦いを見たら、寒いも暗いも何だって我慢するに限るわよ。とにかく言われたことはきっちり守ってマダムの怒りを買わないこと。メジオバに言われたように、せいぜいスリスリして皆に嫌われないようにすること。スリスリ――フランス語でスリは笑う微笑むの意味があるの。つまりスリスリといえば日本にいてもフランスにいても《ニコニコ》を指すわけなの。

ところであたしの微笑んだ顔って――スピルバーグのＥＴって宇宙人に――そっくりね、アハハ。

二月七日

一日中動詞活用。一二×七イコール八四個ナントカカントカ、ミシガン先生が言ってた。ここ数日間、あたしの人生は動詞活用一色なの。以上。

二月九日

八枚のプリント。六枚のプリント。挨拶、描写①男性冠詞と女性冠詞、その他すごくたくさん。とても寒い。石の冷気に吸い込まれていくような感覚。早朝家を出る時の冷たささらなり。フード付きのダウンジャケット、その中に毛糸の帽子、マフラー、手袋二枚着用す。が、教室の極寒さらにさらなり。アヴヴ、いと耐えがたし。財布を見るとたまたまいつもよりやや多めの現金が入っていたので休み時間を利用し迷わずこげ茶のとっくりのセーターとエンジのタイツ購入、その場で着用す。二、三日中に日本からの荷物が届く予定あれども、まことに後悔あらず。日本からの荷物がもうそこまで来ていることを思うと一瞬幻のごとく暖まれり。この暖の儚さ《マッチ売りの少女》のごとし。とはいえ底冷えの夜にこれほどの楽しみはなし。これを以って勉学の励みとするべし。

とは言ってみたものの今日はあたし寒さ疲れしちゃって勉強も思うように捗らないからもう止めたの。あ〜あ！　こんな時たっぷりのお湯に浸かったら体の芯から暖まるだろうなぁ。お湯の中でミカンしたいなぁ。お湯の夢を見ながら血行促進体操に勤しんでたら思い出したことがあって――――とにかくあたしのベッドってのが特別大きくて、ほとんど半分しか使ってないんだけど、そのせいで湯たんぽが毎晩どこかへ動いちゃって行方不明になっちゃうの。「あ！　ない！」見失ったら即両足に絡みつく毛布もろとも空自転車漕ぎ！　するんだけど必死の捜索活動も虚しく、大概それっきり朝まで戻ってこないわけ。それで「お〜い、湯たんぽ〜！」の木霊を夢と現の間に残しつつ、いつも目覚ましが鳴っちゃうの。えっ？　くだらない？　ノノノン！　ちいともくだらなくない！　湯たんぽ、とても大事なこと！――つまり湯たんぽが動かないようにベッドに固定してみようと試みたんだけど、ベッドをひと回りするような紐がないので断念したの。ベッドに固定できない――そんなら足に固定するしかないいんじゃない！

夕食は少しづつ残った野菜をブイヨンで煮たもの。自分の部屋に変圧器をつけて旅行用の鍋で調理、星二つ。体拭きと洗髪。アグネスとジャクリーヌに手紙。

二月十一日

今日《アトリエ》の選択授業で《シャンソン》に出てみたけど、「カエルのうた」みたいな輪唱歌を歌わされてちっとも面白くないからもう止めたの。選択授業では他に《和訳仏訳講座》と《フランス映画》に出たの。映画の方は毎回なんらかの映画を鑑賞させてくれるんで人気のクラスみたい。和訳仏訳の方は映画のように気楽にはいかないの。このクラスだけが日本人の男の先生なんだけど、とてもシビアで、何というか難しいタイプよ。授業初日の自己紹介で、ある私立大学の理工学部の男の子が「僕は文学で生きていきたいから、大学を休学してきました」と言ったら皮肉っぽく眉を寄せて「君はバカだな。文学なんてもので生活していけると思ってるの？そういうものはあくまでも趣味に止めるものだよ。好きなことを貪欲に求めるのは人間として素晴らしいことだが、現実は別の世界にある。君がお金を稼がなくても許される身分ならばそれで結構だが、おそらくそうじゃあないだろう？　ねぇ。ならば理工という貴重な技術を身につけることをなぜ止めてしまうの？　君の大学の理工といえば日本でトップでしょう？　日本でトップということは世界でトップなんだから君の努力次第でそれこそ世界中どこでも通用するのに。甘いなぁ。若さなのかなぁ。とにかく悪いことは言わないから取り返しがつかなくなる前に日本に帰って、もう一度理工を勉強しなさいよ。――ああ、ごめんなさい。僕がこんなことを言う立場ではなかったね。でも冒険を否定したのではないよ。冒険した人にしか奇跡的に成功した時の喜びは味わえない、その感動は得られない。それはそれで奇跡として輝かしいことなのさ。だけど現実というものは、これもひとつの奇跡のように厳しいんだ。現に僕の本業は音響の研究で、研究室を大学内に設けてもらってそこに勤めているんだけど、それだけでは食べていけないからここでフランス語を教えながら生活してるんだからさ」男の子は黙って聞いていたけど最初の小休憩で帰っちゃったの。とはいえ、先生の言い分に嘘はないってことを生徒全員が感じながら大真面目に受け止めたことは確かよ。フランスに来て初めてフランスで生活する日本人の本音を聞いたら、あたしも気を引き締めて頑張ろうってそう思ったわ。生徒は新旧併せて十人前後よ。ここに来て二年や三年経つ上級生はさすがに落ち着いたものだけど、あたしを含めた新入生は名指しされるとビクビクしちゃって、間違わないものも間違っちゃうんだわよ。

帰りに中心街の本屋さんまで行ってみたの。本屋って好きだな。普通の本屋も古本屋も、ここは大学があるから結構数があるの。気の向くまま何軒か廻ったら、いい気晴らしになったわ。あたし最近落ちこぼれ気味なの。クラスが嫌いになりそうなの。まったくこんなに長時間、時間も忘れて机に向かったのは小学校六年の受験勉強以来よ。それを毎日毎日サボらずにやってもやってもミシガン先生の授業についていけないんだもの。最初はみんなついていけない様子だったんだけど、アルファベットの国の人はみるみるうちにペースを上げて、今じゃあ先生の話を楽しそうに聞いてるんだもの。それで昼休みにゆで卵を剥いてたら、ふとこのＩＪってクラスがいったいどの辺のレベル何なんだろうと思いたって、ちょうど図書室で自習してた岡田さんに伺ってみたら、クラスはやさしい方からＡＢＣ……だからあたしのＩＪは随分上のクラスってことなの。これを聞いたらあたし落ち込んじゃった。だってあたし実力に見合ってないクラスにいるんだもの。それにあのクラス分けテストであたしがＩＪに振り分けられるっていうのもそもそも妙な話だわよ。きっと大学側の間違いに決まってる。そのことを岡田さんに言ってみたら、それは十分考えられるって。どうしてもついていけないようならクラスを変えてもらうことができるって。でもクラス分けテストはこれから何度もあって、その度にまめにクラスは変わるから今はＩＪでも次は希望通りのクラスかもって。フ～ンそうなの、ありがとう岡田さん。で、それを聞いたら少し元気になって、寄り道してみたくなったの。

中心街の総菜屋でクルミ入りのパテ、果物屋でピンクレディってりんごとバナナを買ったの。ピンクレディは爽やかでシャリシャリなりんごよ。毎日ヨーグルトと一緒に食べてるの。マンゴー。パテを買ったから大好きなマンゴーは諦めたわ。

二月十四日
一時限目が休講になったから学校の前のカフェで書いてるの。まだ空にはゆうべの月がくっきり残ってるわ。

この時期、ここの朝九時くらいの空っていえば夜は明けたっていうのに、まだ夜が明けきらないようなしんまりとした暗さに覆われてるの。朝いちのクラスでサン・ジョゼフを下っていると《夜明け》に遭遇する日があって、壮大な空全体が薄桃色と薄紫のグラデーションに染まる光景はとても神々しいの。日本のあたしの家から見る富士山と丹沢も結構だけど、ここの夜明けは空の大きさが違うの。まるで空っていう空間が迫ってきて、吸い込まれそうなの。やっぱり大陸なんだねぇ。

ここは自習室。何をやってもいいのよ。
さっきまで中心街の大きいスーパーマーケットにいたの。サン・ジョゼフの方にはないものが何かあるかな、と思って。やっぱり中心街の方が品物が豊富よ。卵ひとつにしても一個から二十個まで買えてたくさんの種類があるの。それで今日は小さなチーズと蜂蜜飴、オリーブオイル、歯磨き粉と保湿成分の入ってる化粧水なんかを買ったの。

ところでフランスのスーパーマーケットのレジってのは変わってるの。まず買いものを済ませてレジに並ぶでしょう？　自分の番が来ると、レジ台に設置されてる黒ゴムのベルトコンベヤの上に買ったものを全部乗っけてカゴを所定の場所に返すでしょう？　そしてベルトコンベヤの上の品物が前の人のとごっちゃにならないように、区切り専用の棒を置かなくちゃならないの。いよいよ会計。レジのお姉さんが無愛想にやってくれてる間、その間にもやることがあるの。レジの外にレジ袋が積んであるから、そこに飛んでいって必要なだけ持ってきたら、レジ打ちの終わった品物から自分でどんどんビニール袋に入れていくの。レジ打ちは速いから、夢中で入れてる間にイクライクラって請求されるわよ。で、お金を払っておつりをもらって終了。（おっと、おつりの確認を忘れずに！）なんだけど慣れないうちはあたふたしちゃって、そこへもってきて最後に複雑な金額を言われるとカーッと熱くなっちゃうの。それにまた時間帯によってはレジにできる行列がまさに長い蛇なの。並びながら本を読んでる人もよく見かけるわ。一度後ろのおばさんに「あんたの買った塩、それ捜してたのに見つからなかったのよ。あんたもう少しも家にないの？　まだあるんならあたしにちょうだいよ。また最初から並び直すなんて──駄目かね？」って言われたことがあって無論断ったけど、あのおばさんどうかと思うわ。そんな混み方だからレジの女の人たちはお昼にもまともに行けないのかどうだか、おそらくそうなんでしょうけど、彼女たちはどんなに長蛇の列だろうと、突然手を止めてバナナだのサンドイッチだのを食べ出すの。レジ打ちも楽じゃないわねぇ。これもきっと《雇用問題の悪化》が影響してるんじゃない？　最近フランスの雇用問題もひどいから。要するに会社が最低の人数しか雇わない雇えないってことなんじゃない？　だからあんな気の毒な形でお昼をするようになってるんだと思うわ。

ここは郵便局。あたしいつ何時でも郵便局が大好きなの。今日あたり、裏に積んである荷物の中にあたし宛の二〇キロがあるかもしれないの。

日本に二枚絵葉書を書いて投函。一枚〇・七五ユーロ。だいたい一週間で届くのよ。

犬の糞。

二月十五日

きのう帰宅したらポストに、郵便局からあたし宛てのハガキが入ってたの。《日本荷物お届けに上がりましたが留守のため持ち帰ります。つきましては早急に郵便局まで取りに来られたし》って。あーあ、やっぱりきのう裏にあたしの荷物があったんじゃない？　と思ってよく見たら、聞いたこともない住所にある郵便局なの。さっそくマダムに聞きに行ったら、マダムも行ったことがないけどえらく遠いことは確かだって。それで荷物が約二〇キロあるって言ったら、そんなのプセットじゃあ無理無理あたしが車で運んであげるから、って言ってくれたの。マダムの運転は恐怖だけど、知らない郵便局、歩きの二〇キロは到底自信がないから、この際勇気を出してお願いしたの。時間？　何時って言えないけど用意ができ次第呼びに行くから。場所？　地図で見とくから。荷物が届いてよかったわね、アキコ。

今朝、朝八時にはコートも手袋も身分証明書もきのうのハガキも準備万端整えて待ってたの。授業は郵便局に行ってから出ようっと。――ところが待てど暮らせどマダムは来ないの。仕方がないからいつでも出られるようにして宿題をしてたんだけど、何の気配もないまま午前中が過ぎ、いつのまにかガチャガチャいってた物音が消え、し～んとしたっきり刻々と時間が経って、とうとう二時になっちゃったの。郵便局の窓口ってたしか三時か四時までなのよ。マダム、もしかして忘れちゃったのかな。あたしもうこれ以上待ちきれなくなって上に行ってみたら、いくらノックしても出てきやしないの。耳を当てるとし～んとしてる。マダムはあたしとの約束を忘れて出掛けちゃったらしいの。

頼みの綱だったマダムがいなけりゃ、当然知らない郵便局、歩きの二〇キロをあたしひとりでやらなきゃならないってことよ。愕然としてる暇はないの。タイムリミットは早くて三時なんだから。とにかく手元に地図がないから、どうしたらいい？――と！　庭師のおじさんが――おじさんはマダムん家の庭師で、ほぼ毎日数時間、庭の手入れに来てて、いつも長いこと石の上に座って何か歌いながらチョコレート食べてるの。マダムが言うには、働き者でいい人だけどちょっと頭の具合がおかしいからあんまり相手にしなさんなって――いつものように石の上でチョコレートかじってたの。あたしおじさんと喋ったことがないんだけど、自己紹介なんてしてる暇はないわよ。「おじさん、おじさん！」すっ飛んでいってマダムを見かけなかったか聞いてみたら「マダム？とっくに出掛けたっぺよ」やっぱり。じゃあおじさん助けて！　ハガキとカタコトで事情を理解してもらったの。

そしたら「こんな郵便局、おらだって知らねぇだよ。おそらくずっとずっと向こ〜うだっぺ。そんだ！　隣の家に聞いてみるべ。車があるからいるべ。うまくいきゃ車で運んでもらえるべ」って言ってくれて隣を訪ねて行ったんだけど、こういう時に限って留守よ。あたしガックリきちゃった、けどガックリきてる暇はないわよ。あたしが自力で郵便局へ辿り着き、二〇キロを持ち帰る方法を考えなくちゃ。――――これしかない！　プセット持参でバス停、バスの運転手に郵便局聞き指示されたバスで行き、帰りは二〇キロをプセットに乗っけて同じようにバスで帰る――――自信ないけどこれが唯一の手段だと思わない？　ねぇ、おじさん？「んだ！　あんた天才か！　でも不安だっぺ？　んじゃあおらも一緒に行ってやるべ」ホント？　おじさん？　仕事はいいの？「仕事？　ふん、もうねえ。行くべ」そう言うと乗ってきた緑のサイクリング車に跨ったの。おじさんは自転車バカで、サン・ジョゼフ坂も自転車で往復してるの。家が下の方角なんだってさ。何度か見かけたことがあるけど、ほとんどカタツムリ走行よ。あたしのエッチラオッチラ歩きのがよっぽど速いわよ。まぁそれでおじさんが自転車で行こうとするから「一緒にバスで行くんじゃあないの？」って聞いたら「いんや。バスはあんたがひとりで乗りな。おらは自転車がいいんだ。あんたのバスについて行くから」「どうしておじさん！　バス代は持ってるからバスで一緒に行ってよ」「い〜んや。おらは自転車で行くべ」おじさんはどうしても自転車で行くって。あんまりしつこく言って「じゃあ行かねぇから」って言われたら困っちゃうから「わかった。じゃあバスについてきて、おじさん」ってことでいざ出発したの。

バス停に着くと、運良くすぐにバスが来たの。ハガキを見せてここに行きたいって言うと、運良くこのバスで行くって。じゃあおじさん！　あたし乗るからおじさん走って！「はいよ！」バスがサン・ジョゼフの坂を上に向かって走り出し、おじさんが自転車を漕ぎ始めたの。――――あぁ！　バスの発車と同時に、おじさんがみるみる小さくなっていく！　やっぱりこの坂を自転車でバスについていくなんざ無謀な話なんだわよ。でもここでおじさんを見捨てるわけにはいかないの！　おじさん頑張れ！　おじさん頑張れ！　あたしバスを乗り越さないように運転手の傍のポールに捕まりながら、一方でおじさんが気になって仕様がないじゃないの！　だからひどく揺れるバスの中あっち見こっち見でとても忙しかったわよ。

五分ほど行くと坂の行き止まりが見えたの。おじさん！　坂終わり！　頑張れ！　おじさん！　見るとおじさんはもはや米粒くらいの大きさになって、バスのずっと後ろをヨロヨロしてるの。おじさん危うし！——と、次の停留所が見えて——人が立ってるの。あぁ神様。バスが停まりドアが開——いたと同時にあたし身を乗り出して「おじさ～ん！　おじさ～ん！」声を限りに何度も叫んだわよ。するとバスに乗ってた小学生の男の子たちが面白がって「オジサ～ンオジサ～ン！」一緒になって叫び始めたの。あたしがドアのステップに立っておじさ～ん！　の雄叫びを上げてるから運転手もバックミラーで状況を把握してくれて、ほんの十秒くらい余計に停まっててくれたの。こういう十秒って大きいわよ。十秒待ってたら緑の米粒が段々大きくなって人間の形になってきたの。あたしが必死に手を振ると必死に手を振りかえすのが見えて、運転手が「じゃあ行くよ」出発したの。

無事に坂を終えたら今度は頻繁に曲がり角が続いたの。ひどい揺れ！　その度におじさんが見えなくなるから気が気じゃないわよ。でも運良く各停留所で乗り降りがあって、その度に五、六秒停まったから、その度に小学生たちとオジサ～ン！　やったわよ。この調子で叫び続けてたから、郵便局が近くなった頃には声が嗄れて大いに疲れたわ。「次、郵便局前だよ」「ありがとう、運転手さん」「バイバイ、ボクたち」バスを降りると小学生たちが「バイバイ！　オジサ～ン！」元気いっぱいにあたしに手を振ってくれたの。

郵便局前のバス停でおじさんを待ってたら、数分でおじさんが生きて到着したの。おじさん！　大丈夫？　心配したよ。「でぇじょぶだ。おらぁ自転車で走るのが好きなんだからよ」おじさんは本当に自転車バカなのね。でも無事に着いてよかったね。「んだね」

郵便局は、そう呼ぶにはまことに小さい建物よ。バス停の脇にある公衆便所かとおもったら郵便局だったの。

あたしたちが着いたのは二時五十分で、窓口へは滑り込みセーフだったけど、とにかく間に合ったんだからバスにして正解よね。手続きはパスポートとハガキを出して滞りなく済んだの。「荷物が大きいからドアから通します」って言われて受け取った荷物を見たとたん、まぁ、ダンボールってここまで形を失うのかと思って驚いたわ。だってあんまりグズグズに崩れちゃってるんだもの。でもさ！　待ちに待ってた荷物を受け取った嬉しさ！　おじさん、わかる？　おじさんはよかったじゃあねぇかって顔で「へへへっ」ってひとり笑いしながら二〇キロの荷物をあたしのプセットにがっちり結わえつけてくれたの。

帰りはまたバスよ。二〇キロの原型を留めてないダンボールをプセットにぐるぐる巻きにして両足に挟み、運転手の傍のポールにしがみつきながらオジサ～ン！　よ。だけど行きよりはよほど安心しておじさんを見守ることができたわ。一度来た道だし、それに帰りは下り坂だから、おじさんも余裕でバスを追ってこれたんで。バスのステップを降りる時に「フンムッ！」ってあたしが腹から声を出して踏ん張るもんだから運転手が薄笑ったけど、二〇キロの荷物をバスから降ろすんだもの「フンムッ！」がなくちゃあ踏ん張れないわよ。

そんなこんなで部屋に着いたんだけど、おじさん本当に疲れたはずよ。疲れたでしょう？　って言ったら「いんや」って答えてたけど、その後で庭の隅っこの倒れた丸太に横たわったまま、夕方までグースカ寝てたもの。そうよねぇ！　仕事を終えて帰ろうとしたところを突然わがままな日本人に呼び止められて、そのまま聞いたこともない遠方の郵便局まで付き合わされて、あの全サン・ジョゼフのおそらく三分の一以上を自転車で往復するはめになっちゃったんだからねぇ。本当にありがとうね、おじさん。

あたし？　あたしは元気よ。嬉しいよ。疲れなんかどっか行っちゃったよ。それで荷物を開けるお楽しみは夜に残しといて、ちゃんと四時限目の授業に出たんだから。

授業と夕飯――クラッカーと紅茶とりんご齧り。《後のお楽しみ》を眺めながら齧るりんごってなんて美味しいの！《ご褒美待て》の犬のしっぽ振りの気持ちがよ～くわかったわよ！――を速やかに終えると、待ちに待った荷物開け♬ほんに嬉しい荷物開け♬よいさよいさ♬ってことで、四つの角が取れたズダズダのダンボールをヒッチャブッテいくと――さぁ、中からいろんな物が見えてきましたよ～。まずはダンボールの至る隙間から携帯ティッシュがポンポン弾け飛んできました～、次にポコッと丸――ナニコレ？　懐中しるこ！――を天辺に嵌め込んだ紙コップがいくつか転がり出てきました～、懐中しるこを外すと紙コップ奥から漢方便秘薬とモーラステープの束が――それから先は覚えてないわ。気がついたらあたしのぐるりに日本物産展のコーナーができてたの。いろいろあるわよ！　端からふりかけ各種、のり、婦人腹巻、サプリメント各種、そいから――乾燥ワカメ、シロクマスリッパ、干し柿、小魚百選、おお！　干し芋！　健康靴下、ホカロン、手紙の束、インスタントみそ汁、桜えび、おせんべ、ミトン、パジャマ、着る物いろいろ、本数冊、新聞二部、羊羹、米、エトセトラエトセトラ！――ほんに楽しい荷物開け♬！　日本発の玉手箱♬

開ける楽しみ！　とにかくあたしが送ってって頼んだ物すべてとたくさんの《おまかせ品》が素晴らしい圧縮法でいろんな風に組み合わさってるからトレビアンじゃない！　要するにスリッパの片方から梅干し飴とハンカチが出てきて、もう片方からぐるぐる巻きの絹製五本指靴下が出てきたりしたの。ひとつを解いていくと中から三つ四つ別の物が現われる喜びに浸ったのは、実に小学校のクリスマスプレゼント交換以来よ！　いろんなところからいろんな物が出てきて「わー嬉し！　わー嬉し！」って一人ではしゃいじゃったわよ。

このすべての物をベッドの上に並べたらまるで本物の物産展のコーナーみたいなの。何通かの手紙を読みながら品物を照らし合わせていったら日本のみんなの顔が浮かんできて感激もひとしおだったわ。立川の叔父や叔母も甘納豆の差し入れをしてくれたの。手紙によると荷物の買出しにも行ってくれたんだって。ありがとうおじちゃんおばちゃん。それからメジオバの手紙には、「どんなことでも吸収してやろうって気持ちで、何でも楽しみなさい。お母さんのことは心配せずに頑張ってスリスリしなさい」って。ありがとうメジオバ。あたしの母はリウマチの体質があって過去に二度ドカーンっていうのを経験してるの。今は元気になってほぼ日常生活の不自由はないんだけど、何しろ無理をしちゃあいけないっていうんで、ソロソロソロソロ母流の生活をしてるの。だからあたしがいない間、叔母たちが母を気に掛けてくれてるの。ありがたいわねぇ。メジオバは目白の叔母よ。母の姉でベテランの女医さんなの。立川の基子叔母は妹で、ここん家は夫婦揃ってとても律義な上に、恐ろしくまめな性分なの。とにかく母の兄妹はみんな兄妹想いで心のいい人たちなの。

母もソロソロソロと細々買い集めてくれたようなの。ひとつ不思議なのは《さらしあん》よ。おそらくあたしが書いた《さらしあん色のセーター》が見つからなかったんで、代わりに正真正銘の《さらしあん》を入れてくれたんだわ。さらしあん、いらっしゃ〜い！　日本にいても滅多に手に取らない珍しいものを、ここエクサンプロバンスで手にしたわ。《さらしあん》ってこれでお汁粉ができるんでしょう？　やってみたことないけど、和菓子が尽きたらぜひとも挑戦しようと思うわ。《さらしあん色のセーター》にしろ《さらしあん》にしろ暖まるには違いないわ。ありがとう母。

届いた物は全部、観音開きの箪笥の棚にきれいに並べたの。当分の間扉を開ける楽しみができたわ。今日の感激を拝むことができるわ。

ところでおじさんってどんな顔形かっていうと、全体にずんぐりむっくりモサモサしてて、おじさんに化けたムク毛の大型犬が綿のシャツを着てるみたいなの。セサミストリートにおじさんとそっくりな男が出てくるわよ。明日会ったらよくお礼を言って、おせんべのひとつもあげようと思ってるの。

二月十六日

日曜日、晴天。

今日って日は春の訪れに相応しい日だったわ。暖かくて物静かで、青空のここかしこで小鳥の囀りや春の雑音が聞こえるの。こういう日に部屋に閉じこもって勉強に励んだって何の得もないわ。だからとっとと止めて散歩に行ったの。陽気の良い日に当てもなく歩き回るってのが一番の気晴らしよ。朝はもちろん卵を落としたおかゆとシジミ汁で滋養をつけたの。今日からしばらくはおかゆにありつけると思うと、本当に嬉しいわよ。

ここら辺で散歩っていっても、《セザンヌのアトリエ》を除けば特別何もないわ。ただエクサンプロバンスっていう南仏の風土がのんびりと際限なく広がってるだけよ。サン・ジョゼフの坂を行きつ戻りつしながら、曲がり角を曲がってみたり、また違う道を通って戻ってみたりして、小さな発見をするだけよ。とはいえサン・ジョゼフを歩き回ろうってんなら、ちゃんとしっかりした靴を履いて、エネルギー補給のための飴とエビアン水は必須なの。サン・ジョゼフはそんなに甘くないわよ。

まぁとにかくこのサン・ジョゼフ坂にはびっくりした。この坂を毎日一ないし二往復するとして、それを百数十回繰り返したら、さすがのあたしも隆々とした筋肉女になれると思うな。朝いちにぼ〜っと歩いてると「ギャッ」とくる。下手すればそのまま足が滑ってジャーッといく。セザンヌもアトリエから散歩に出た途端何度となくジャーッ！　といったはず。いったん転がったら、モノによっちゃあ市庁舎の前まではいける。その証拠に、引っ越してきて二度目の散歩で貴重なおにぎり――旅行用真空おにぎり。のりは自分で用意。これが最後の一個！――が豪速でかなり近くまで辿り着いたんだから。おむすびころりん。街の人は豪速で転がっていく黒い丸い物体をまるで隕石でも避けるように体を引いて、ATMに並んでた赤いスカーフのおばさんを始め、誰一人拾ってくれやしなかったんだから。おにぎりについちゃあ、パリにいるユキちゃんも、日曜日のリュクサンブール公園のベンチで、のりを贅沢にぐるりした特大のを思い切り頬張ってたら、突然強面のお巡りさんがやってきて「それは何だね」って言ってきたって。遠目に通りがかった金髪のパリジャンが、おにぎりを子供の頭と勘違いしてあわてて通報したんだって。たまげた話でしょう？　のりとご飯に愛情のない人々。まぁとにかく、このサン・ジョゼフでモノを落とすと大変なの。

夢にも一度出てきたわよ。あたしが何かを怠けて不純なことを考えてたら、サン・ジョゼフの傾斜が突然鋭く傾いて死に損なう夢よ。あれが正夢になったらホントウに死ぬ。あな恐ろしやサン・ジョゼフ！――あ〜あ！　これじゃまるでチョモランマよ。こんなことばっかり書いてると、お婆さんになって読み返した時に悪い記憶の錯覚を抱くわよ。

☆

第一、サン・ジョゼフはレッキとした市民にはなくてはならない道。バスも通れば車も乗り捨ててある。ぶっ壊れた公衆電話や泥で磨いたようなATM、アメーバの襲撃に遭ったみたいな汚らしいベンチ、バスケットのシュートの上手も下手も助走なしの投入は限りなく不可能に近い緑色の二メーターゴミ箱もあり、その傍らには異臭を放つ真っ黒い四肢をバタつかせて聳え立つゴミの塔と日夜格闘している肉体派浮浪の男たちもいる。

通りに面した家々の庭という庭には、夏になると空に向けて素晴らしいアーチを作るだろう幾種ものバラを始めたくさんの植物が芽吹きの香りを漂わせ、通行人の心に太陽へ向かう季節の訪れを告げてくれている。マンションのベランダにもそれぞれの家庭の趣きを尽くしたささやかな花飾りと素朴な暮らしの風物があり、窓やカーテンの向こうからは時折ぼんやりと人の声や音楽、生活がたてるさまざまな音が聞こえてくる。今日という春到来の日曜日、木々の小枝では冬から目覚めた小鳥が喋りまくり、小枝の先端には無数の毛虫（ゾゾッ）や毛のない虫（ゾゾゾッ）がわんさとたむろっていた。彼らはまもなく、最小化された大晦日の女性演歌歌手のごとく、それぞれの意匠に富んだ衣装をはためかせながら、まことに神秘的な蝶々の間断を以って、植物にとどまらず、ありとあらゆる生命に纏わりつくだろう。（ゾゾゾゾッ）ま、それもいいだろう。

☆

新しい季節が待ち遠しい。新しい一日一日が待ち遠しい。晴れた日には暴れん坊な南仏の風と戯れあって舞い上がる砂ぼこりのベールが合切を覆うだろう。雨の日には土と漆喰の静かな温もりの匂いが一切に潤いをもたらすだろう。また曇りの日には光と影のあわいに時が止まったような心的描写を見出すだろう。どの日もどの日も忘れ難いだろう。

サン・ジョゼフを歩く時。景色はリズミカルな遠近法で迫っては離れ離れては迫り、行き来する人々のカンバスに風土の詩をうたってくれる。パノラマを貫く坂道の詩を口ずさんでくれる。そしてあたしのようなよそ者のカンバスには――セザンヌあるいは多くのセザンヌもどきが、ビアンブニュ！　エクサンプロバンス！　ようこそ南仏へ！！！――感嘆詞をハズんでくれる！！

それにしても今日のサント・ビクトワール山は素晴らしかったなぁ。広大な青空の一等地にトリュフの砂糖化粧をおもわせる山肌を横たえて、りゅうとした南仏紳士の余裕をきどってるの。あたしの体がどんなにブレようと、サンビクトワは決してブレない。

おお！　我が健脚の友、サント・ビクトワール山よ！　お前はなんでも知っているように見えるよ！　だからなにかひとつ、なんでもいいから、あたしにこっそり教えておくれ！

＊　今日の散歩で発見したこと――サン・ジョゼフを行きつ戻りつしながら考えたんだけど。ほら、どんな

土地でも山と谷ってものは、隣合って常に凸凹を成すものだって思うのに、ここら一帯ときたら山ばっかりで、じゃあ谷ってものはどこへ行っちゃったのか？　について。よくよく考えてみたらあたしのアドレスが《谷》なんだから、あたしのいる場所こそが谷なんじゃない？　だけど学校や中心街へ行くには、この箱根駅伝も黙るような坂を下っていくんだから――――やっぱり相当な山なんじゃあないの？

二月十八日

今日、ミシガン先生に言ってクラスを変えてもらったの。これ以上、このクラスで落ちこぼれるのはたくさんよ。先生は快くあたしの希望を聞いてくれて「実はAクラスに行きたいです」って言うとすぐに事務所で手続きしてくれたわ。AクラスにもただのAからAAAまでの段階があってあたしは一番下のAAAがよかったんだけど、それだけは通らなくて結局ただのAに決まったの。「駄目よ、アキコ。あなたのクラスはAよ」って。「ここ以外認めません」って。――――なんとなく怪しいでしょう？　もしかしたら本来のあたしのクラスってのがAだったんじゃあないの？　事務所で確認してみたらそういうことだったんじゃあないの？　だって先生が事務所に入ってクラス変更してる時の様子が、何だか随分いろいろと捲って確認した後で、ガンリキ嬢としばらくああだこうだやってたんだけど、会話中にあたしの名前が何度も出てきて「本当に?」とか「確認した」とか「しない」とかそんなぶつけ合いが何度も聞こえてきたの。でも、もう変えてくれさえすれば何でもいいわよ。もし事務所にミスがあったとして今の時点で苦情を言ったって仕方のないことだもの。

ところで、事務所前で待ってたら日本人同士がベンチに座ってお喋りしてたの。二人とも二十二、三であたしと同じ新入生らしいわ。一人の子はまだ部屋が決まらなくて困り果てた、これ以上ホテル暮らしをしたらお金がもたない、どうしよう――――って。するともう一人の子が、あたしなんかビザが切れたよ！　マルセイユの大使館まで行かなくちゃならないのよー！　ええ？　大変じゃない！　そうなの大変なの。でもさ、もっと大変なのが銀行の口座が使えなくなっちゃって――ええぇ？　もっと大変だね！　うん、それで先週から借りてた部屋を出てクラスメートの部屋に居候させてもらってるの。――で、どうするの？　取りあえず口座を何とかしてからマルセイユよー！　授業に出てる場合じゃないよー！――そうだね。授業どころじゃないね。

いろんな留学生がいるわねぇ。でもお金のない学生ってあたし以外にもたくさんいるらしいから安心、ノノン！　とても不安よ。それはそうと、最近はロビーでたむろする日本人を前のように見かけなくなったわ。《和訳仏訳》の三年選手が言うには、そろそろ皆疲れが出る頃だって。いろんな意味で余裕がなくなってくる時期だって。その人ったら最初の一年間がものすごくしんどくて八キロも痩せちゃったんだって。「二年目からが本当の安定期ですよね？　先生？」「え？　君、今二年目かい？　もう五年くらい教えてるはずだぜ」フンフンなになに？　安定期は二年目から？　じゃあ、あたしんとこには来ないのね。完全におミソなのね。ミソッカス――ミソでもカスでも結構だから、何かだしのビシッときいた熱い汁ものが食べたいわよ。――あっ！　そうそう！　お汁粉の差し入れがあったんだっけ！

だけどこの三年選手の経験におそらく嘘はないわよ。なぜならば実際もうすでに脱落者が何人もいるんだもの。あたしのクラスにも何の連絡もなくいつの間にか授業に出てこなくなった生徒が五、六人はいるんだけど、いったいどこでどうしているんだろうと思うわ。この間も、これもＩＪの話だけど、授業中突然行き詰って泣き出しちゃったベトナム人の女の子がいて、シクシクやってる背中を見てたらとても気の毒だったわ。それにほら、この《和訳仏訳》の先生に厳しいことを言われた理工学部の男子学生、彼は本当に帰っちゃったんだって！　本当に本当だって！

いずれにしても留学中のあたしの運勢はずっと不安定期らしいから、懐中しるこでも食べてよ〜く考えよう。

という訳で、ついさっき母にバースデーカードを書きながら、懐中しるこを食べたの。餡を練りながら不安定期からの脱却法を練ってみたけど、何のアイデアも浮かばなかったわ。それで食べながら考えようと思ってたら、考える前に食べおわっちゃったの。ほんの少しなんだもん。でも口の中にスーッと溶けていく日本の甘味の感覚を久々に味わったわ。

二月十九日

二月二十日に出ていくっていうから隣の荷造りを心待ちにしてたのに、なかなか腰を上げないんじゃない？？と不安に思ってたら、昼過ぎから突然ドッタンバッタン始まったの。

力だけは人一倍ありそうなハム男がいるから、ガンガンバンバン派手にやってたわよ。マダムには窓から床から壁から全部元通りきれいにしろって厳しく言われたはずよ。途中ふたりが仲間割れして言い争うのが聞こえてきたけど――今日のママレードの苛立ちようったら！　モップとバケツを手に仁王立ちで喚いていた姿は迫力もんだったなぁ――悠長にけんかなんかしてる暇はないわよ。今日じゅうにニースのママレードん家に荷物を送って、明日の朝はママレード自身も帰らなくちゃならないんだから。（エクスからニースまで長距離バスの予約がしてあるはずよ。チンタラやってたら明日までに終わりませんよーダ！）

あたし詳しいでしょう？　先日マダムに三つのことを訴えに行った際、マダムが教えてくれたの。三つの訴えっていうのは

一、あたしがトイレで遠慮しいしい頑張っていたら、ハム男が外から「いつまで入ってんだよ！」乱暴にドアを叩いて便秘に苦しむ隣人を精神的に追い詰めたこと。

二、冷蔵庫にあたしの物が入らないこと。

三、タオル掛けにあたしのタオルが掛からないこと。

そうしたらマダムが「まぁ！　本当になんてカップルだこと！　でもアキコ、悪いけど二十日まで辛抱してちょうだい。あと――数日だからね。その代わり、二十日に出ていかなかったら、こちらにも考えがありますよ。その旨はママレードによく言っといたから。ええ、間違いなく出ていきますよ。ママレードはニースの実家に戻るのよ。二十日の朝長距離バスを予約したって言ってたわ」って。

あんまりうるさいから、しばらく部屋を出たの。日曜日から日ごと目に見えて日照時間がぴよ〜んぴよ〜ん伸び、緑がワッサワッサ殖え、昼と夜の温度差が急に開いてきたの。朝晩は同じように冷えるのに日中はえらく気温が上がってコートも要らないくらいなの。それで今日も昼間はポカポカ陽気よ。気分がいいから図書室へ行ってちょこっと自習をしたら、手紙書きに適したカフェを探しながらブラブラしようっと。

池波正太郎の少年時代の話なんだけど、立小山先生が「人は、独りでコーヒー店へ行き、一杯のコーヒーを飲む時間を一日のうちにもたねばならない。どうでもいいことだけどね」って言ったんだって。深い言葉ねぇ。あたしも大きな贅沢は要らないから、そういう一日が送れる人になりたいなぁ、と思うわ。エクサンプロバンスにもたくさんのカフェがあっていろいろと入ってみたけど、ぜひまた来ようってお店はそうそうないわよ。だけどまだ気になってる店が何軒かあるの。その一軒がコーヒー専門店で豆も挽いて売ってるから前を通るとコーヒーのいい匂いがしてくるの。こういうコーヒー豆の店ってパリでも滅多にお目に掛からないでしょう？　どうもフランス人ってのはコーヒーそのものに拘らないみたいね。

コーヒー専門店は店内もどっしりした木の造りで、とても落ち着いた雰囲気だったわ。試しに通ぶってコナを頼んで、ネスカフェのコマーシャルみたいに複雑な至福の顔で啜ってたらカウンターの女の人が「いかがですか？」って聞くから「最近コナが好きなの」ってペロッと言っておいたわ。ククッ、あたしなんか取りあえず不味くなければ大体何でも美味しいのよ。ここのコナも美味しかったわ。けどここはカウンターしかないから長居ができないし、独りになって手紙書きするには向いてないわね。

再びブラブラ。古本屋と絵本専門店に寄って大好きなベッティーナっていう絵本作家の本を探してみたけど、古い作家だから店員も皆「ベッティーナ？」って。それでしばらく立ち読みしたら、またお茶したくなっちゃったから、今度は気になってるもう一軒の方に入ってみたの。ここもどうってことないけど悪くないわ。東京にもよくあるような、広くて一日じゅうボサノバがかかってる店よ。ここでテ・オレを頼んで三通の手紙を書いたわ。帰り際ポストに入れてマンゴーとスコッチ（ウイスキー）ケーキを眺めて帰宅。

隣は最後の晩餐、あたしは独りの晩餐。今夜は桜えびととろろ昆布のおかゆと干し柿入りヨーグルト、干し芋など。あぁ、干し芋ってなんでこんなに美味しいんだろ！

二月二十日
今日からAクラス。ＩＪよりやさしいことは確かだから、どんなクラスであれそれだけで嬉しいナー！　と思って朝七時半に部屋を出たら――ヒェッ、門の前に夢の島みたいなゴミの山ができてて通れないじゃないの！　ママレードが早朝出ていく時に捨てたんだわよ！　洋服や靴から本棚、プラスチックの食器、そいから生ゴミが全部分別しないでドドーンと足場を占領しちゃってるの！　せっかくあたしが新鮮な気持ちで再スタートしようって日の始まりにゴミの山じゃあ、幸先が悪いわよ！
意気揚々と向かったのはいいんだけど、教室が見えたらドキドキしてきちゃった。だってまた一からやり直し――すごろくゲームのコマでいうと《スタートへ戻る》なんだもん。クラスに馴染んでいけるかなぁ。どんな先生かなぁ。トントン、失礼しま〜す。

あたしが入っていくと、十人ほどの生徒が小声で話しながら先生を待ってたんだけど、鐘が鳴ったらドヤドヤと二十人ほどが上がってきて最後に男の先生が入ってきたの。先生は入ってくるなりあたしに気がついて「君は誰？　このクラスじゃないね！」思った通り話は通じてなかったわ。「実は私は今日からIJからAに変わりました」「ハッ？」「日本人のアキコモモイです」「ア、キ、コモ、モイ？」「ウイムッシュウ」すると先生は「ア、キ、コモ、モイ？」聞いた名前だなぁって不審顔、眉間に穏やかならぬ皺をつくって聞くのよ。「ウイムッシュ」あたしがもう一度答えると、突然「君！　いったい今までどこでどうしていたのだ！」怒り出したの。「ハッ？」今度はあたしが。「だからIJに。でも私には難しいので、ミシガン先生に頼んで変えてもらったんです」「ナニッ？」「そしたら今日からこのクラスに来るように言われてきました」「そんなはずはない！　君は最初から私のクラスだぞ！」「ナニッ？」今度はあたしが。「いいえ、私は最初確かにIJでした。そう貼り出されてありました。ちゃんとIJの名簿に私の名前が入っていました。毎日ミシガン先生が私の名前点呼してました。本当です。ミシガン先生に聞いて下さい。シツコイワネ（心の声）」「じゃあどうして私のクラスの名簿に君の名前があるんだ！」「知りません。シツコイワネ（心の声）」「ムム〜」先生はあたしをぐっと睨んで信用しないの。これにはあたしも頭にきたわよ！　だから「私のミスじゃありませんよ。学校のミスです。絶対です」あたしも目を逸らさずに強い調子で言ってやったの。すると先生はまだあたしを信じてないけど一応折れて、「よかろう。後で事務所に行って調べてみよう。とにかく座りなさい」そう言うと机を二、三度叩いて「さぁ！　授業を始める！　まず宿題の答え合わせから！――デイビッド！　何ページだかわかっているだろうね？」言ったの。と、隣に座ってたデイビッドらしき男の子が「いいえ、先生」あたしと先生が競り合ってる間じゅうずっと鉛筆に長いアルファベットを彫る作業に没頭してたデイビッドが答えたの。先生が荒々しい溜め息をつきながら「何ページだ？」机を二、三度叩いてクラス全員に質問したら、あっちの方から「二七」こっちの方から「一七」、いろんな答えが聞こえてきていくつにも宿題が割れちゃってるの。IJでは考えられなかったことよ。「二六！　二六！　ニジュウロク！」先生は「まったく朝から不愉快だ！」と言わんばかりに言い放って、黄色いテキストを掲げて見せたの。するとまたあっちこっちから「黄色いテキストか」「オレンジじゃなくて黄色ね」「黄色、黄色」呟きが洩れて、宿題の答え合わせに入るのに随分と時間が掛かったの。

やっぱりAにしてよかったわよ。それにＩＪで鍛えられて、それもよかったわ。だってAクラスでやってることはすべて一回ＩＪでやったことなんだもん。語彙はともかく、文法はあたしが何度書いても覚えられない奴ばっかりよ。数日前にも死ぬほど頭に叩き込んだはずだけど、ちょうどそろそろ記憶から喪失し始めたところよ。クラスの雰囲気もＩＪとはちょっと異なるの。ＩＪはほとんどの生徒がフランス語のナントカいう言語の資格テストを目指してる人ばかりだったから、皆どことなくピシッとしてお勉強しますって感じだったの。

Aは違うわよ。ピリピリ感というよりはポロポロ感なの。ＩＪの生徒は間違うことにとても抵抗があったようだけど、Aの生徒にはそんなもの微塵もないわよ。それどころか、答えることはほぼ九割方間違ってるの。それでまた同じ間違いをこれでもかってくらい、まるで先生に対する嫌がらせみたいにポロッポロポロッポロ何度も繰り返すんだから愉快だわよ。しまいにはあまりのできなさ加減に間違えた本人もクックツ笑い出す始末。そうするとラロック先生が頭を抱えて「教会に行って祈ってこい！」って前の教会を指差してガンガン怒鳴るんだけど、先生に怒鳴られてしょんぼりする生徒なんかいないわよ。皆他人事みたいに平気な顔してるか、周りと一緒になって面白そうに笑ってるわよ。要するにとても明るいクラスなの。それから先生はラロックっていうの。年齢は五十五歳でえらく真面目で短気な上にスパルタ教育なの。すぐに何でもバンバン叩くから、先生の周りの備品は今にもぶっ壊れそうだわよ。ドアはもうぶっ壊れてて、先生が足で蹴飛ばさないときっちり閉まらなくなってるの。どうやら先生は長年できの悪い生徒に囲まれているうちに慢性ストレスにやられてああいう人になったんだと思うわ。何しろ、ニボアン——一番下のクラス——ばかりいくつか受け持っててすごく忙しいんだって。

ほんの五分のトイレ休憩に《お嬢ちゃんビスケット》っていう女の子型のビスケットを一枚齧っただけで、あとは一日何にも食べないで教えてるんだって。ふ〜ん、できの悪い生徒を持つと大変ねぇ。

何はともあれ、やっとあたしの実力に相応しいクラスが見つかって、本当にホッとしたわ。クラスのことについてラロック先生が何にも言ってこないところを見ると、やっぱりあたしの名前は最初IJとAと両方に載ってたに違いないわ。

クラスのことを日本に知らせようと思って電話したら、母があたしの電話を待ってたの。あたしがマダムん家に来る前に泊まったホテルから掛けたコレクトコールの請求が三万円だって！　頼むからもう二度とコレクトコールだけは掛けるなって。あたしも驚いちゃった。コレクトコールってそんなに高いものなの？

二月二十一日

今日ラロック先生が冬休み明けのテスト範囲について発表したの。冬休み？「アキコは何も勉強しないのに冬休みだ」二月二十三日から三月二日までっていえば明後日からじゃない！　ちっとも知らなかった！　得したような損したような。嬉しいような寂しいような。

冬休みは普通に過ごすわ。ママレードが出ていってせいせいとキッチンやシャワートイレが使えるから、一日家にいてあれやこれやして過ごすのがとても楽しみよ。

犬の糞跡。

二月二十三日

今日から冬休み。庭のアーモンドの花が満開なの。アーモンドって桜の花によく似てるの。最初桜かと思ってたら、マダムがアーモンドだって。確かによぉく観察すると桜とは違うの。アーモンドの方が花びらも、花びらのくっついてる枝の先端のチョンチョリンとした部分の造りも、色味に西洋的などぎつさがあって大造りなの。桜が水彩なら、アーモンドは油彩の印象があるの。そらやっぱり桜のがほんのり可愛らしくて繊細な花に違いないわよ。

「ねぇ、きれいでしょう?」「ええ、日本の桜かと思いました」「へぇ。やっぱり春に咲くの?」「はい、こうやって(桜並木のジェスチャー)ずら〜っと。そして日本人は花見っていって、そのずら〜を歩きながら桜を楽しむ習慣があります。一部の人々は桜の木の下で食事をしたりお酒を飲んだり踊ったり(ドジョウ掬いのジェスチャー)します」「サケ? サケは知ってますよ。強烈な匂いがするのよ。それから——カブキ、ゼン、ヨーガ、キョウト、スモウ、キンカクジ——オーキンカクジー♡」メープルシロップみたいな声を出して言ったの。

「キンカクジーはとても神秘的ね」

マダムは花の芽を見に下りてきたんだって。花がとても好きなんだって。あたしを連れて庭をひと回りすると「アキコ、ちょっと待って。また上から顔を出すからね。そこにいなさいよ」って。数分後に上のベランダにマダムが現われて「アキコ、イチゴのパイをお上がんなさい。ザルに入れて降ろすから受け取って」そして長い紐をつけた不安定なザルの上にイチゴのパイを乗っけてスルスル降ろしたの。ンクッ！　上を向きながら笑いを堪えるってものすごく苦しいのよ。でもマダムが真剣そのものの顔つきでスルスルしてる姿を下から見てごらんよ！　老化したラプンツェルを見るみたいでとても耐えられないから！　でも懸命に耐えたわよ。それで無事にパイを受け取って「メルシボク」を言ったの。するとマダムは「ふむ、成功したわ。今度からこれで降ろすからね。じゃあいい一日を」満足気に奥に入っていったの。と、またひょいと顔を出して「アキコ、勉強はどうなの？　宿題はちゃんとやらなきゃ駄目よ。わからないところはいつでも聞きにいらっしゃい。見てあげるからね」って。ホントかしら？「ハ、ハ〜イ！　マダム」

でもこの一カ月でフランス語随分進歩あった思うよ。フランス人との会話慣れた思うよ。今日のマダムとの会話も以前に比べたら聞く話すとてもよくなった思うよ。

イチゴのパイでお茶をした後、川へ洗濯に行った桃太郎のお婆さんも真っ青の、《素手で洗濯大会》よ。中くらいのたらいがひとつしかないから洗う濯ぐの移しかえが大変なの。下着や柔らかいものはまだいいとして、大きいもの硬いものは骨が折れるわよ。大きいものってシーツ、硬いものってジーパンよ。あたしの使ってるシーツったら本当にこんなに大きなシーツが世の中にあるんだねぇっていうサイズで、最初から最後までいったいどこを洗ってるのかまったく見当がつかないし、ジーパンはこのゴワゴワを素手で洗い濯ぎ絞るってこと自体に無理があると思うの。でもいったん思い立って濡らしちゃったら最後までやるしかないじゃない？　それでいつも一回目の濯ぎあたりから疲れてきちゃって《絞り》まで気力体力が続かないから結局《絞り》は割愛しちゃうの。水も滴るいい男♬ならぬ大シーツと硬ジーパンよ。これを竿に干すんだけど、洗濯物をまったく絞らないで持ち上げるとどういう状態かわかる？　スゴイよ。海面から飛び上がるイルカのごとく水の嵐よ！　重たさよ！　この水怪獣をあたしの頭より上にある竿に干すんだけど、干すってよりはブン投げる、あるいはザッバーン！　と竿にブッ掛ける、そういう作業よ。この時のコツは、ブッ掛けた瞬間ナイアガラの滝さながらの水しぶきがものすごい勢いで飛んでくるから、上手く方向を計算して瞬間的に避けることよ。自分で放った水を被るって結構情けないことだから。

二月二十六日

あ〜あ！　快適快適！　冬休みは特別どこにも行かないけど、家の生活が充実してるの。冬休みに入った日から日に日に暖かさが増し、みるみるうちに花の芽が成長し、隣の家の猫が飼い主にガミガミ言われ、円覚寺のより大きくてどす黒いリスがギョギョギョって気味悪い声で鳴きながら春爛漫の庭を横切っていくの。
　あたしは毎日洗濯をしたりキッチンで食事をつくったり日本から送ってもらった新聞や本を読んだり庭でお茶をしたりおじさんと一緒に土いじりしたり独りで鳥籠をつくったり香草を摘んだり甘納豆をツマんだりスケッチをしたり思う存分便器に腰掛けたりして過ごしてるの。ここに来てからちょこちょこ絵を描いて楽しんでたら絵を描くのが好きになってきちゃった。絵って見える通りには絶対描けないところが面白いわよ。あたしの絵はねぇ、ツツツッときてツツーッと曲がってチョイ、なんてやってるといつの間にかカンディンスキーばりの画風ができ上がっちゃうのよ。これがけっこう妙味でねぇ。きのう花の芽を描いてマダムに見せたら「折れ曲がったアスパラガス」って言われちゃった。

二月二十八日

冬休み明けのテスト範囲は六十ページあるの。これが全部フランス語っていうんだからザワザワするわよ。でもとても快適な冬休みだから机に向かって辞書を引くのも苦じゃないわ。机の前は総窓だから庭の全景を眺めながら試験勉強ができるの。
それで今日干し芋を齧りながらＩＲ動詞の活用を暗記してたら、おじさんが窓向こうから手振りで「なに食ってるだ？」って言うから、限りある干し芋を鼻くそくらい恵んでやったら、案の定「ウエッ」って。苦虫を噛み潰したような顔をしながら喉を鳴らして飲み込んでたわ。そして口直しにポケットから板チョコを取り出して急いで齧ってたわ。

三月二日
マダムが花を見に下りてきて、「アキコ、学校に友達はできたの？　実は部屋のことなんだけど、もしアキコの友達で部屋を借りたい女の子がいたら言ってちょうだい。いつでもすぐに部屋を見せるからね」って。今のところまだ友達はいないわ。今のところ、あたしが一番一緒にいる時間の長い人っていえばおじさんよ。
試験勉強は完璧よ。と言いたいところだけど実際はボチボチなの。やればやるほどやらねばならぬ（ことが増える）なんだもん。でもまぁ、一応叩き込んだわ。あとは記憶が逃げないように時々頭部の風穴らしきところを指でピッピッと押さえるだけよ。
午後からカフェへ。日本からの手紙の返事書き。あたし決して友達や知り合いが多い方じゃないんだけど、その数少ない日本の人たちから頻繁に手紙やハガキをもらうの。手紙書きって時間が掛かるわよ。二通の返事書きをしてたら二、三時間があっという間なの。こっちに来てから手紙書きはほとんどあたしの大いなる趣味、大いなる日課よ。同じことを日記に書いて、手紙に書いてしてるの。それだから、何日に何が起きてどういう気持ちでいたかってことが思い出そうとすればすぐに鮮明に思い出せるの。

郵便局できれいなご婦人を見かけたの。上品なカシミヤのコートに鮮やかなスカーフを上手く重ね、髪は白髪なんだけど首までのウェーブがさり気なくてとても美しいの。そのご婦人が突然ものすごい勢いで洟をかんだからびっくりよ。異常に下品な濁音が郵便局の静寂を貫通し、こだまが局内を一巡して壁に吸収された――と思いきや――もう一度よ！　人は見かけによらないねぇ。これこそ偉大なる外見と行為のギャップよ。

帰ったら小さい小包みが日本から届いてたの。《雛祭り》のお菓子とちっちゃこい雛飾りよ。二つ入っていてひとつはマダムに、ひとつはあたしにだって。明かりをつけましょボンボリに♪お花をあげましょ桃の花♪マダムは雛菓子を珍しがってとても喜んでくれたの。それでさっそく小さな雛飾りを玄関のところに飾ってくれたの。冬休みの最後に素敵な差し入れが届いて、明日からまた元気に登校する気になったわ。

三月三日

テストは五十分で三枚だったの。一応全部埋めたけど知らない語彙はあたしのセンスで補っといたわ。このクラスはそういうことが大いに許されるクラスなの。デイビッドも最後の十分くらいは退屈そうに腕時計を弄ってて、誰かと目が合う度にウィンクしてるもんだから、もう少しで吹き出しそうになっちゃった。その様子をビー玉みたいな目でじぃーっと見てたのがインド人のアバスよ。

アバスは四十代後半であたしよりずっと遠い場所から車で通ってるの。いつからこの土地にいるのかよく知らないんだけど、この先もずっとエクサンプロバンスに暮らすんだし家が家族経営の民宿だからやっぱりフランス語ができないとねぇ、ってことらしいわ。小学生の子供が二人いて、二人ともフランス育ちであたしたちの学校の近くの小学校に通ってるんだって。それだから子供たちの方はフランス語がペラペラで必須科目の英語が苦手なんだって。反対にアバスはフランス語が駄目で英語圏生まれだから英ペラなの。それでアバスは家の仕事が忙しい時、子供たちと宿題の交換をしちゃうんだって。いつもアバスが持ち掛けて真面目な子供たちが「お母さん、またなの?」って渋々承知してやってくれるんだって。「うっふっふ、合理的でしょう?」今日はパン・オ・ショコラを二個も授業中に平らげて、ラロック先生にマダム・ショコラなんて言われてたわ。可笑しいでしょう?

デイビッドはスペイン人で十八、九よ。いつも一緒にいるセバスチャンと二人で部屋を借りてるらしいの。十代のスペイン人の顔っていったら《顔》っていう果実の成熟度は完全にR指定の超濃縮ネクターよ。年齢を聞いたあたしが疑わしそうな顔をしたら「本当だよ。ほら」って学生証を見せてくれたの。またその学生証の写真ってのがねぇ! ズバリ! ブロードウェイでジャストポッキリトウカをもって打ち切りになるような!『十日間の男』劇場版ポスターからジャストポッキリサイズで切り抜いたようなできばえなの! オ〜ッ!

でも実際に話してみると素直で擦れてない十代の男の子だわよ。真面目なんだけど、どこかあたしと同じ波長——フィーリング——あるいはIQを持ってるらしくて、何となく話し掛けやすいの。今日の三時限目、授業中に「モモ、モモ!」しつこく呼ぶもんだから「何さ」振り返ったら、デイビッドがすごく面白そうな顔をしてあたしの椅子に掛けたダウンジャケットを指差してるの。あたしそれを見てガーンときちゃった! だって肩に鳩のフンがボトンベッチョリついてたんだもん! それで慌ててジャケットの襟を摑んだら、今度は襟のタグのところを指差してヒヒヒッて。何だと思う? クリーニングのピンクの札よ。タグの後ろに納まってたのが外に飛び出てヒラヒラしてたの。ってことは、あたしフランス入りしてからずっと大野屋クリーニングのピンクのヒラヒラをくっつけたままでいたってことね!

ところで冬休みにスキーに行った生徒なんかいなかったわ。ラロック先生が盛んに薦めてたけど、皆それどころじゃないのよ。それよりラロック先生にスキーの板を持たせたら、あれでいろんな物を叩いてまわるから周囲はとても迷惑すると思うわ。

三月四日

テストの結果八二点。デイビッド、七九点、アバス同じく八二点。

休憩時間、アーモンドの中庭で歓談。アメリカ人の夫婦。五十代。妻、元美術の先生。夫、元プロ野球の選手。妻、現在美術教室経営。夫、趣味ゴルフ。去年エクサンプロバンスに家を買い、ここに永住するんだって。「気候がよくて地中海に近いから。それだけよ」

「アキコ、私たちは日本が大好きなの。タタミの匂い、フトン、懐かしいわぁ！」日本に行った時のことを話し始めたら止まらなくなっちゃって、もうニッコーニッコーナラナラスシスシサシミサシミ、美術だけあってカブキカブキノウノウキモノキモノキョウトキョウト――キンコーンカンコーン！　授業の鐘が鳴って、あーぁ、疲れた。

昼休み、トラベラーズチェックを換金しにパリバ銀行へ。アメックスの支店もあるんだけど、アメックスだと手数料が発生してここだと手数料がゼロなの。あたしＡＴＭもなるべく――ちょっと遠いんだけど――パリバ銀行の店内を利用するようにしてるの。だって道にあるＡＴＭはボックスに入ってるわけじゃなくてただ壁にはめこんであるだけだから、手元が道行く人に丸見えで物騒なんだもの。

あらやだ！　あたしったら！　カリソンなんか買っちゃった！　カリソンってアーモンドのお菓子。有名なお店がパリバの傍にあるのよ。まだ箪笥に和菓子があるのにねぇ！　お金を下ろすとこれだからねぇ！

三月五日
風強し。

犬の糞砕、トリプルアクセル。

タンポポの綿毛、猛襲来。

靴底にウンコ。顔中の穴、窪み、口内、髪の毛に無数の綿毛付着。ヒ〜ヒ〜、やっとの思いで帰宅。鏡に映った我が面、イノブタを追って追って追い疲れた石器人のごとく乱れたり。御髪の乱れさらなり。アナオソロシヤ。

即靴底の処置、即シャワー。綿毛非常にしつこいので、たらいで江戸前洗髪。

三月七日
あー！　終わった終わった！　火、水、木が終わった！　火曜の午前十一時から木曜の十二時まで必修クラスの授業が十八時間、それに二つのアトリエが六時間。これをこなすとカスカスだわよ。水曜の午後あたりから睡魔に襲われて前につんのめる人続出、木曜の朝に到っては皆目がうつろで私語が非常に少ないの。皆萎れてきた朝顔みたいなの。
でもデイビッドは元気よ。今週からはTシャツ一枚にマフラーで来てるの。今朝も入念にシャワーしてたら――不潔は勉学の大敵なんだってさ――四十分遅刻しちゃったんだってさ。で、来るなり「モモ、セーターなんか着てどうしたんだよ?」オカシイこと言うのよ。もちろんデイビッド以外は皆冬服よ。あいつだけが頭も体も常夏なのよ。それでもって帰りはやっぱり四十分早く帰ってったの。きのうも一昨日も、シエスタが十分取れなかったから体の調子がいまひとつなんだってさ。プッ。それでさっさと帰ればいいのに帰り際シエスタの必要性をスペイン語訛りの英語を駆使してラロック先生に力説してたわ。その時のデイビッドの顔ったら、まったく大真面目なんだからどうも可笑しいわよ。

帰りはアバスが車で送ってくれたの。今日は子供たちを待たないで帰るし、通り道だからって。ありがとアバス。ところがあたしたち、あんなに単純なところを迷子になっちゃったの！ 何だか知らないけどバスと同じようにちょっとグルッと廻らないと行けない道をグルッと行ったら、アレッ？ おかしいなって。それからグルグルよ。あっち行きアレッ？ こっち曲がりアレッ？ グルグルグルグル。二十分ほど迷ってようやくあたしのいう角で降ろしてもらったの。どうにも笑いが止まらないインド人の運転ってのも結構興味深いわよ。

三月八日

今日、《和仏・仏和》で一緒の緒玉花子さんっていう人と休み時間に話したの。っていうのもロビーであたしがコーヒー啜ってたら、誰もいない冷たいベンチに座ってげんなりとクッキー齧ってるんだもの。「いい？」あたしが喋り掛けると「あ、どうぞ」「どうしたの？ しょんぼりして」「なんか――疲れてきちゃって」あぁ、三年選手のいうように？

花子さんは聞いちゃいないのにいろいろと喋り始めたの。最初からあんまり笑えない話よ。っていうのもまずなんでそんなに困憊してるかっていうと、毎日マルセイユから通ってるからだっての。マルセイユにフランス人の彼氏がいてその彼ん家に泊めてもらってるんだって。「あ、そう。じゃあ楽しいんじゃないの？」それがちっとも楽しくないんだって。彼は変わり者のお父さんと二人で2LDKのアパートに住んでて、二人とも掃除洗濯食事の後片づけ一切をしないで平気な人たちだから、アパートはそら汚らしくて不潔なんだって。彼は数学の家庭教師のアルバイトをしていて、一週間に多い日で四日少ない日で二日しか働かない癖に、タバコは一日に二箱吸うんだって。それで花子さんは家政婦同然の扱いを受けて、とてもじゃないが心身が持たないって。こんな生活がもう一カ月半だって。「じゃあどこか部屋を借りればいいじゃない？」最初はちゃんと部屋を借りるつもりだったの。部屋が決まるまでの間置いてもらおうと思ってたんだけど、部屋が決まらなくてついだらだらと。そうこうしてるうちに学生向けの物件もほとんど埋まっちゃって。聞いてる？「う、うん」はぁ〜（深い溜め息）、最近はあのゴミアパートに帰って家政婦するかと思うとゾッとするの。それに彼のお父さんが、花子は家賃も生活費も払わないで家に居座ってるんだから何でもするのが当たり前じゃないか、って彼に言ったって。それを言われた彼が今度はあたしに、花子のせいで親父と険悪になっただろ！　って。でもさ、あたし実は彼に何度もお金貸してるのよ。全部書いてあるけど全額でだいたい五〇〇ユーロくらい。それから誕生日にはランバンの財布とかいろいろプレゼントしたしさ。だいたいお金で一番腹が立つのは、タバコ買う時もあたしの財布から抜いていくことよ！　聞いてる？「う、うんうん」はぁ〜あ、なんかあたし、このままでいたら彼のこと嫌いになりそう。ううん、もう嫌いになってるんだわ。出会った時は運命の人って思ったのに――――あら、あたしばっかり喋ってごめんなさい。「ううん、続けて」あらそう？　あたしと彼が出会ったのはねぇ、マルセイユのマクドナルドなの。（ンプッ！）マルセのマックでナンパされたの。（ンププッ！）去年の夏退職してあたしがフランスに来た時のことよ。あたしナンパなんて大嫌い！　そういう類の誘いには絶対乗るような性質の女じゃないんだけど――――ね、そう見えるでしょ？「うーーん、うんうん」――――彼の誘いには乗っちゃったの。「う、ん」

ふぅ。何だか知らないけど、要するに、花子さんは部屋がなくて非常に困ってるってことなの。部屋さえあれば救われるって。去年までは経理の仕事をしてたんだけど、思うところあって辞めてここに来たんだって。お金を払わないで彼の家に一カ月半も泊まってるってとこがいかがなものかと思うんだけど、その背景には花子さんの言い分もあるようだから――――まぁ、花子さんの私生活に首を突っ込むつもりはこれっぽっちもないわ。ただちゃんと家賃を払って大家さんの規則に従って生活できるんであれば。その点に関しては会社に十年勤めてたってんだから無論問題はないでしょう。あとはマダムが気に入ればそれでいいんじゃない？――――でもさ、あのマルセイユの男との付き合いってのが、ママレードのすったもんだみたいに劇的発展しないかしら？　まさかねぇ！　それはないわよね！　ああいうのは！――――だけどちょっとここだけの話、あたし花子さんの雰囲気って緊張しちゃうなぁ。どこがどうって――――いつも口の両端にキュッと力を入れてて滅多に笑わない人よ。そして妙に畏（かしこ）まってて何となくプライドが高そうな人よ。チラッとあたしを見る時の顔が――――初対面の人にこんなこと言うのは気が引けるんだけど――――あのオオサンショウウオそっくりなの。

帰りサン・ジョゼフを上りながら考えたけど、やっぱりマダムに紹介するだけはしようと思うわ。マダムもとにかく早く借り手が欲しいようだし、花子さんも相当困り果ててるようだし、双方の困惑を知りながら知らん顔するってのはできそうでできないことよ。あたしの一声で双方の希望が叶うんならこれに越したことはないわよ。あたしにしたって――――もし花子さんが隣人になったとして――――いくら何でもママレードとよりはうまくいくでしょう。彼女が間借り人としてごく普通に謙虚に生活してくれれば、紹介者のあたしの顔を潰すこともないだろうし、マダムとあたしと花子さんの間に特別問題は起きないと思うわ。

そういうことで、帰ったらすぐにマダムに言ってみたの。そしたらぜひ部屋を見せたいって。明日以降、午後二時過ぎならいつでもいいって。アキコの紹介なら歓迎するって。あらよかった。「じゃあ、明日花子さんに会ったらさっそくその旨を伝えて日にちを伺っておきます」「ええ、ええ。そうしてちょうだいよ。アキコありがとね。え～と彼女の名前はなんていうの？」「ハナコです。ハナコ、オダマ」「アナコ？　アナコダマ？」「ええマダム」

――フランス人てハ行の発音ができないのよ。だからハナコはどうしたってアナコになるわけよ。

ところで最近とても気になることがあるの。

夜の九時半あたりから十一時半頃まで、ちょうどあたしのベッドの上から、太鼓の練習だかタップダンスのレッスンだか、とにかくリオのカーニバルさながらの細かい鋭いリズムが、強烈な音響で筒抜けてくるわけ。それが延々と二時間続くわけ。これには脳天気なあたしもアッタマきてるわけ。嫌がらせかしら？　何のために？　それはないと思うな。――大体あんなに激しいリズムを長時間刻める体力のある人が上にいるんかしら？　いんや、確かに上の住人はマダムとマダムのお姉さん、それと昼間に家政婦さんがいるだけよ。まず家政婦さん消去。マダムもリズムや音楽とは無縁な人だと思う。だもんで消去。じゃあお姉さん？　まぁさか！　マダムのお姉さんはマダムが会わせたがらないからちゃんと見たことがないんだけど、あたしが上に用事があってドア越しにマダムと話してるといつもそれらしき気配――薄暗い部屋の奥で車椅子に腰掛けてる人物の気配、ゾゾッ――がして、どう考えてみても、あの薄羽蜻蛉的生命体に夜な夜なあれほどの精力的なリズムをけたたますエネルギーがあるとは思えないわよ。じゃあ犯人は誰よ？――犯人は――やっぱりお姉さんよ。考えられないけど、考えられない事実ってあるものよ！　この推理の鍵は以前マダムが言った言葉「お姉さんはピアニストだったのよ」にあるの。この言葉を思い出した時、それだ！　ってヒラメいたの！《お姉さんはピアニスト！》――そうだ、ピアニストならできる！　元プロの音楽家ならあの小刻みなリズムをあの速さあの正確さで二時間刻めるわよ！　あの技術と持続性は絶対にズブの素人じゃないわよ、犯人は音楽に長けた人物に違いないわよ！　とすれば、そういう天性に恵まれてるのはマダムのお姉さんしかいないじゃない！！　あ～あ！　まるで上に夜行性のフレッド・アステアかリオのお祭り男が住んでるみたいよ！　最初はドンスコドドドンドドンガドンから始まって――それが微妙に変化していきながら――何種類かのバリエーションを踏んでいきながら

——たっぷり二時間繰り返されるんだから！　そりゃあ見事なんだから！《ピアニストは打つ！》——アウ！　アヴヴ〜！　想像するとオソロシイよ。お姉さんっていわゆる神憑りの病気なんじゃない？　きっとそうよ。毎夜九時半になるとアッチの世界から「汝血沸き肉踊れ！」お告げが聞こえて、それで約二時間、アッチの魂が乗り移った状態でドンスコドドドンドドンガドンなっちゃうんじゃないの？　ああ、わかった。こういう現象が本当にあるもんだから、ヒッチコックが『サイコ』なんて映画を撮ったりするのよ。

数日前はあんまり騒々しいからあたしも堪忍袋の緒が切れたわ。カーテンの棒を外して下から無言の抵抗してやったの。もちろんドンスコドドドンドドンガドンってね。ほら！　よく一昔前のテレビドラマで、下宿してる東大浪人生が上や隣の騒音のために集中できなくなって、しまいに天井や壁めがけて暴れ出す場面があったでしょう？　あれよ。まったくずいぶん不平等なエチケットだと思うわ。だってあたしマダムが静かに静かにって口を酸っぱくして言うからテレビだって画面に引っつかないと聞こえない音量にして、仕方がないから画面に密着して聞いてるってのに、当の大家は連夜ドンジャラホイやってるんだから。テレビの画面に密着すると画面が見えないって知ってる？　七色の粒子のチカチカしか見えないのよ。それでも喰らいついて頑張ってると眼精疲労が頭痛にキてすごく具合が悪くなっちゃうんだから。そうならないためには、閉じたくない目を閉じてひたすらテレビに密着しながら音を拾うか、ちゃんとした距離から音のないテレビを眺めるか、そのどちらかよ。見ようとすると聞こえないで、聞こうとすると見えないってわけよ。

まぁ、ここにいると次から次にいろんなミステリーが起きるわ。でも今度のミステリーが一番気味悪いわよ。いずれ犯人がわかるにせよ——それがお姉さんだとして背筋が凍るし、そうじゃないとして——マダム？あるいはマダムでもお姉さんでもない——誰？——それもやっぱり背筋が凍るわ。このミステリーを考えるとあたしだって隣の部屋に早く人が入って欲しいって思うわ。

三月九日

ゆうべ恐いことを日記に書いちゃったから寝つきが悪かったの。だけど、今朝庭に出て深呼吸したら気分がすっかり再生されたわ。草木の青臭さ、土の匂い、広い広いのどかな自然に飽和している新鮮な空気、これをいっぱいに吸い込むと本当に生き返るの。

夕方は夕方で、落ちていく太陽の素晴らしいスケールがあるの。どこまでも続く山々の傾斜に、何ともいえない茜色、オレンジ色、朱色、真っ赤、とにかく夕焼けを彩る炎のスペクタクル、壮大な色の魔術に思わず時を忘れるようなの。呆然として太陽を見送っていると隣の家から薪のパチパチが匂って飛んでしてきて、それがまた懐かしい音と匂いよ。サツマイモがあったら垣根越しに放り込みたい気分よ。

あたしなんか日本ていったって本当にあんまりどこも知らないのよ。だからこういう山の清々とした空気を体験するとすぐ「あ、箱根の山の匂いだ」なんて呟いてるわよ。

授業はAクラスとはいえ、いよいよ厄介なパッセコンポゼっていう複合過去みたいな章に突入したの。うちのクラスは頭で覚えるんじゃなくて体で覚えるクラスだから、もたもた能書き垂れてるとラロック先生の唾の鞭がビシバシ飛んでくるんだから！

ラロック先生っていえば、先生はあたしの近くのアパルトマンに住んでるの。それで朝一の授業の日はよく行きのサン・ジョゼフで会うのよ。すると必ず「マウスジョギング！　マウスジョギング！」って言ってあたしの背中をバンバン叩くの。つまり、せっかく往復七十分もある通学時間を無駄にするな！　それだけの時間があれば一日の予習復習はおろかER動詞の十や二十、何十回も反芻できるよ。さぁ、とっとと覚えるんだアキコ！でなきゃ一生ニボアンだ！　アキコ！　ってことなの。この嘴仕事が忙しくてねぇ。これをやってたら雲ひとつない青空に聳える早朝のサント・ビクトワール山と遭遇したって「おぉ！　我が健脚の友、サント・ビクトワール山よ！」なんて詩人してる場合じゃないの。でも先生の仰る通りよ。七十分の登下校を最大限に活用しない手はないわ。それであたしマウスジョギング専用のあんちょこ――動詞活用変化から授業でやったあれやこれやをあたしだけに解る形で書いた紙切れよ――を作っていつもポケットに忍ばせてあるの。またこれがなかなかよくできててねぇ。そんじょそこらの『ゼロから始めるフランス語』や『驚くほど上達するフランス語』に負けてないの。あたしのようなニボアンの嘴が歩きながらでもテンポに乗せて滑りやすいように、そこんところを上手く考えたコツツボ（コツとツボ）が三六〇度対応型を導入して好評満載なの。もちろん一日更新使い捨てタイプだから、コッツボの後はほんとにポイポイ骨壺モノよ。これを毎日せっせと作っちゃレペテレペテ（喋れ喋れ）、作っちゃレペテレペテ、ニボアン和尚もボチボチ精進してるわけ。きのうなんか、ニノ・フェレって変人歌手の《レ・コルニション》――ピクルスまたは馬鹿な奴の意味があるの。あたしにぴったりよ――って曲にER動詞を乗っけてみたらバッチリよ！　シャントシャントシャント、シャントンシャンテシャント！　シャンテって歌うって動詞。余談だけどニノ・フェレは南仏で命を絶ったんだって。そうだったの。ニノの青い瞳とあるかなきかのココロに誓って、あたしはここ一番シャントせねばならないわ。ボクメルシ。

三月十日

今日昼休みに中庭で日向ぼっこしてたら花子さんが通ったから部屋の件を話したの。そしたら涙を溜めて嬉しがってたわ。さっそく明日の午後伺いますって。だから明日の三時に校門の前で待ち合わせることにしたの。

朝一番からずっと教室に閉じこもってると、休憩時間の中庭が待ち遠しいの。っていうのも、ラロック先生は皆が居眠りしないように、どんなに寒い日でも暖房を入れないし雨戸を全部閉めて太陽の光を入れないの。ポカポカ陽気の穏やかな日でも、あたしたちの教室の中は暗くて寒いの。だからお昼休憩の鐘が鳴ると、皆仮釈放された受刑者のように太陽の輝きを求めて中庭に飛び出すのよ。人間も光合成する生き物なのね。それでベルギーから来てるセシルって女の子がサラサラの柔らかそうなブロンドを太陽の下に開放する時の、まるでラックスのコマーシャルのようなキラキラした美しさが好きよ。セシルはちょっぴりクールな感じのきれいな女の子で、一見はすっぱに見えるんだけど、ベビーシッターをしながら通ってる頑張り屋さんなの。お父さんを早く亡くして弟とお母さんの三人家族なんだって。それ以上何も知らないけど、いつも弟の写真を肌身離さず持ち歩いてるの。

お昼はクロワッサンと茹で卵、林檎、ヨーグルト。アバスはベトナム人のやってる総菜屋で子ダコのサラダ四・五ユーロ、それとパン・オ・ショコラ、ヨーグルト。アバスはボンベイ出身でアルジェリア育ちなんだって。二十年前に日本に来たことがあってトキオとベップに行ったたって。でももうよく覚えてないって。弟はロンドンで美容師やってるって。食べ終わってコーヒーを買いに行こうと思ったら、ちょうどラロック先生がやってきたの。おや珍しい。「先生もコーヒー飲みませんか?」軽く誘ってみたら「ノーンノン!」力強く拒否されたわ。ラロック先生はコーヒーが大嫌いなんだって。コーヒーを飲むと頭痛がして夜眠れなくなるんだって。でもサケは好物だって。エクサンプロバンスにもいろんな国のお酒を飲ますお店が一軒あって、その中でもニオンシュが一番好きなんだって。ドブロクなんて言葉も知ってるの。それから今日の先生のネクタイはまたミッキーマウスよ。今日のはピンクだけど、他にも黄色いのや赤いのやいろいろ持ってるの。全部娘さんのプレゼントなんだって。先生の嬉しそうな顔を初めてみたわ。日本の漢字が書いてあるのも持ってるのよ。浅草あたりの外人向けの土産屋に置いてあるような、要するにネクタイに習字筆で大きく《花鳥風月》って書いてあるやつよ。そういやこの間、路地の薄暗い店のウィンドウに《玉子焼き》って書かれたぐい呑みを見つけたわ。フランス人の、特にエクサンプロバンスのような田舎の人たちが知ってる《日本》ってそんなものよ。
そんな話で和んでたらデイビッドが来たの。片方のほっぺがチュッパチャップスでまん丸く膨らんでるわよ。「デイビッドは食事どうしてるの?」「ん? もちろんちゃんと作ってるよ」「何作ってるの?」「ツナだよ。毎日ツナ缶をいろいろして食べてるよ。あれは便利だよ。安い、腐らない、無駄がない、あのまま食べられる、ゴミが出ない、早い、どこにでも売ってる。あればっかり。もういろんなことやってみたから、たくさんレパートリーがあるんだ。ツナのことなら何でも聞いてくれよ」するとラロック先生が「デイビッド! フランス語もツナ同様レパートリーを増やせ!」って。デイビッドって面白いのよ。ラロック先生にいくらどやされても飄々としてすかしてるの。コタエやしないの。そんなデイビッドをラロック先生はラッティーナラッティーナって嘆くの。ラッティーナってラテン系人種のこと。同じクラスにすごく勤勉なベトナム人がいて、その人は先生に注意されると途端に深刻顔になっちゃってこれがなかなか暗いんだけど、そんな時後ろから涼しげなラテン調の鼻歌が聞こえてくるとホッとするわよ。

帰ったらジャクリーヌとアグネスから手紙が届いてたの。二人ともアキコが手紙書きをサボってるって書いてきたわ。そうじゃないわよ。本当に毎日の授業が精いっぱいでフランス語の手紙を書く時間がないんだもの。アグネスは相変わらず仕事がなくて――アグネスはジャクリーヌと同じ映画やお芝居の衣装の仕事をしてるの――あんまり興味のない分野の単発のアルバイトをしているんだって。でもまったく仕事がないよりはいいって。ジャクリーヌは――アキコ! 住所も教えないで! アグネスに聞いたのよ! 元気にしてるの? 手紙をサボるなって言ってるじゃないの! ところで秋にベルナールの過去の作品を集めた個展が開かれることになったの。ベルナールは嬉しそうよ。あたしも九月にパリで舞台の仕事が決まったの。コメディよ。それから『シェルブールの雨傘』も舞台化することになったの。時期がはっきりしたら教えるわね。ベルナールによろしく言っとくわ。

親愛なるアキコへ――フランス語が進歩したから何分で訳せるかやってみたら五十分掛かったわ。

夜は卵かけご飯、アボカドのサラダ（アボカド一個一・一ユーロ）、羊羹一切れ（虎屋の黒糖羊羹まことに美味し）、バナナヨーグルト。マンゴー食べたい。

食後アグネスとジャクリーヌに返事書き。途中上でドンスコが始まり危うく発狂しそうになるが、ポーチの中からエールフランスで貰った耳栓を発見。これで何とか乗り切った。

一ユーロ／一三一円。

三月十一日

約束通り三時に花子さんと待ち合わせてマダムに会わせたの。マダムがあたしの時と同じようにさっさと部屋を見せて花子さんがただコクコク頷いて、即決まっちゃったの。あたしも一緒に隣の部屋を初めてちゃんと見たけどあたしの部屋の半分しかないの。そこにベッドのシングルと小振りの箪笥がヒトサオ、あとはテレビもソファもないのよ。それであたしの部屋より二五ユーロ安いんだって。知らなかったわ。この部屋を見た後であたしの部屋を見た花子さんは羨ましそうな顔をしてたわ。あたしも本当にタイミングよくこっちの部屋に入居したもんだなぁって思っちゃった。だって部屋のすべての設えに格段の差があって、この差が毎月二五ユーロで賄えるんだから、ボクボクとってても得な話よ。

そういうことで、花子さんは早々隣りに越してくることになったの。「よろしく」「こちらこそ」契約のことで上に行ったらあたしと同じようにえらく時間が掛かったみたいよ。

ま、いずれにしてもこれでマダムも花子さんも希望が叶ったんだからよかったわね。

花子さんが帰ってしばらく経った後、六時半頃からミストラルみたいのが吹いたの。突風と竜巻がグルになって暴走するようなすごい強風よ。毎年この季節この地方にやってくるんだって。とにかく強くてすごい風の暴走。日本海風に言うと《暴風あばれ太鼓》よ！　窓という窓に鳥籠とかトカゲとかクモとか植え木鉢、隣のビニールクロスや洗濯物や長靴や傘、もういろんな物がドッタンバッタンガッシャン割れるわ叩きつけられるわへばりつくわで大騒動だったの。そのうちに電気と電波が完全にやられ、テラスにあったイスとテーブルがブッ飛んできてキッチンの窓に激突、オララララ！　右往左往してると、上の老婆姉妹もさすがに慌ただしくガタガタ動き回って大きな声や小さい悲鳴を上げてるのが聞こえたわ。——きっと蝋燭よ。あたし？　あたし蝋燭持ってるの。海外に出る時はいつも持ち歩いてるのよ。ところが火がないわ。キッチンまで行かなくっちゃ、オ・ラ・ラ・ラ！

恐る恐る部屋のドアを開けたら足元に——ボロ雑巾みたいにぐちゃぐちゃになった子猫があたしを見上げてブルブル震えてるじゃない！「ミャーミャー」すっかり怯えた声を出してあたしに助けを求めてるの。まぁ！　可哀想に！「おいでおいで、猫ちゃん。恐くないよ」急いでタオルに包んで抱いてやったら少し安心した声で「ミャア」って。まだ小さくて手毬ほどの大きさよ。「いい子だね。お前どこから来たの？」手毬はキョトンとして、あたしをただじぃーっと見つめるの。「恐いねぇ。ミストラルだってさ」「ミャア」「お前えらい目に遭ったねぇ。体が冷たい。そうだ、温かい牛乳をあげようね」「ミャア」

毛色が明るいグレーで目は青みがかったグレーの、おそらく飼い猫だと思うの。あたしがキッチンで蝋燭に火を点けたりガスで牛乳を温めたりしながらいろいろと話し掛けると、手毬は一応ミャアミャア応えてくれるの。猫っていえば、ジャクリーヌんとこの猫は、やっぱり同じような毛色なんだけど目が黄色なの。洒落てるでしょう？　元は隣の猫なのにいつの間にかジャクリーヌん家の猫になっちゃったんだって。その猫がとにかくおしっこの始末が大好きなの。あたしが行った時も、さり気なくあたしの視界に入ってきて、あたしをチラチラ意識しながら延々とおしっこの始末をして見せるの。ジャクリーヌがコラッ！　の顔で「止め。行け」を言ってもなかなか聞かないの。あれには笑っちゃったな。

笑ってる場合じゃないわよ。あたしたち——あたしと手毬——は大嵐のドッタンバッタンに揺さぶられながら、次第に翳りゆく部屋の片隅で、一本の蝋燭を頼りにぴったり寄り添いあってたの。《暴風あばれ太鼓》が通り過ぎるのをじっと待ってたの。手毬は小さな神経をピンと立て鼻をプスプス言わせて、大きな風の波が窓を直撃する度にあたしの手首にしがみついてたわ。

一時間以上そうしてたら徐々に辺りが落ち着いてきて、どうやら激動の二時間が過ぎ去ったようなの。そして嵐の後にどこからともなく満ちてくるあの雑多な、湿気を帯びた大気が漂い、平常心に返ったような静寂が無事に戻ってきたの。もうそろそろ八時だから電気の点かない部屋は暗々としてきたわ。マダムに電気のこと言わなくっちゃ。マダムっていえばマダムたちは無事かしら？　耳を澄ますと——静寂よ。耳を立ててるあたしを見た手毬が一緒になって耳を欹てて——一緒に澄まし耳したけど——セイジャクよ。まさか暴風の衝撃でスイジャク死しちゃってないかしら？　ねぇ、手毬ちゃん？「ミャア」————————やっぱり神妙な静寂が気になるわよ！　ツーツーツーって心臓停止の水平線みたいな静寂だわよ！「マダム！」

急いで庭から「マダム！　マダム！」呼んでみたんだけど、暗い部屋からはウンともスンとも応答がないの。ややや！　もしかして本当に死んじゃったんじゃないでしょうね？

上に行くには手毬を置いていかなくっちゃ。マダムの生存を確認して電気を入れてもらって——十分くらいひとりでお留守番できるかな？「ミャア」手毬はすっかり元気になって、あたしの五本指靴下と仲良く戯れ始めたの。「手毬ちゃん、アッコチャンはちょいと野暮用で上に行ってくるから、その間いい子にしておいで。帰ったらお前の大好きな小魚さんあげるからね」「ンミャア」

とにかく上に行ってみたの。ドンドン！「マダム！　マダム！　無事ですか！」応答がないわ。ドンドンドン！「マダーム！　アキコです！　マ、ダーム！」——するとおもむろにドアがギィ〜、薄気味悪い音を立てて開き、蝋燭を手にしたマダムが生きて現われたの。「ギャー！」顎の下から蝋燭で照らされた老婆の顔ってどうしてこんなにコワイの？

「マダム！　生きてたんですね。心配しましたよ。下からいくら呼んでも返事がないから」「アキコ！　あなたに手伝って欲しいの。あたしじゃ電気のブレーカーに手が届かないのよ。さ、入って」マダムはあたしを暗窟みたいなほとんど見えない家の中に招き入れると、「こっちよ」玄関からキッチンへと続く廊下をカツカツ歩いて行ったの。あたしも後をスルスルと進みキッチンに入ると「この上の方にブレーカーがあるでしょう？　それを上げてちょうだい。アキコなら届くでしょう？」って、蝋燭一本の明かりで照らそうとするんだけど、なかなか照らせないのよ。「上の方、上の方」ってマダムの言う通り上の方を一生懸命弄るんだけど——なかなか——これ戸棚ですよ——戸棚の横よ——横？——あ、（触、触）——数十秒間暗闇の中で右手を限界まで伸ばした姿勢に耐えながら探してたら——あたしの左手を後ろからそぉっと握る手が！——マ？ダム？——ノノノーン！　マダム右！　じゃあ——ギャア〜！　絶叫屋敷よ！　あたし卒倒しそうになっちゃった！　止まりかけた心臓で後ろを振り返るとそこには血だらけの老婆の亡霊が！　亡霊じゃなければゾンビが！　音もなく闇の底から浮かび出て、甦った古代の蝋人形みたいな表情であたしを見つめてるの！——ヒッ！　ヒィ〜！　あたし本当に心臓が一時止まっちゃった！　するとマダムが「姉よ。居間に座らせて置いたんだけど、あたしたちの声がするから独りで歩いてきたのよ。時々歩くから。あたしと間違えてアキコの手を握ったのよ」って。まったくあたしの方が神経衰弱で死ぬところだったわよ。

あたしが卒倒しかけた反動で前にのめり、勢いあまってとんでもない場所に手をついたら、ブレーカーのスイッチだったの。あたしが卒倒しかけて体のバランスを崩さなかったら、絶対に探せないようなところにあったの。マダムが「ありがと。随分変な場所に動いちゃったのねぇ」妙なこと言いながらキッチンの電気を点けると――そこで初めてマダムのお姉さんをまじまじと見たわ。蒼白な肌の痩せ細った老婆よ。真っ白な髪はパックリ真ん中分けにして後ろで纏め、蒼白い頬骨が浮き出た顔の下は足首までの血、いえ真紅に光る素材のガウンを着て同色のエナメル靴を履いてるの。アヴヴ。「初めましてアキコです、アヴヴ」あたしが震える声で言うと、ニコリともしないであたしの顔をじーっと能面みたいな無表情で見るだけよ。マダムが「姉は病気なのよ。万事あたしでなくては駄目なの」溜め息交じりに言い「アキコ、早く部屋中の電気を点けてちょうだい。あたしじゃ手が届かないんだから」あたしの背中を突いたんだけど、次の瞬間、あたしすっごいものを見ちゃった聞いちゃったのよ！　その無表情の蒼白老婆が摑まり立ちしてるテーブルの端を右手の指で弄び始めた、その爪が立てた幽かなリズム！　トンスコトトトントトトンカトン、トンスコトトトン……これこそ毎夜あたしを襲う狂気歓喜のパーカッションじゃない！！　あー！　やっぱり犯人はお姉さんだわよ！　信じられない事ってあるんだわよ！幽かに始まったトンスコはあたしが二部屋の電気を点けて廻ってる間ににわかにクレッシェンドして、帰り際には絶好調に達してたのよ！　あたしよっぽど毎夜の苦悩を訴えてやろうかと思ったけど思い止まったわ。ピンシャンした意地悪ババアならともかく、あのお姉さんを目の当たりにしてなんて言うのよ！　何も言えないわよ。それどころか何というか複雑な気持ちになったわ。マダムの身の上を考えると、労わらずにはいられなくなったわ。それで「マダム、あとあたしがすることはありますか？」って聞いたら「ありがとう、もうないですよ」って。「困ったことがあったらいつでも言って下さいね」するとマダムは、あらフランス語もろくに喋れないアキコが嬉しいこと言ってくれるじゃないか！　気持ちだけは受け取っておくよ。って顔をして、あたしにおやすみのホッペスリスリをしたの。最近はフランス式のスキンシップにも慣れてきたわよ。あたしも丁寧にスリスリ返しよ。

ところであたしの肩をそっと抱いたマダムは、夜の暗がりに品のない斜の光沢を放つ黒い江ノ島風情のサテンジャンパーを着てたわ。これはマダムが汚れ作業をする時に愛用してるジャンパーなんだけど、腕に派手な金糸で大きく《美》ってあってファスナーのつまみ部分に《積み木》って書いてある、日本製のしろものなの。

あたしがマダムのところで衝撃的事実と直面してる十分間に、夜の帳がスルスルと完全に下りて足元に沈んでたの。マダムんところで用を済ませるといつもこうよ。十分前までは緑の門にあっちからこっちから絡まった枝葉の芸術的惨状が薄墨色の時空の中に確かに存在してたのに、十分経ったらすべてきれいに真っ黒く塗りつぶされてたの。夜って暗いものだと思ってたけど、実はこんなに真っ黒いものだったのね。——夜が暗いの黒いのって普遍の神秘を何行割いて主張しようとあたしの勝手でしょ。だってここの闇って本当にマックロイんだもん。東京とは別世界なんだもん。夜部屋を出たら、墨汁の中を立ち泳ぎするようにそろりそろり進まなきゃいけないんだもん。とりわけ今日はミストラルの飛散があったから足元が滑りやすいわよ。

手毬よ手毬、手毬ちゃん〜♪今戻るから待っといで〜♪——ぅおっと！　滑！——滑るは階段、怪談はコワイ、コワイはお化け、お化けは姉さん、姉さんはドドンガドン、ドドンガドンはドドンガドン、ドドンスコドドドンドドンガドン、あ♪ドンスコドドドンドドンガドン♪——ら？　嫌だ！　うつっちゃった！

——手毬！　ただいま！

真っ暗い部屋の電気を点けると、「ミャア！」手毬が毬みたいにピョ〜ンと跳ねて飛びついてきたの。まだ飽きずに五本指を足に引っ掛けてるわよ。「お前よくお留守番できたねぇ。お腹がすいたでしょ？　いますぐ小魚さんあげようね」小魚さんって《小魚百選》のこと。日本からの配給の中に入ってたあたしのカルシウム源よ。それとおかゆと枝豆と。苺ヨーグルトを除いては、あたしと丸っきり同じ食事よ。美味しいね、手毬。「ミャア」——手毬はハグハグ音を立ててお行儀よく平らげたの。飼い主の躾がいいんじゃない？　食べながらあたしがいろいろと話掛けると、いちいちミャアミャア言って答えてくれるの。あぁ、言葉の壁がないってなんて素敵なことかしらん！　こんな自由なトレビアンな関係は子猫としか結べないわよ！

食事のあと、顔や体をペロペロ舐めたり拭ったり、あたしの周りをグルグル回ったりして遊んでたけど、じきに消え入るようなミャアを呟いてソファで眠っちゃったの。五本指はいつの間にかあたしがお尻に敷いてたわ。「昨夜タマはお泊まりなのよ」ってよく飼い主が翌朝の垣根越しからお隣さんに話してるけど、飼い猫のお泊りってこういうことなんじゃない？　今日はミストラルだったから手毬の飼い主はさぞ心配でしょう。そうでしょうそうでしょう。それであたし《ご安心下さい。あなたの子猫は昨夜とても安全な場所に確保されました。アキコ》ってメモを首輪に括っといたの。ウフフ、気が利くジャポネーズでしょう？

猫っていえばオシッコとウンチがあるんだわよ！　適当な器が見当たらないから庭の植え木鉢のお皿、あれを二枚拝借してソファの下に置いたんだけどそれだけでいいのかしら？　あたし猫のことはまったくわからないから一応ティッシュも置いといたわ。

あ〜あ！　今日という日の後半は、長くていろいろとあった半日だったわ。前半がまるで昨日のことのように感じられるわ。

三月十二日

快晴。胸の上に座敷童子が鎮座してる夢を見て、ハッと目を開いたら手毬だったの。アラ手毬ちゃんおはよう。

ごきげんいかが？「ミャア」とっても元気そうじゃない。よかったわね。それで窓を開けたら、毬みたいにピョ～ンって外に飛び出して、それっきり帰ってこなかったわ。ちゃんと寄り道しないで飼い主の元に帰ったかな？

今日はラロック先生の差し歯がとれちゃったの。前歯二本のない人がどんなに厳しいこと言っても無駄よ。皆笑いを堪えるだけで精いっぱいなんだから。ラロック先生によるとフランスの歯医者は融通が利かなくて診察料がバカ高いらしいわよ。どんなフランスガイド本にもそう書かれてるけど本当らしいわ。日本じゃ道のあちこちにナントカ歯科の看板や表札を見かけるけど、フランスでそれらしきものを見たことがないってことはいったい歯医者ってどこにあるのかしら？　あたしも歯だけは日本できちんと治しておかないとと思って一応虫歯治療だけは済ませてきたんだけど、こっちにいる間はどんなことがあっても虫歯にならないよう十分用心しないといけないわ。いえいえ虫歯だけじゃない、とにかく日本に帰るまでは上から下まで健康でいなくっちゃならないってことよ。何がどうって、看板のない店と病院ほど怪しくて高いものはないんだから。それだけは世界共通なんだから。

《今日の出来事》

市庁舎前の坂道で加古川自治会だか農協だかの団体を見たわ。一番先頭を歩く人がそう書かれた旗を掲げてて、約二十名ほどがその後ろにぞろぞろ続いてるの。中高年のおじさんおばさんが中心の賑やかしい団体よ。やっぱり日本のおばさんたちは元気よ！　姦(かしま)しいわよ！　一〇メーター後にいてもすぐにピンときたわ。日本のおばさんたちにかかると、エクサンプロバンスの閑暇な良道ガストン・ドゥ・サポルタ通りのしんまりとした風情も、巣鴨のナントカ通りに見えてくるから不思議よ。あの喋り声とエネルギーは巣鴨のおばさん特有のものだと思うわ。最後尾のおじさんは、八百屋のおじさんご用達のナンバープレート付きの帽子を被って周囲もお構いなしにビデオカメラを廻してるもんだから、通行人の邪魔になってるの。あたしが速やかに傍を通り過ぎようとすると、目敏(めざと)いおばさんの一人が「あ！　日本人だよ！　ほらほら！」ってあたしを指差したの。「え！　どこどこ？」「あらやだ！」って。日本人で悪かったね。その声がとっても巣鴨のおばさん的なアケスケ声だったから、あたし恥ずかしくなって競歩アルキでその場を去ったんだけど、ほんのちょっぴり日本人のお喋り声が懐かしかったわ。加古川自治会の皆さん、ボンボワイヤージュ！

下校時のサン・ジョゼフでカルシウム補給でもすんべぇかと思って、《小魚百選》を容器ごと抱えて食べながら歩いてたら、砂利道のとこでしつこいアブにつき纏われたの。ギャ！　アブ！　夢中で激しく頭を振って歩いてたらジャリッ！　と砂利に滑ってトリプルループ！《小魚百選》の丸い容器がコロコロ転がってっちゃったの。小魚ころりん。運良く後ろから来た運動神経の衰えてない地元のおばさんが敏捷に足の下で止めてくれたから助かったわ。それにしても容器の蓋がちゃんと閉まってたんだからあたし我ながら可笑しくって。滑って手放す刹那、ちゃんと偉大なる《もったいない精神》が働いて、無意識に容器の蓋を閉めてるんだから！

貧乏根性の瞬間瞬発力ってすごいわねぇ。

三月十四日

素晴らしい晴天。雲ひとつない壮大な眺め。「ハァ、ハァ、」息も大いに弾む頃、サント・ビクトワール山がドワッと急接近してくる。サント・ビクトワール山ひとつに対しあたしという人間がひとり。今日のような完璧な青空の朝であれば黄ばんだココロがまっさらに洗われ、ありとあらゆる雑感と完成間近のパッセコンポゼが瞬間にして一掃される。あたしは感謝する故もなしに感謝の気持ちでいっぱいだ。

せっかくあたしが澄み切ったミントの気持ちで授業に臨んだのに、今日はちょっとしたシビアな出来事があったの。ラロック先生は必ず授業の前に国際情勢やニュースを取り上げて、ああだこうだ辛口な冗談や皮肉を言う人なの。とりわけアメリカに対しては毎日何かしらケチをつけないと気が済まないの。この時だけはアメリカ人にわかるように英語で言うのよ。フランス人は愛国心が強すぎるって事実ね。でも毎朝それを聞かされるアメリカ人夫婦は心中穏やかじゃないわよ。二人とも大人だし温厚な性格だからいつも笑って聞き流してるけど、それをいいことにラロック先生が時々真顔でエスカレートした発言をするってのは考えものよ。《まったく調子に乗りやがって》ってやつよ。あたしとアバスは、あのラロック先生の悪い習慣がいつか裕福なアメリカンを怒らせてフランスとアメリカの言い争いになるんじゃないか、って懸念してたの。アバスは「アメリカってところはドンパチが得意だからアメリカが勝つに決まってるわよ」なんて言いながらパン・オ・ショコラをパクついてるけど、考えただけで嫌な雰囲気よ。ラロック先生はもう少し考えて物を言ってくれなくっちゃねぇ。フランス語を勉強しにきてるクラスは無論外国人ばかりなんだから、いろんな国の生徒を相手にする先生はやっぱりそれぞれの国の歴史や現状を頭に置いて話すべきだわよ。そんな事お構いなしに言いたい放題してると——今日のようについにアメリカ側も愛想よく笑ってばかりいられなくなるのよ。ラロック先生がいつものようにブッシュ大統領をナントカカントカ皮肉り叩いてして「ハハンッ」せせら笑うと、とうとうアメリカ側がそれに対して「いやいや、お言葉を返すようですが、」から始まる応戦らしき気配を漂わせたの。フランスとアメリカの険悪な関係がナチュラルスピードの英語使いで表面化したってわけよ。討論の内容が内容だけに、さすがのデイビッドも難しい顔をして黒板を睨んでたわ。あたしはといえば、ふてくされて物言わぬ株主みたいな顔をして、なぜか昔飼っていた雑種犬のサリーのことを思い出してたの。

　ところで中国人ていえば、あたしのクラスには中国人の女の子が二人いるんだけど、あたしのボンジュールに答えてくれたことは一度もないわ。どうもあたしが日本人ってところに蟠(わだかま)りっていうか問題があるみたいよ。

この傾向はこの二人に限ったことじゃなくてどのクラスでも——もちろんそうじゃない中国人もいるけれど——中国人は大概そうだって岡田さんが言ってたわ。悲しいかな、中国が日本に懐く感情がこういう場所でこういう形で表れてるわけね。そういう現実を知るとあたし自身もこうして毎日いろんな国の人たちと関わっている以上は常に外交にも気を配って、《ひょんな一言から相手の感情に災いが生じないように》——そこんところを赤ペンでしっかりアンダーラインしとかなくちゃ！　ってそう思うわ。

＊　トカゲの尻尾甘踏み成功、成功率高し。「世界の皇室」日本編見る。マンゴー食べたい。

三月十六日

今日隣に緒玉花子さんが越してきたの。学校から帰ってきたら、荷物はすべて済んで電気スタンドに煌々と明かりが点いていたわ。あたしが部屋に入ろうとすると、花子さんが待ってましたとばかりに部屋から出てきて「アキコさん！　おかえりなさい。今日からあなたの隣人です。よろしくね」例のごとく口の両端をギュッと結んで——折りたたんだハンカチのような挨拶をしたの。「こちらこそ」あたしも倣(なら)って。すると唐突に「今後の細かい約束事は後日紙に書いて持ってきますから」って。あたしが「約束事なら書いてもらわなくても——あたしと花子さんがマダムと交わした約束事は同じだから大丈夫よ」と言うと、「そうじゃなくて、あたしとアキコさんの約束事よ。マダムとあたしたちとの約束事とは別に、あたしたち二人の間にもいろいろと約束事は必要でしょう？　その方がお互い気持ちよく生活ができるでしょう？　あたしが作ってキッチンに貼って置きますから読んで下さいね。あたし、アキコさんとのお隣付き合い楽しみにしているわフフ。それとこの間はシャルルのこと聞いていただいてどうもありがとう。ご迷惑だったんじゃないかしら？　彼とのことはここで独りになってからよく考えるつもり。今後また聞いて欲しいことがあったら、あたしアキコさんに打ち明けてもいいかしらフフ？　ご迷惑でなかったら——」

花子さんの《話》って独特よ。話し方はイースト菌の密集したパン生地のごとくねっちりもっちりしてて、間の取り方は何というか、芝居がかったプライド高き先輩ＯＬ風なの。つまりあたしとても息苦しいわよ。ＯＬ——で思い出したけど、誰かに似てる似てると思ってたら——そうそう、三好麗子よ！　以前あたしが勤めてた○×画廊にいたお局うるさ型ＯＬなんだけどこの人に花子さんったらそっくりよ！　話っ振りといい、言い出す事といい、話してる時の目の据え方といい、途中相手を威嚇するような妙意のだんまりといい、そして決して目は微笑んじゃいないホホエミといい、何から何まで似てるわ。つまりあたしの一番苦手なタイプの女よ。違うといえば顔の雰囲気よ。三好麗子は映画『レベッカ』の気味悪い家政婦だったけど、緒玉花子は感じの悪いオオサンショウウオなの。まぁ、どっちにしろオソロシイわよ！

あたしが約二秒間、恐怖の発見！　的独言を脳裏に巡らし現実に立ち帰ると、花子が滔々と口を動かし終え、結びにまた両端をギュッと締めてホホエンだところだったの。ハッ、あたし何か答えなくっちゃ。「え、ええ。ど、どうぞ」試しに花子さんを真似て口の両端にギュッと力を入れながら目は微笑まずの《口だけ微笑》をしてみたけど、おそらく教育テレビの腹話術の人形みたいでぎこちないわ。すると花子さんは「あ、それからアキコさんのクラスの時間割貸していただける？　あれがないと約束事の調整ができないのよ」って。「そうなの？」時間割？　調整？　何だかよくわからないけど、とにかく花子さんはお互いの時間割がないと調整とやらができないような新しい約束事を作りたいってわけね。へぇ。ま、別にいいけど。「じゃあ待ってね」あたしが急いで三日分を手帳に写して「はい、どうぞ」時間割を手渡すと、「ありがと。ではボンソワ」満足そうに、鏡餅みたくデンとしたお尻をプリプリ振って部屋に戻っていったの。

ボンソワ——か。あ～あ！　あたし今から何となく嫌な予感がするの。二、三回しか面識のない人をつかまえてこんな風に決めつけるのはナンだけど、ナニがナンでも嫌な予感よ。——もしかしてあたしと花子さんってとても相性が悪いんじゃない？　あの《三好のオババ》に酷似してる花子とあたしの馬が合うハズはないわよ。きっと《三好のオババ》と同じ陰性ヒステリーよ。何かにつけ重箱の隅をホジクるように細かい事を挙げてはギャアギャアネチネチ言ってくるの。ギャアギャア言わなければひたすらムスッとしてジロジロと隣人の素行を窺ってるの。要するに相当感じが悪いの。あ〜あ！　まさかエクサンプロバンスで《三好のオババ》の再来とは想像だにしなかったことよ！

あたし自信ないなぁ。だって万が一ここで花子がドッカーン！　発砲してきたらどうなると思う？　もしそうなったら今度は画廊時代のような味方の同僚はなし、それからママレードの時のように感情クッションの役目をする言葉の壁もなし――ってことはあたし独りでもろに《花子のオババ》攻撃をかわさなくちゃならないってことよ。ヒィ〜！！　どうする？――どうするもこうするも、そうなったらどうにもならないわよ。とにかく唯一の対策はナニがナンでも距離を保つこと、それだけよ。フランス語で言うとコンセルベ・セ・ディスタンス・アベク・アナコ！――ククッ、それにしてもアナコって可笑しいわよ。フランス人のマダムがアナコアナコって言うと、なおさら穴子穴子って聞こえるんだから言葉って不思議よ。しかも花子さんって、こんな風に言っちゃあナンだけどホントに――花よりダンゴっていうけど――花子ってよりは穴子、こんな風に言っちゃあナンだけどホンットに――川底穴に潜む不機嫌なオオサンショウウオにそっくりなんだもの！

ＳＵＺＩって醤油のこと。「寿司」から来てるのか？「筋」がいいのか悪いのか？　そんなこと知らないわよ。とにかくあたしの行くスーパーマーケットではＳＵＺＩで売ってるの。さっそく買って帰って舐めてみたら、確かにギリギリ醤油と呼べるような呼べないような――でもおそらくフランス人が醤油を意識して作った日本的調味料ＳＵＺＩには違いないの。これに練りワサビとオリーブオイルその他をチョチョッと加え、ワカメ、アボカド、玉葱スライスを和えたサラダ。のりたまご飯。落雁。バナナヨーグルト。ドアの磨りガラスに見た気がする手毬の影。

三月十七日

今日朝一を早目に出て日本に電話したら、近日中に二度目の配給がSAL便でこっちに届くって。一度目の《おまかせ》にあたしが涙して喜んだもんだから、そうかそうか泣くほど嬉しいかい！　ってことで二度目もいろいろと玉手箱にして送ってくれるんだって。少忙な親の為せる業だわよ。ありがたいわねぇ。

それにしても素晴らしき季節のトーライよ！　輝ける南仏の春に溢れたる光のオーラよ！　アーモンドの中庭で、この連日初夏をチラつかせるような眩しい日差しが満喫できるのよ。あたし最近は中央の噴水の縁に腰掛けて、手紙書きだの宿題だの昼ごはんだの昼寝だのしてるの。毎日次から次へと気がかりなことが起きるけど、ここで日向ぼっこしながら、キラキラと大気に舞いながら溶けていく光の粒子を浴びていると、どんなダル事も一時的に忘れて気持ちよくなっちゃうの。ア～アヴイアヴイ！　エンオウア～！　あぁ～眠い眠い！　天国だ～！

今日《隣のアナコ》と狭苦しいキッチンで四回遭遇、二回目が合い、一回接触。「あら偶然ね」って言うから「ホント奇遇ねぇ」って答えといたわ。あとの一回はお尻とお尻がぶつかり、もろ尻突きでアナコの勝ち星。ケツ圧強し。恐るべし。

日中、手毬が遊びに来る。「手毬、コワイは隣のお姉ちゃん♬」「ミャア」

三月十八日

今朝キッチンに行くと、アナコの予告通り約束事の箇条書きが壁に貼ってあって、あたしの時間割とマダムがアナコに渡したらしい約束事の紙がテーブルの上に鉄の鍋敷きで止めてあったの。――ナニナニ？――は～ん、全部想像通りよ。つまり朝のシャワーとキッチンの曜日ごと各自使用時間の設定から、物干し場、ゴミ捨て、冷蔵庫の場所分け、トイレットペーパーの一回使用量（小の時／点線二区切り）と買い替えの交代制、その他マッチ、キッチンペーパー右に同じ、キッチンとテラスの掃除当番、外泊の際は遅くとも一週間前に申告するべし、エトセトラエトセトラ。節約一筋八十年、節約の鬼マダムの方は暖房、電気、ガス、水道の使用を最小限に止め使用時以外は元栓を切ることと極力静かに生活することの二点よ。マダムの崩し字は相変わらず難解で、アナコの筆勢はケツ圧同様強いわ。

あ～あ！　憂鬱憂鬱！　これじゃあまるで《あしながおじさん》の寄宿舎じゃない！　でもさ！《あしながおじさん》のジョディーにはいかがわしい――じゃなかった――足のえらく長い億万長者のおじさんっていう影の大スポンサーがついていて、ジョディーがあたしのようにマメに日記だか手紙だかを送ると、翌日おじさんから返事の代わりにいろんな費用やプレゼント、花束から衣服、お小遣いまでドドーンと贈ってくるんだから。そのお蔭でジョディーは何不自由ない学生生活を謳歌するんだから、まったくいかがわしい――じゃなかった――羨ましい話よ。小学校の図書室で初めてあれを読んだ時、あんまりいかがわしい――じゃなかった――羨ましい話だから、あたしもどうやったら寄宿舎にはいれるんだろうと思ってたけど、まさか今になってエクサンプロバンスの急坂越えに、あしながおじさん抜きの穴子つきで実現するとは思ってもいなかったわ。でもさ！　どう考えたって《あしながおじさん》のジョディーとおじさんの関係って正真正銘の純然たる――だかどうだか――不透明交際の極みだと思うわ。じゃあもしも、ある日突然あたしに、顔も名前も知らない男から純然たる――だかどうだか――動機によって莫大かつ全面的な資金の援助があったらどうする？　う～ん、よくよく悩んだ末――の振りをして遠慮なく全部貰う。
アラ？　あたしったら！　あんまりキチキチな約束事を突きつけられたせいで常識の箍が外れちゃったんかしら？

隣の穴子、キッチンの布巾を三分の一ほど焦がす。海苔のチギチギご飯、卵焼き、柿の種。
ドンスコ姉、絶好調。リズムにキレが加わり時間延長。

三月二十日
今日大事件があったの！　あぁ！　あたしって大馬鹿よ！　あたし——パリバのATMからお金を引き出そうとして——ついにやっちゃったのよ！　暗証番号の押し間違いよ！！　無意識に遺伝子、じゃない四ケタ組み替えやっちゃったんだわよ！　しかもね、画面に三度《操作に誤りがあります》の警告が出てもまったく番号違いだってことに気がつかなかったんだから！　もうすっかり自分の指の記憶を信じきっちゃって——《思い込み》って恐いわねぇ！　こっちの機械は常に三分の二がブッ壊れてるから今度も当然毎度ATM側の故障だと思い込んであたし自身の過ちをこれっぽっちも疑ってみなかったの！——三度も変な四ケタを押してたんだわよ。勢いよく三度やっちゃったら突然警告のブザーが鳴って画面が暗転、次いで《このカードはロックされました》のメッセージが数十秒点滅し、最後に《使用できません》の決定的表示が中央にネオンされ——あたしが画面の前で愚者の石のようにカタマッテる間にすべては終わったの。三分足らずの出来事よ。
カードが使えなくなった原因が本当にあたしの暗証番号違いだとして——っていうのも実はまだあたしが犯人っていう確信がないからよ。だって過去に一度も間違えず正しく押せていたあの四ケタを今日に限っていったいどんな四ケタに組み替えたのか、まったく記憶にないし想像もつかないわ。今でも信じられないことよ。

記憶にあるのは右の三分間の記述と――――すべてが消滅した真っ黒な画面に息をする影のごとく映し出された見覚えのある愚石の面影、いえあたしの放心ヅラと――――それから万が一あたしが立ち去った後に画面が再起して《もう一度操作し直して下さい》のメッセージが表示されたら！　この氷点下五〇度的思考、いえ断念する勇気に恵まれない愚者がその運命を懸命に否定する時、あらん限りの気力を凝らして縋らざるをえない超希望的観測を何としても捨てられず現場を離れられず、立ち尽くすともなくなお立ち尽くしてると、ヴヴオン！　不意に背後から大ジャンプ襲来してきた大型怪獣犬！　の強烈な臭い！　ウ！　クサッ！　と――――記憶ってこれだけよ。

あとの記憶は――――限られた時間の中で前後不覚なフラッシュバックの散乱が見受けられたが、目を凝らして見ようとするとそれらはやおら――――犬の強烈な臭いと運命を共にして！　空の彼方に飛んでいっちゃったの！　あたし過去に何度か小さな記憶を失くした経験があるけど、犬の臭いと連れ立って空の彼方に飛んでいった記憶ってのは、これこそ記憶にないわよ。だけど考えてみれば記憶も臭いも一種の気体に違いないわ。気体の中には稀に重たくて地上に這い蹲るようなものもあるでしょうけど、そういう鈍いやつを除けばほとんどが何でもかんでも上へ上へ昇りたがる性質のはずよ。上昇気流っていうじゃない。記憶も臭いもおそらくこれに属するでしょう。つまり辿り着くところが一緒なんだから、連れ立って飛んでいったとして何ら不思議のないことよ。それからあたしもう一つヒラメいたことがあるの。記憶ってもしかして――――犬のとは限らないけど――――臭いとくっつきやすいんじゃない？　融合する習性があるんじゃない？　周辺に臭いがあるから人体いわゆる脳裏から離脱するのか、離脱して酸化し始めると周辺の臭いとくっつくのかその辺は定かじゃないけど、この関係性を科学的に追求したら何かすごい発見があると思うの。絶対あるわよ！　これが立証できたら！　あたし世紀の発見者としてノーベル科学賞はおろか世界中のあらゆる賞を総なめにして百科事典に名前が載るんだけどなぁ。フフン。

――――あぁ！　フフンなんて言ってる場合じゃないのに！

☆

さて、祈るか念じるか頼み込むか？　なんて悠長に呟く人間は本当の窮地に立っちゃいない人間よ。窮地に立たされた人間は何も呟かない。いかなる選択肢もプロローグもないの。ただ最初から、真っ向から魂のありったけをぶつけるだけよ。今度のあたしの「時間よ戻れ！」のようにね！　あたし過去に最低四度「時間よ戻れ！」ってやった経験があるけど――どれもこれも、どんなに魔が差そうと文字にはできないしたくないような《我が人生の大いなる過ち》なの。この四つの記憶こそ、一刻も早く永遠に戻ってこれない場所に葬り去りたいんだけど、こんなのに限って何年経ってもしっかりと記憶の隅にこびりついてるのよ！――けど今度のように逼迫感に見舞われた「時間よ戻れ！」はないわ。ヒッパクヒッパク――おぉ！　心掻き乱す言葉よ！　あたしが白昼のミラボー通りで迫りくるヒッパクに脅えながら、胸の前で爪が食い込むほどに両手を併せながら、戻るはずのない時間を戻れ！　戻れ！　唱えた、あの無心ってわかる？　わ―か―る？――あたしにはわかるよ！あの無我の境地こそ賢者の言う「現実に見離された愚者はあらん超力に走らんとす」、井戸端で言う「見えるものも見えなくなっちゃって」、一席で言う「これが念じずにやってぇられるかい！」、一言で言う「現実逃避」、そして傍らの言う「あなた？　大丈夫？　それともヨーガなの？」ってやつよ！　傍らってのは六十代の軽井沢、じゃなかったエクサンプロバンス婦人よ。濃い臙脂（えんじ）色のコートに金のネックレス風眼鏡を優雅に垂らした南仏婦人が、鮮やかな花柄スカーフにくるんだ灰淡色のまなこを蝶々のように瞬かせながら、あたしに問いかけたの。危機なのかヨーガなのか？　体を精いっぱい捻ってあたしの顔に接近した婦人の息は、プロバンス名物のドライフラワー、乾燥バラのいい香りがしたわ。あたしが胸の前で固く手を併せたまま危機でもヨーガでもない健全な一東洋人を健気に装って「ボ、ボジュマダムパッ！　ドプロブレムオヴァ」こ、こんにちはマダム問題ありませんよサヨナラ。引き攣った微笑で答えると、婦人は良カッタ安心シタソレナライイノのジェスチャーをしながらスルリのドロンパー、つまりピカピカの紺のベンツにスルリと身を滑り込ませると、ミラボー通りの大直線をオートルートの方向にパーッ！　お行儀よく走り去ってアッ！　という間にドロン、よ。オヴァマダム――――その時あたし悟ったの。何をって――――オーヘンリーの片鱗を！　日常的人生の皮肉と哀愁を！「逼迫の危機に瀕する者を案ずる人というのはおおよそ逼迫者が二、三度生まれ変わったところで到底縁のないような長者か十二分に裕福な身分の人である」ってことの真実性を！　オー！　ヘンリー！

☆

オー！　ヘンリー！　あの澄んだ男声は多分神の声よ。噫噫！　神の！　他ならぬ神の圧倒的な一声が眠りこけた大聖堂を神々しく欲し目覚めに導く時、我は目覚めたり！――――ってことであたしが神の一声によって目覚めると、冷めた現実、そう、いつもと変わらない風景があったの。午後二時二十二分の出来事よ。場所はミラボー通りのパリバ銀行が通り沿いに設置してるＡＴＭの前で、通りの向こう側に、栗太りの男が売れない焼き栗をせっせと自分の口に放り込んでるのが見えたわ。どのカフェテラスからも午後の賑やかしいお喋りと食器の触れ合う音が聞こえ、どのお店からも焼きたてのパンやお菓子の甘い匂いが漂い、あちこちで鳩がバサバサと戯れ、その背後で空は果てしなく青く、風はそよ吹き、あたしはお金が下ろせない。（――――あたしはお金が下ろせない。ＡＴＭはあたしの操作に誤りがあると言う。あたしがＡＴＭの操作を間違えたと言う。ＡＴＭの操作とは何だろう？　それは絶対的に離陸直後に習う酸素袋の使い方よりもずっと易しい。右の人差し指一本を使ってボタンを四回押すだけだ。決められた四つの数字を叩くだけだ。ピッピッピッピ、それだけの事だ。ではあたしの四ケタとは何だろう？　それは十一ケタの携帯電話の番号よりもはるかに易しい。○×●△だ。過去の二、三十回に押し間違いはない。それを今日に限って間違えるなんてそんな事があるだろうか？　あったとすればどんな風に？　信じられない。あたしはすっかり困り果てている。しかし――――）これが現実よ。

☆

現実を認知したら一気に耐え難い不安と緊張に襲われたの。脳裏を深刻な鉛色の雲に、心臓を激しい動悸に乗っ取られ。いわゆるヒトも哀れむショック状態ってこういうことね。あぁ！　こういうことね、なんて言ってるバアイじゃないわよ！　さぁ！　どうするか？――即日本のシティバンクに電話をしなくちゃ。万が一のために電話番号を手帳に書いておいてよかった！

海外に滞在するあたしのようなポカスケのための《まさかの時のシティバンク緊急事故センター》は二十四時間営業してるの。あたしが電話すると、とっても事務的な早口の女の人が出て、あたしが臨場感たっぷりにコトを訴えてるのにいかばかりの同情を示すともなく、つれない窓口の感情枠を超えない応対ぶりだったの。こっちがセッパツマッテル時にいとも冷静で模範的な窓口口調はナニブン冷酷に思えるものねぇ。あぁ！　ボヤいてるバアイじゃないわよ！　二十四時間体制で日本語対応してくれるシティバンクにボクメルシボク！

シティバンクの女の人が、あたしのポカに驚きもせずいとも冷静にロック解除の書類手続きと段取りについて説明してくれて、結局書類はまず実家に郵送してもらうことにしたの。母のサインだけで済むコトなら、と思って。でも済まなけりゃあ実家からエクサンプロバンスへ郵送してもらうしかないわね。だけどそんなことしててお金が持つのかしら？　あたしお金がないから下ろしに行ったんだからね！　うぅ！　何だか胃がキリキリしてきた。あぁ！　でも胃に感けてるバアイじゃないわよ！　母に連絡しなくちゃ！

時差も忘れて日本に電話したら向こうは午後十一時過ぎだったわ。「あ、もしもし」なんて気取って出るから呑気なものよ！　あたしが興奮して事態を捲し立てても、八時間の隔たりがある国際電話って返事が妙に遠いから、今日のような非常事態の時は果たして事態が通じてるのか通じてないのか心配になるわ。「わかった？」（間）「あら、わかったわよ」（間）「本当にわかった？」（間）「絶対わかりました」――（間）ばっかりのやり取りであたしがしつこくワカッタ？　ワカッタ？　言うから母がしまいに「その話はもういいから、もっと他に楽しい話題はないの？」って。

人間が本当にショック状態に陥ると内なる叫びも外なる叫びも、とにかく声という声が《ショック》という強力な惨い(むご)エネルギーに吸い取られて滞ってしまうの。わかるでしょう？　ムンクの叫びのように叫べるうちはまだ救いようがあるわよ。今のあたしには叫ぶ気力も食欲も、無論アルファベだらけの宿題をする気もないわ。ただ鉛色の果てしない重圧がガマガエルの呪いのごとくあたしの想念全景にのしかかり、狂ったゼンマイ仕掛けの早鐘時計を心臓に抱えたように絶え間なくドキドキドキドキするだけよ。狂ったゼンマイを抱く呪いのガマガエル——世にも哀しきわが姿よ。日記に書いたら少しは落ち着くかと思ったけど逆効果ね。事の重大さを反芻したら改めて暗い気持ちになったわ。

あぁ！　あぁ！　愚か者のアキコ！「愚か」を辞書で引いてみたらベティーズだって。ベティーズ！　そうか！　ラロック先生が毎日あたしたちに言ってる言葉ってこれだわ！

三月二十一日

————————————————。

三月二十二日

日本に電話。実家に《まさかの時のシティバンク緊急事故センター》から約束通りロック解除のための書類が届いたそうなんだけど、やっぱりあたし自身のサインと、あたしがこっちに持ってきてる印鑑が要るんだって。だから母がすぐに書類と朱肉を送るって。こっちであたしがサインをしたら、書類はセンターに直接送って、本人の確認が取れたらロック解除だって。じゃあ無事に使えるようになるまで二週間掛かるわね。母は今日になってあたしのお金の心配を始めたの。「二週間だから一〇〇ユーロあれば何とかなるわよ。それぐらい持ってるでしょう？」「一三〇」「ええ？　ギリギリじゃない！　もっと他にお金になる物はないの？　トラベラーズチェックは?」「もうないよ」「ええ? だって何百か作っていったんでしょう? あれ全部一度に換えちゃったの?」「うん」「あら! やだ! どうして? あなたって人は――――――!」巷の母親ってものは、お金の窮地に立たされて真剣に萎んでる娘からの国際電話でも、考えなしにたらたらと長い説教を始めるものよ。気が済むまで決して端折っちゃくれないのよ。だけど今日ばかりはどんなにウザったいトロロイモ式説教も、安ホテルの壁向こうよりずっとずっと遠い場所から幽かに反響してくるラジオのように――――――くぐもった雨音の調べにしか聞こえないわ。そんなことよりあたし耳元に寄せ支えしてる鉄アレイ、じゃあなくて受話器がいつになく至極重かったの。要するに刻一刻とテレカの残数が目前で減っていくのを見凝めていると、悪い夢を見凝めているようで至極耐え難かったの。ってことで、残数が二一を切ったところで強引に割り込むと母のトロロイモをいったんお開きにしてもらったの。ごもっともなご意見を中断してスミマセンけど、あたし今日はひどい頭痛がするんでこれから帰って横になりますじゃあねって。オヴァ母、ボンソワ母、残数二〇。

あたしには変な癖があるの。昔から、母や先生の小言を聞いてると必ず脳裏に小さい《ドナドナ》のメロディが悪い呪文のように流れてきて、ひどい頭痛に襲われるの。本当なんだから。こういう類い――いわゆるひとつのパターン化された超個人的精神性圧迫感がひき起こす症状――ってのは、原因する環境が変わらない限りいくら年齢を重ねてもなくなるものじゃないのね。今日久々に《ドナドナ》の頭痛に襲われたけど、やっぱりメロディはあの《ドナドナ》で、ズキズキはあたしの頭だわよ。この人生習慣的頭痛はあたしの幻想じゃないんだわよ。

まぁそれで大人しくベッドで横になってたら、本当の《孤独》がトトトと枕元にやってきてザマミロザマミロって突くように囁くの。《孤独》ってもっと捉えようのない詩にうつろいながら鬱蒼としているもんだと思ってたけど、あたしの枕に現われた《孤独》は偏平そのもので手足の生えた靴ベラのようなの。これにはまこと興醒めだわ。

三月二十三日
シクシク、シクシク。

三月二十四日
どよんどよん。

三月二十五日
ゆうべ夢にある歌が流れてきて、あたしの嫌いな歌なの。♬泣くのが嫌ならさあ歩け♬って歌よ。どこかで聞いたことのある歌でしょう？　あたしあの歌を聞くと「いやだね」って言いたくなるのよ。きっと神様が見かねてあたしに活を入れてくれたんだわ。
まぁ、今のあたしの頭の中はすべてを投げ打ってロック解除祈願一筋よ。あんまり根詰めて願ってると体に障ると思って授業で気分転換してたら、ラロック先生が得意の小厭味顔で「アキコはどうしてリラックスしてるんだ？　ん？」って。だからあたしの大失敗を貧困なフランス語で話してやったら、アメリカ人夫婦の婦人の方が「んまぁ！　アキコ！　それでどうしたの？　お金は大丈夫なの？　困ったらいつでも言いなさい。いくらでも貸すからね！」って言ってくれたの。ボクメルシボク！　持つべきものは親切で裕福なクラスメートよ！　この一言であたしの気持ちがどんなに軽くなったかわかる？　少しはわかる？　それでこういう心ある申し出に対してはあたし本来なら「ご親切にありがとう。でも何とか大丈夫です」って言って丁重にご好意だけありがたくちょうだいし、つまり実際にお世話になることなく申し出て下さった方をその場で安心させたい気持ちは山山なんだけど――いかんせん今度ばかりは本当に大ピンチで、そう言い切る自信がなかったわ。それで「ご親切にありがとう。あの、もしかしたら本当にお願いするかもしれません。いいですか?」思い切ってあたしが言葉に甘えたら、ご主人の方が「もちろんだよ。困った時はお互い様だよ」って、気持ちよくアメリカンな笑顔で答えてくれたの。

あぁ! 言い難いことを言うのってとっても恥ずかしいし勇気がいるわねぇ。でもご主人が自らそう言ってくれるとあたし本当に心強いわ。

夕方、隣の穴子とキッチンで鉢合せ。あたしアメリカ人夫婦の親切心に救われてちょっぴり元気になったんじゃない? 何にも入ってないオムレツが食べたくなったの。で、玉子を持ってキッチンのドアを開けたら、キッチンは駅前商店街の角にある焼肉屋みたいにもうもうと煙が充満してるの。いったい何事かと思ったわ。あたしがドア口で一瞬煙に喘いでいると、煙の奥に稽古中の相撲部屋の親方みたいに腰に手を当てた穴子が仁王立ちで立ってるのが霞み見えたんで「ゲホ穴、いえ花子さん! どうゲホッしたの? こんなに煙っゲホゲホッ! ちゃって!」あたしがムセながら聞くと「あらアキコさんキッチンお先に。も―――――――」その先は聞かないでドアを閉めちゃったの。だって今日は特別ゲホッ!――煙いんだもの。それに聞かなくたってどうせ焼き肉よ。穴子はほぼ毎日のように肉のこってりばかり食べてるの。肉の摂取量に関してはフランス人を肥え、いえ超えてると思うな。あたしがキッチンに入るといつも肉々しい臭いがどっしりべったりこびりついていて、どんなに濃いコーヒーでもなかなか消せないんだから。だけど冷蔵庫のあたしの牛乳の隣に日本から持参したっていう《焼き肉のタレ》があと二本並んでるところを見ると、当分キッチンが肉臭肉煙から解放されることはないわよ。嫌ねぇ。それから揚げ物ね。数日前、死ぬほど天ぷらが食べたいって言って、あたしに天ぷら粉持ってないかって聞いてきたの。あたしがまさかって答えたら、じゃあ何に代用してでも近日中に試みるって堂々の宣言して帰ってってったわ。あの時の穴子のマナコったら殺気立った食の欲望と禁断症状でギラギラしてたっけ。

嫌ねぇ。
　肉っていえば、あたしここに来てからスーパーで肉を買ったのはほんの数回きりよ。何度か鶏と豚を買って煮たり焼いたりしただけよ。あとはあそこの、学校近くの美味しいソーセージ屋さんで、いろんな種類を少しずつ切ってもらってるの。フランスのナントカ地方、ソーセージで有名な地方出身のちょっとしゃくれ顔のハンサムなご主人と、長身のなかなかべっぴんな奥さんが、二人で仲睦まじくやってる店なの。五種類くらい食べたかな？　どれもこれも美味しくて、日本ではほとんど食べなかったソーセージがここで大好きになっちゃった。それからサラミもいいのよ。中指大の大きさで癖になる味わいよ。決して安くないんだけど、日曜日の朝市やいろんな店で買ってては大事に食べてるの。

夕食――オムレツ、ほうれん草、《バネット》のいつものバゲット（〇・九ユーロ）、キウイヨーグルト。冷凍のほうれん草初体験。ほうれん草、今日のキウイ。濃緑のキヤキヤ、黄緑のキヤキヤ。二種類の強烈なキヤキヤが重複し舌の上一面に苔生す。ヴヴヴヴ！　軽い味蕾の麻痺症状。コーヒーッ腹。黒飴六個。入念な歯磨き。

日本からの便り二通あり。マダムから籠で受け取る。たくさんの便りメルシボク。貰った手紙の数およそ三十通。返事書きいと忙しいと楽し。最高の気晴らし。ではボンソワ。

三月二十六日
日本に書いた返事をポストに出しにいくと、窓口⑥に窓口の女神ナタリーがいたの。ナタリー！　手を振るとナタリーもお客さんしながらあたしに投げキッスしてくれたわ。彼女はあたしがエクサンプロバンスに来た当初からずっと変わらず親切で明るくて頼れて、そして一番波長の合う窓口の女の人なの。ってことはナタリーに出会って早二カ月が経つのねぇ。

ここに来て最初のうちっていえば、あたし窓口恐怖症だったから、何でも紙に書いてそれを窓口で読むようにしてたのよ。いつもお芝居の台本みたく、（エトランゼA）と相手（アンプロワイエB）のやり方を紙に書いてから、それを持っていざ窓口へ行ってたの。二カ月前はこの台本がないと何にも言えなかったんだから。これを行きのサン・ジョゼフ、せっせの下り坂で何度も練習するとかなりイイ線まで行くんだけど、いざ本番になると、アガッちゃって不思議なほどすんなりといかないのよ。それであたしがつっかえたりしどもどしてるうちに、窓口の人によってはベートーベンみたいなコワったらしい皺を眉間に寄せ始めて「早く早く！」って始めるの。そうなるとたちまちこっちは腰が引けちゃって、仕方なしに紙を見せながら「コレコレをコレで」って何行もある台詞の中から要件を二、三指で差し、要するにあたしが一番好まない原始的かつ最終的手段の展開にならざるをえないわけ。あの負け星を背負ってカフェに行ってごらん、一時的にドヨンと落ち込むわよ。

でも実際窓口の人たちの中には、外国人に冷たかったりちょっともたもたしてるとギャンギャン言って怒り出すような人が少なくないんだから。日本じゃあり得ないけど、フランスってそういうとこなの。あたしも随分そういう怒りの窓口人に遭遇したけど、手強かった敵の顔は今でも全部覚えてるわ。忘れろったって忘れないわよ。校長室の壁に並ぶ歴代校長の写真のごとくズラッと脳裏に全部記憶してる。いつかあたしがペラペラフランセになったら見返してやるつもり。

ところで、歴代の怒りの窓口人の頂点に立つ女がこの市庁舎前ポストにいるの。女はあたしを含め外国人、とりわけ黄色い肌の外国人が自分の窓口に並ぶと、あからさまに嫌そうなブスな顔をして、隣の窓口人に「チッ！あたしんとこに並びやがった！」聞き捨てならない暴言を吐くの。偏見甚だしい女よ。あたしたち日本人学生の間じゃ断トツ感ジ悪イワーストワンで有名なの。あたしの時なんか、窓口の向こうで閻魔様もたまげるよな力み立ちをして、あたしを指差しながら激怒したんだから。

あれは先月の末、パリの彫金師チェリーの口座に代金を送金するのにポストに行った時の話よ。口座に送金――いったいどの窓口に行ってどの用紙にどう書き込むのか?――もちろんドキドキよ。こういう時にナタリーがタイミングよく窓口にいればいいけど、そういう時に限ってうまくいかないものよ。行ってみたらやっぱりナタリーはいなかったの。でもアキコ! 窓口が誰であろうと何でもこなせるようにならなくっちゃいけないよ! 脳裏にラロック先生の教訓的囁きがよぎってゴモットモゴモットモ! 前向きに前向きに! ってまっすぐ前を向いたら、窓口の担当がこの女だったの。不運なことにお昼時だったから窓口はひとつしか開いてないわ。他の窓口にも人は座ってるのに、皆閉窓してお昼にしてるの。おぉ! ドキドキしてる時って《前ニ前ニ詰マッテ前進》が速いものよ、って独りごちてたら――ガラス越しに女がドワッと現われたの。あたしが引き攣った笑顔でボンジュールを言うと、女は不愉快を人面に圧縮したような表情であたしを冷やかに見、横柄なタクシーの運ちゃん同様、声を出さずにただ眉の内側を物騒に吊り上げてドコ、じゃなくてナニって。「口座に送金したいので教えて下さい」あたしが持てる謙遜を掻き集めて言葉にすると、返事もしないで二枚の用紙を乱暴に――とても乱暴に!――あたしの方にグシャッと差し出したの。「どこをどう記入するんですか? マダム?」あたしがなけなしの謙遜を投げ打って言葉にすると、腹立たしいったらありゃしない! 丸出し口調に悪魔的意地悪の炎を灯し――三倍速仕上げのド迫力一気舌でリターンしてきたの。「――はっ?」もう一度強力リターン! 「――へっ?」あたしがいつものように「私は外国人です。できるだけゆっくり話していただけませんか?」最後の謙遜に借りを作って請うと――いきなり「プレネ! プレネ!」山奥のヤマンバがいよいよ人間を襲うような迫力で立ち上がったの。ギャ～! ××××! 椅子が後ろに倒れた音はヤマンバのオタケビに掻き消されたわ。プレネって動詞プレンドルの命令形。英語で言うところの Take テイクだから利用範囲が広いわよ。ヤマンバのオタケビは行け！　取れ！　書け！　のどれかじゃない？　どれにしたって何の罪もないエトランゼに対していったい全体――あたしが呆気に取られて放心していたら、後ろの男の人が「おい！　この女はヒステリーなんだから怒らせるな！　僕の番にとばっちりが来るじゃないか！」耳元でコボしたの。それで「何？　口座送金するの？」って速やかに手伝ってくれたの。もしこの自己防衛本能旺盛な仲介人が登場しなかったら、たかが一件の口座送金のためにむごい運命を辿るところだったわ。アヴヴ、クワバラクワバラ。あたしが無心にクワバラを唱えながらポストを立ち去ろうとすると、後ろからニキビ面の日本男児がスワッと飛んできてあたしに話しかけてきたの。「大変でしたね。見てましたよ。僕五番目に並んでたんだ。あの人恐いですね。授業が早く終わったから日本への小包みの送り方についてちょっと聞きに来たんだけど、ここで聞くの止めました。本局の方へ行ってみます」って。そう言われちゃあ、あたしは「スミマセンです」って謝るしかないじゃない。

《閻魔のヤマンバ・仏のナタリー》ってね。要するにヤマンバ女に引き換えナタリーは窓口のお手本って言っていい好応対よ。いつでも誰にでも感じのいい対応をして、エビアン水のような爽やかな笑顔が印象的なの。ナタリーと《投げキッス》の仲になったのは、あたしの窓口用台本ポスト編がきっかけなの。ここに来て間もない頃、ある日あたしがいつものように窓口を訪れ、エトランゼAになりきって情感たっぷりに読んでると、窓口の向こうでナタリーが突然鼻をピクピクさせて笑い出したの。あたしが「なぜあなたは笑っているのですか？」って聞いたら「いえごめんなさい、間違っちゃいないのよ。ただあなたがあんまり情感を込めて読んでくれるから――つい可笑しくなっちゃって！」って。それで「そのメモよかったらちょっと見せてくれない？」って。「いいわよ」って見せてやったら、今度は沸騰したヤカンみたいにグラグラ体を揺らして本腰で笑い出したの。すると周りの同僚がアラ！　ナニ笑ッテルノヨ！　アタシニモ見セテ見セテ！　とばかりにあたしの台本に集ってきて皆がグラグラのヤカン笑いしだしたの。アーハッハ！　イーヒッヒ！　あらあらこの人たちも爆笑してるの？　あたしそんなにオカしい変わった台詞を書いた覚えはないんだけど——さり気なく戸惑ってたらナタリーが残笑で鼻を膨らませながら教えてくれたの。結局あたしの抑揚の効き過ぎた台詞回しに加えてイマジネとクレエ——つまりあたしが想像し創造するところの会話そのものがそんなにオカしいんだってさ。そうかしら？　ま、そう言われてみればあたしの考えたエトランゼとアンプロワイエのやり取りには多少の脚色があるかもしれないし、あたしが勝手に想像し創造する両者の私生活的背景が会話の端々に練り込んであるかもしれないわ。だけど『フランス語会話AからZ』に載ってる会話例を丸覚えして臨んだところで絶対にその通りにいくわけがないんだし、そんならあたしの台本はどうかっていうとやっぱり全然その通りにはいかないんだけど——だけど結果的にはあたしの独創的なやり取りの方が自然発生的想念の飛来によってより対話に、あるいは色彩豊かな言葉の広がりによってより生活感溢れる展開になってると思うな。会話って対話だし、言葉って生活の表れだから。フランス語の会話、考えたことある？　自分の知らない異国語のごく日常的場面に生じる言葉の交換をエトランゼが表現するっていうのは存外骨が折れるものよ。フランス語で手紙を書くのとはまたちょっと要領が違うの。手紙書きには要さない想像力と独創性をフンダンに駆使混入しながらひとつの場面を組み立てていくんだから、これはこれで時間が掛かる作業よ。——あたしの場合はね、ひと通り仕上げた後に入念な見直しをするでしょう？　そいで例えばエトランゼが窓口で地元のクリーニング屋の離婚話の件にソウダッテネェなんて軽々しく便乗するって展開には無理があるか否かとか、〇・七五ユーロ切手三枚って言ったエトランゼに対して果たしてアンプロワイエがいきなりアナタ息ガ臭イデスネサッキヤギノチーズ食ベタデショウ！　なんて言うんかしら？　とか、そういう繊細かつ些細なこだわりの部分で迷ってる時間が長いの。くだらない！　まぁあたしのくだらない台本制作秘話はどうでもいいけどさ——だけどあたしこの創作的作業が、台本作りが結構気に入っててねぇ。あたしの台本は、プロの脚本家が用いるような熟考型作り込み手法じゃなくて、もろにぶっつけ本番のすごろく手法よ。だってねぇ、一行書くのに最低五回は辞書を引くじゃないの、それで引いたページを眺めてると興味をそそられる語彙や動詞が必ず数個は浮上してくるから、それらを抜粋しちゃあアアしてコウして前の行と違和感なく何となく組み合わせてハイ台詞に！　ってそういうやり方よ。このやり方でハイ次！　ハイ次！　って面白がってどんどんやっていくと、あっという間に素敵なプチ仏語対話ができ上がるの。ま、単なる窓口仕様のプチ対話っていうには幾分長いかもしれないわね。二、三十作っていっても実際に役立つのはせいぜい一、二行だから。

とにかくあたしの辛口大根、じゃなかった窓口台本がきっかけでナタリーとの交流が始まったの。この日からナタリーは、お客さんしてても窓口の列にあたしの姿を見つけると《投げキッス》してくれるようになったの。それであたしの自作台本に噴き出しちゃあ文法を添削してくれたり、台本を卒業して口だけで頑張るようになってからはあたしが言葉に詰まると「アキコ頑張って。アターンドルを使うのよ――さあ！」「アターンドル――待つ？　あぁ！　ジャッタンコンマペール！」ラロック先生よりずっと優しく救いの手を差し伸べてくれたり、それにあたしが何より助かったのは、ナタリーの市庁舎前郵便局内における日仏平和維持政策よ。事件後、同僚からヤマンバ奇襲攻撃を知らされたナタリーが、翌々日窓口であたしにこっそりくれた小さいメモにナタリーの自宅と携帯電話の電話番号、その下には《何かあったらいつでも電話を❤》って書いてあったの。そしてあたしの手を軽く握りながら「アキコにとって難しい用事でポストに来る時は、前日にあたしに電話をしなさい。そうしたら翌日が最悪の――サラが出勤であたしが休みの――場合でも、あたしに代わって親切な同僚がアキコを担当するようにしといてあげるから」ヒタヒタの内緒声で言うとウィンクしたの。ホント？　ナタリー！　あたし嬉しい！　でも――「でもナタリー、あなたの同僚はあたしの顔がわからないでしょう？」あたしが言うとナタリーは急にあけすけな地声に戻って「まさか！　窓口の担当者でアキコを知らない人はいないわ！　ディアロギストアキコ！」

アターンドルは《待つ》って意味の動詞。ジャッタンコンマペールは「呼ばれるまで待っています」。サラってのはヤマンバの名前で、ディアロギストは映画なんかの台詞作者のこと。それにしても、あたしのプチ仏語対話が郵便局内で廻し読みされてたなんて面白い現象だわ。だけど考えてみたら、日本人だって日本で生活してる日本語初心の外国人が大真面目に話す日本語を取り上げちゃあ大笑いしてるわよねぇ。間違っちゃいないけど辞書にしか載ってないような――まるで紫式部が乗り移ったような！　格式ばった日本語、丁寧語と尊敬語と謙遜語と古語とナントカ地方の方言や関西弁をトンチンカンな発音で包んでごった煮にしたよな日本語、それからその外国人の日本に対する固定観念がヒョッと露出して日本人の常識的感覚をスッ飛ばすような珍話や言い分、そういうのに出くわした経験があたしにもあるわよ。あ～思い出した！　あの可笑しさったらないわよ！　ついつい隣人を巻添えにして一緒にゲラゲラしたくなっちゃうわよ！

あ～あ！　こうして何の足しにもならないお喋りを日記に書いていると、一時的に大きな不安から逃れられるわ。今、あたしの体は太陽に恵まれたプロバンスにあるけど、心はかのピーターラビット一家が暮らす万年重くて暗くて果てしない粘土層の雲で蓋われたイギリス湖水地方にあるの。いわゆる《心身的分裂状態》とか、《言ってる事とやってる事が全然違うじゃないの！》っていうやつよ。こんな時気の合う隣人がいたら心強いだろうなぁ少しは気が楽になるだろうなぁ、と思うけど――いんや、穴子に打ち明けるくらいなら、大石内蔵助をきめこんでひたすら無言で時を待った方がましよ。

三月二十七日

見いつけた、見いつけた！　トラベラーズチェック二〇〇ユーロ見いつけた！　どこから出てき～たかって、今朝、洋服箪笥の一番奥からメジオバのカーディガンを引っ張り出して広げたら、ポロンと出てきたのよ！　あたしの箪笥から出てきたんだから、九九パーセントあたしがしまったんだろうねぇ。メジオバから貰ったカーディガンに挿んだのはまったく記憶にないけど、あたしがあたしの気の緩さを警戒して、わざとお金の引き出しから離れた箪笥のウールとカシミヤのあわいに二〇〇ユーロを忍ばせておいたそのココロはおぼろげながら記憶にあるねぇ。よ〜くわかるねぇ。あたしの、あたしによる、あたしのための金銭工作ってこんな程度のものよ。それにしても肝心要な時にまったく思い出せない金銭の備えってまったく意味がないわよ。かといっていつでも簡単に手の届くような場所に備えておく金銭ってのも意味がないわねぇ。——そうかしら？　いえ、そうじゃないわよ。意味がないのはあたしの備え方、ヘソの繰り方なのよ。つまりあたしのように「ついの出来心や安易なことで手をつけてしまわないように普段はどうやっても思い出せない場所にしまっとこうウシシ」的発想でた〜だ安直に備えたところで、結局安易に使っちゃうかまんまと思い出せないかの二つに一つでしょう？　そもそも金銭の《備え》ってのは生活の知恵者がまさかの事態を正確に想定した上で不足のない《備え》額を割り出し、それをきちんとメモし、《備え》金とメモを一緒にしてきれいな封筒に入れ、札の入った封筒に相応しい引き出しに保管するってそういう知的算段に則ったヘソの繰り方、いえ備え方を言うのよ。ほら、想像してごらん！《備え》額を割り出してる時も、札入り封筒を引き出しにしまう時も、知恵者っていうのはやっぱり知恵者らしき聡い顔つきをしてるもんだわよ。それに比べて——あたしが二〇〇ユーロのトラベラーズチェックをメジオバから貰ったカーディガンにコソコソと挿んで箪笥の一番奥に押し込んでる様子を想像してごらんよ！　まるでそそくさとブドウの粒を隠すチンパンジーみたいな手つき顔つきなんだから！

まぁ、あたしがいかにいい加減な人間かって証明、俗に言う「いい加減な人間の証明」を今日の日記にしたところで一文の得にもならないから止めるわ。あたしはただ今後の自分のために、今回の大失敗から得た有力なメソッドを伝授したかっただけよ。

メソッド①金銭の《備え》は難しい。

メソッド②《備え》れば、まさかの事故は起きる。

そしてこれら二つのメソッドを黙々と数日間発酵させたら
メソッド③人間は《備え》があろうがなかろうが、常にある程度の危機感を持って過ごすべきである。
――素晴らしい一言に熟成したのよ。

何はともあれ、今朝部屋を出たら真っ先にパリバへ行って二〇〇ユーロを現金に換え、その足で授業に行ってアメリカ人夫婦に報告、カーディガンからTC（トラベラーズチェック）が出てきたんで借金しなくても何とかなりそうだってことを伝えたの。あぁ！　すっきりした！　それから母にも電話で報告したわ。案の定「そら見たことか！　いつどこでいくらユーロに換えたっていちいちメモしてないの？　え？　その時だけ何！――忘れちゃったの？　しっかりしてよ！　あなた至極《限られた》予算で生活してるんだからいくらいくらのメモを怠ったら予算内で納まることも納まらないいじゃないの！　それに早事が利かない場所にいるってことを忘れなさんな。――まずこれからは二度とこういう事がないように気をつけてね。わかった？」あ～あ、言われちゃった。テレカ残数があれよあれよの七減りしたわ。私の母はうんと小言をする、はマメールフェボクボクグロンドリ。はいわかりました～（媚）、はウィ～ママァンダコル。ちなみに反省は、レフレクスィヨンよ。

ところで八時間の時差が取持つ国際電話で喋ってると、まるで《木霊ゲーム》か《間投げあそび》でもしてるみたいね。お互いの声が約一秒遅れの山びこ音響で伝わるってことは、うんとトンチンカンな感覚だわよ。

久しぶりに食料品を普通に買って帰ったら、門のところにズタズタのダンボールが放り出してあったの。見ると「青森〇×ふじりんご」って書いてあるわ。ってことはあたしに来た配給第二便ね！――ホッホウ！　やっぱりそうだ！　あたし宛てよ！　きっとマダムが受け取ったのね！　けど一八キロ五〇グラムもあるからそのまま放置したのね！　ちぇっ！　庭師のおじさんだったら絶対あたしの部屋の前まで持ってきてくれるのに！　おじさんは不器用だけどそういう男よ。でもやっぱりちぇっ！　なんて言っちゃいけないわね。マダムが受け取ってくれただけでありがたいと思わなくっちゃ。だってもしマダムがここで受け取ってくれなかったら、あたし授業を半日さぼってまたあのヘンピ郵便局まで一八・〇五キロのズタズタを取りに行かなくちゃならなかったんだからね。デカシタマダム！

二度目の配給はほとんどお任せコースなの。食品部門が米、赤飯パック、海苔、日本茶が三種、乾燥ちりめん、乾燥野菜、ふりかけ四種、ダシ顆粒、あさり佃煮、蕎麦ボーロ、あられ、金時豆、ゆであずき、ボンタン飴、とろろ昆布、ワカメ、和菓子玉手箱、サプリメント、エトセトラ。それから本五冊、新聞、春の洋服、携帯ティッシュどっさり、温湿布、皆さんの手紙四通、エトセトラ。あたしが『あなた変わりはないですか』の歌を口ずさみながら部屋の前でダンボールの解体をしてたら、隣の穴子が日本の匂いを鼻敏く嗅ぎつけて部屋から出てきたの。「あら、アキコさん。日本から荷物？」「そうよ、二度目なの。騒がしくしてスミマセン。すぐ終わるから～♫」「嬉しそうね。食料品とか？」「うん、まぁね」「ふ～ん」ぐーっと首を曲げてあたしの部屋のドアの内側を覗き込む穴子の横顔は可愛くも何ともないわ。鼻の下をめいっぱい伸ばしたオオサンショウウオによく似てるだけよ。「何を送ってもらったの？」「うん、いろいろとね」「お米とか？」「うん、本とか」「和菓子とか？」「う、うん新聞とか」「餡子のものとかおせんべが恋しいんでしょう？」「ん？」「あたしもそう！　時々やたらと日本の食べ物が恋しくなるわよね」「うん、まぁね」「あたしが今一番食べたいのは――ぼた餅！　ぼた餅でなければきな粉餅！　ううん、もうこの際餡子ものなら何でもいいわ。それと海苔巻き煎餅と柿ピーも！　アァ～食べたい食べたい！（ネジネジ悶え！）何でもいいから和菓子が食べたい！　ねぇアキコさん、そういった感じの物は送ってもらわなかったの？」つまり何でもいいからちょうだいよ！　って言ってるのよ。媚もせず諂いもせずバッとストレートにこんなこと言う人って珍しいわよ図々しいわよ考えられないわよ！　もちろんそう言われたからって穴子にあげる物はな──い──わ。穴子にあげるなら手毬にあげるわよ。嫌な事言い出すからあたし一瞬黙ってたの。すると「ねぇ、送ってもらわなかったの？」引かないのよ。つまり送ってもらわなかったとは言わせないわよアキコさん！　さぁ！　何でもいいからちょうだいよ！　って言ってるのよ。あたしここで言葉に詰まっちゃあ負けだと思ってとにかく「そういった感じ？　の物ねぇ」まで言ってその後は「ないわ」ブチッときっぱり言ってやるつもりだったのにその刹那、開けっ放しのドアから丸見えの配給物をぴたりとマークした穴子の目に気づいたら、意に反してあっさり「あたた、あったら後でおすそ分けに伺います」って言っちゃったの。だ、だって穴子の目ったら狙った獲物、いえ食い物は逃がさないわよ～！　ってやつだったんだもん。たた、食べ物の怨みは怖いって言うじゃない！

あたしの返答に満足して穴子は部屋に戻っていったの。「では後でね。期待しないで待ってるわ」ネジネジ悶えするほど期待してるくせにイヤらしいわねぇ。

ハッキリ言って穴子にあげる物はないわ。だから何をあげるかとても悩んじゃった。悩んでるうちにお腹がすいてきて無性におせんべが食べたくなったの。────ナニナニ？　××産のうるち米と××産の焼き海苔使用ねぇ。わ！　美味しそ！　じゃあまずはこれからいきますか！────おばあちゃんが生きてたら「んまぁ！　大層な包装だこと。お金が勿体ないねぇ」って言うに違いない金箔和紙の洒落包みをさっそく一つ開けて頬張ったら、ウ～ン、口いっぱいに香ばしいおせんべの匂いが広がって、ボリボリするほどにオオ～！　センベ～！　の心地よ。また小腹が減った時のおせんべってのが格別でねぇ、ボリボリ止まらないねぇ、ボリボリボリボリボリ──ってことで、結局穴子のおすそはおせんべにしたの。ネジネジ悶えで食べたがってたんだから不足はないはずよ。「待ってるわ」って部屋に帰ってから三十分経ってるからきっとイライラし始めてるわよ。イライラがドカンしないうちにさっさとあげちゃおう！

トントン！　アナコさ～ん！　ってつい口が滑って出ちゃったんだけど気づいてたと思う？　ま、いっか！今日はおすそが懸かってるから気づいてたって怒り出しゃしないわよね～だ――――と、「ハーイ！」ものすごい近距離から大きな返事が聞こえてガガガガ！　何かがドアに接触しながら引き摺られる音がしたの。「今開けま～す」ガガガガ！　時々上から響いてくるような耳障りな音よ。ドアに近すぎて磨りガラスに映らないけど穴子がこっちにお尻を突き出してズリズリ動かしてるのは木製の安楽椅子でしょう。ここにある家具はすべて普通の家具の一・五倍くらいあるの。何しろ重くてがっしりできてるから、あたしたちの力で移動させるなんざえらいこっちゃだし、また仮に「フンムッ！」の息で移動させた暁にはどうしても床を擦ってこういうガガガガ！のとんでもない騒音が発生するのよ。もしこの音が上に響いてたらマダムは黙っちゃいな――――ガガガ、ガン！　ヒッ！　最後のガン！　は絶対上に響いてたと思うなぁ。まずいと思うなぁ。あーらよこらよ！　いーけなんだいけなんだ！　ココロで苛みつつ「あのォ、何だか慌てさせてごめんなさい。大した用じゃないのよ。また後で伺うわ」ヒヒヒあたしも結構意地悪でしょ！　でもあたしがその後に「じゃあね」ブチッときっぱり言うが先に穴子が「あら待って！　ぜ～んぜん！　アキコさん！　構わないの～」すばやく遮って「よ！」、構わないの～よ！　って。「よ！」でドアをドワッと開けた穴子のセーターとズボンの間から肌色のシャツが大胆にはみ出てたわ。きっと慌てて安楽椅子の大移動をした上に、あたしがおすそを持ち帰るようなことを言い出したもんだから、いつものようにセーターをお腹の下までぐいっと引っ張ってる余裕がなかったのね。穴子のセーターっていえば、どれもこれも寸足らずでなかなか肌シャツがきちっと隠れるまともな丈のがないんだわよ。それでいつも引っ張ってるの。前を引っ張ると背中から、後ろを引っ張るとお腹から、シャツがはみ出る仕掛けなの。横から見ると断然面白いわよ。あたしも過去に寸足らずのセーターをしきりに引っ張る人ってのを数人見てきたけど、穴子ほどこの仕草がサマになるような人は滅多にいないと思うな。だけどこの時ばかりはおすそに気を取られてセーターどころじゃなかったようね。とにかくドアを開けるや否や、穴子の視線はあたしの手元に釘づけになってたもの。顔の角度だけは辛うじてあたしの顔なんだけど、視線は「これおすそ分け。少しだけどどうぞ」差し出したおせんべにぐーっと集中してたもの。

それにしても、ドアに密着した寒々しい暗い場所にわざわざ安楽椅子を引っ張っていって座ってるなんて不自然よ。どう考えたって安楽には相応しからぬ場所よ。あたしが思うに、きっと穴子は磨りガラスのドア向こうに目耳をくっつけてあたしの様子を窺ってたんだわ。果たしてあたしがおすそを持って現われるかどうか？　それが気になって仕方がなかったんだわ。ちょい！　ドアの影に密着させた安楽椅子に潜んで「アキコ来～い！　おすそ来～い！」おドロしげに手ぐすね引いてる穴子を想像してごらんよ！　オソロシイねぇ。

と、とにかく穴子はそうやってあたしの――あたしの衣、食、それから郵なんかがえらく気になるらしいのよ。衣にしろ食にしろ、隣人にいちいちジロジロ見られるのってとても気分が悪いわ。あたしが何を着て何を洗濯してどう干そうと、何を冷蔵庫にしまい何を食べあるいは何を送ってもらおうと、生活のルールを破らない限り穴子にはまったく関係のないことよ。郵ってのは郵便物だけど――これについては例の一件があってから、あたし日本の人たちにしばらくハガキは止めるように言ってるの。例の一件ってのは、いわゆる穴子の《部長》発言のことよ。いつだったか――夕方あたしがキッチンに行くと、手前のテーブルにはあたし宛てのハガキが一枚あって、奥のガス台では穴子が押さえ箸片手にフライパンを揺さぶりながら肉片と格闘してたの。肉と向かい合ってる時だけは周囲への反応が鈍くなる穴子だから「――あ、アキコさんハガキが来てるわ、よ！　っと――」派手に飛び散る肉汁油をモーグル選手ばりの角度で避けながら、その勢いあまったついでにこっちを振り返って見た時には、あたしとっくに《部員》からのハガキを手に取ってその場で数行読み始めてたの。《部員》てのは宮田さんていって以前一緒に図書館で働いてた人なの。あたしが留学のために図書館を辞めて、いざ留学した先ってのが誰しも羨むパリ！　ならぬここエクサンプロバンスでも、こうして遥々繁々ハガキをくれる友達ってのは本当にありがたいわ。それにここに来て盛んに文通するようになったら、近しかった図書館時代よりもより近しい親しい感じがするのは何だかくすぐったくて嬉しいものよ。どうして宮田さんが《部員》なのかっていうとあたしが《部長》だからなの。何だか知らないけどいつの間にか宮田さんがあたしを《部長》って呼ぶもんだからあたしも《部員》って呼ぶようになったの。ブフッ！　可笑しいでしょう？　それで今でもそう呼び合ってるもんだからハガキにも「部長お元気ですか？」って書いてくるの。ちょっとした珍友なの。その珍友のハガキはタイからだったの。タイといえば《部員》、《部員》といえばタイよ。タイにお父さんが長いこと単身赴任してる関係で年に二、三度はタイにタイザイする《部員》なんだけど、ハッキリ言ってさすらいの孤立型タイ通なの。だって年に二、三度の貴重な家族団欒をほっぽって、いつもタイの辺鄙をさすらってはタイヘン細かくて長いマニアックな報告をしてくれるんだもの。ナニナニ？――部長お元気ですか？　私は今××市の外れ×××というところのカフェに来ています。辺り一帯が黒緑の樹木で人がクロマニョン人に見えます。――黒緑樹木に？　クロマニョン人？　うわあ！　宮田さんたら相変わらずぅ！　肉をしてる穴子をいいことに一瞬自分の世界に入ってたら「アキコさん、図書館で《部長》なんて呼ばれてたの？　フン！　変なあだ名！」唐突に言ってきたんであたし驚いちゃった！「へっ？」あたし今声に出して読んでたかしら？　そんなはずないない！　そんな話したかしら？　そんなはずもないない！　じゃあどうして穴子が《部長》なんて言うの？　あたしが提供してないあたしの情報を穴子が知ってるなんてオッカシイじゃない！　さては穴子！《部員》のハガキ読んだのね！　あたしの留守中に届いたあたし宛てのハガキを読んだのね！　あらよ！　プライバシーのナントカ！！　あたしよっぽど「あ！　読んだのね！　読まないでちょうだい！」ブチッときっぱり言ってやろうかと思ったんだけど、フライパンでジュウジュウ縮み上がる肉を大フォークでブスリブスリ刺しながら平然と言い放った穴子の背中に強い不敵と不機嫌のオーラを感じたから、迷わず強張った愛想笑いで受け流しちゃった。卑しさ！　されど怖さ！　ってこのことよ。郵便物についちゃあね、「当人が留守中に届いた郵便物はキッチンのテーブルに置いておくことにしましょう」ってことになってるんだけど、実際頻繁に来るあたし宛ての郵便物についちゃあね、穴子は決して心よく思っちゃいないのよ。《部長》発言以前にも「アキコさん、またあなたの留守中に届いたわよ。疲れて横になってたけど受け取っておきました」とか「アキコさん、あなたの郵便物はいつもあなたの留守中に来るのね。まぁいいけど」とかいちいちイヤミなメモが何度か郵便物に添えてあったりしたんだから。このことを母に電話で話したら「あらやだ！　きっと穴子には手紙の習慣がないんでしょ。今はそういう人も多いんじゃない。でもまぁそういうのが隣人との付き合いってもんなんだからチクワ耳で頑張ってよ！」って。母世代のオバサンに「頑張ってよ！」って軽くポン！　と言われると何となく元気が出るわ。チクワ耳ってのは聞きたくない話を右から左に聞き流す耳術のこと。チクワと耳を合体させるなんざすごい発想だけど母世代のオバサンたちが好んで使う重宝な耳術らしいわ。それから母にはすっかり《穴子》が浸透してるわ。

夕食——おかゆ、とろろ昆布のお汁、以上。昼間のおせんべ腹持ちが良くて候。

三月二十八日
自習室、図書館でがむしゃらに勉強す。我れ学生の鏡なり。帰り、マイドの店でトイレットペーパー、りんご、ダノンヨーグルト、アボカド、レモン、ナントカ豆の水煮など買う。「マイドアキコ！」ノウテンキなマイドが商品を並べる手を休めずに言う。マイドってのは店の男の名前じゃなくて、あくまでもあたしとあたしに釣られてデイビッドなんかが男を勝手にそう呼んでるだけよ。マイドの口から初めて聞いた日本語がマイドだったから「お！　さすが商売人だね！　その言葉忘れてくれるなよ！」ってことで以来マイドになったの。「どこで覚えたの？」聞いたらどこことは言わないの。そいでどこまで本当か疑わしいけど「以前日本食のレストランでアルバイトした時にさ。他にもオレ日本語少し知ってるぜ！」って。「ドゾ！　だろ？　オマチ！　だろ？　ラッシャイ！　ハイ！　ドウモ！——あとどんなのがあったっけ？　アキコ言ってみてよ！」あたしが寄る度に日本語的記憶の重箱の隅を突くのが楽しいらしいの。どんなのってそうねぇ——マイドの日本語的記憶を一緒になって紐解いてる暇はないんだけど、日本語が喋ってみたいよぉっていう外国人に教えない法はないわよ。嬉しいじゃない。それでいくつか商売上威勢がよくて使い回しが利いてかつ発音しやすいものを教えてやったの。オマチ！　イイネェ！　ジョウトウ！　アリガト！　なんか。それとスリスリってのがあるよ。これは口で言うもんじゃなくて商売の心で言うものなんだよ。いい？　目の前にお客がいるでしょ？　たら「イラッシャイ！　マイド！」言いながらこうやって手と手をスリスリ擦り併せ、顔は笑顔——この国の言葉でいうところのスリスリだよ。で、この瞬間の心の在り方、これが日本のスリスリだよ。わかるかな？　何？　ムリムリ？　あ、そう。

マイドがタダで増やした日本語のボキャブラリーの使い方を心得てるわけはないんだけど、不思議とうまいことポンポン口から出てくるんで愉快なの。あたしが棚から余計な物を手に取って買おうか買うまいか迷ってると、必ず寄ってきてさり気なく「イイネェ！」って言うわよ。そのタイミングがなかなかどうしての域だから、マイドの店くんだりで笑いこけてる暇はないんだけど、ついつい五分十分しちゃうのよ。今日みたいに魂を入れて勉強した後にマイドの店に寄るとねぇ、あそこでバカみたいなやりとりしてるとねぇ、せっかく苦労して組み立てた五時間分の動詞活用形の表がねぇ、スカスカな笑気の振動でグズグズ崩れてきちゃうのよ。

三月二十九日

早起きは三文の徳っていうじゃない。今朝五時半に起きたら、あたしにも〇・九ユーロの得があったわ。机に向かって勉強、いえ、きのうのレシートとお釣りを勘定したら、マイドがマイドマイドつり銭を間違えて、〇・

九ユーロ多くくれてたのよ。一〇サンチーム玉を一ユーロ玉と勘違いしたのよ。こっちはまったく妙ちきりんなお釣り勘定のやり方してるから、マイドマイド間違えるんだわ。イイネェ！　三文の徳ならぬ〇・九ユーロの得だね！

ところで、明日の日曜日は《セザンヌのアトリエ》に行ってみようと思うの。日本の人たちが聞いたら「まだ行ってないの？」って言うわね。それほど近くにあるらしいわ。でもさ、あたしのクラスメートや日本の学生だってまだどこにも行ってないわ。勉強が大変でそれどころじゃないんだもの。お楽しみは四月からよ。四月になると、復活祭とかナントカ休みとか、いろいろと長期の休みがあるから、皆その時はガンガンあっちこっち行くはずよ。あぁ！　いよいよ四月ねぇ――――四月五月六月と春から初夏へ、六月七月八月と初夏から本夏へ、季節は巡り我等は巡りたい！　巡るだろう！　ボンボワイヤージュ！　良い旅を！　旅の計画はお早めに！　ってやつよ。旅の計画旅の計画――――これはまさに魅惑の呪文ね！　あたしどんなにへこんでる時でもこの呪文を唱えると元気になっちゃうの！――――あたしも行くの♬計画中なの♬行きたいところがたくさんあるの♬でもお金がないから♬早くロック解除して！　母が書類を送ったのが二十二日の土曜日だから――――そう、土曜日の午後だから二十三日の消印になったとしても明日で一週間でしょう？　でも明日はそう、日曜日だから三十一日の月曜日にここに――――着け！　って祈るばかりよ。

穴子は明日マルセイユの彼氏の家に行くんだって！　オヴァ！　バイバイ！　さよなら！　ヤッホー！　それはいいけど昼間の酢豚とジャム作りには参ったわ。とにかく三時間キッチンを占領して火を使い続けた結果、穴子が生産したものはどえらい量の酢豚とイチゴジャムよ。それをどえらい大きさのタッパーにそれぞれ流し込んで蓋をしないままテーブルにドドーンと置いたもんだからキッチンはどえらい混臭と残熱で――――ひん曲がりそうなの。明日マルセイユに持っていくんだって。マルセイユ行きのバス停はここから徒歩で四十分以上掛かるのに、そこまで酢豚とイチゴジャムの特大タッパーを両手にぶら下げて歩いていくんだって。でも彼氏にどうしても手料理を食べさせたいから絶対頑張って持っていくって。固い決意表明をしながら豪快腕まくりで額の汗を拭う穴子は、ひと仕事終えた大工の棟梁を彷彿させる逞しい達成感に充ちていたわ。ここで「よっ！　棟梁！」なんて言おうもんなら酷い目に遭うから言わなんだけど、この瞬間の穴子は大工の棟梁みたいにまっすぐキリリと引き締まって珍しく好感が持てたな。穴子が怖いだけの人じゃなくてよかったぁ——あたしが一瞬そんなことを思ってる間に、穴子は冷蔵庫から冷えた缶ビールを取り出してグビグビ流し込んでたわ。その飲みっぷりが、喉のグビグビが、足の立ち開き方が、腰に当てた手が、これまた棟梁はだしの貫禄なんで「花子さん美味しそうにビール飲むねぇ」って言ったら「あら、見てたの？　ご褒美ご褒美！　あたしワイン党に見えるけど実はビール党なの。もうビールが美味しい季節よ、ゲプッ！」大きいゲップが返ってきたわ。ギャッ！

そんなことで今夜はキッチンが使えないから部屋で旅行用万能鍋を使ってスープを作ったんだけど、この鍋が本当に重宝なの。部屋で調理すると匂いが籠もるのが難点だけど、手紙書きや宿題しながら傍らでスープがコトコトいってると、何だかアッタカイ気分になるわよ。スープの具は隠元とあまった野菜いろいろ。これをパンに浸けて、じゃないパンをスープに浸けて食べるの。あぁ！　マンゴー食べたい。

久々に手毬。磨りガラスにぴったり体をくっつけてミャアミャア呼ぶのが手毬のアプローチなの。力いっぱいムンギュと押しつけた体はこっちから見るとまるで小さな怪獣なの。今日は何枚か写真に撮ったんだけど果たして写ってるかな？

明日天気になあれ！

三月三十日

日曜日。晴天。あたしは今日《セザンヌのアトリエ》に行ったの。ここからブラブラ歩きで二十分掛らないところにあったわ。行きにマイドの店でエビアンを買ったんで「これから《セザンヌのアトリエ》に行くの」って言ったら「へぇ」って。「もっと何か言え」って言ったら「つまんねぇよ」って。

セザンヌのアトリエは、サン・ジョゼフを途中から逸れて、あっち☝の看板が指してる道を上っていくの。大きくうねった坂道は、前半がサン・ジョゼフの三分の一、後半が四分の一ほどの道幅で、とにかく緑と酸素の豊富な《セザンヌへの道》なの。それにしてもセザンヌって女なのか男なのか？　純粋な疑問を抱きながら上っていくと、時々茫茫とした木々の裂け目からセザンヌの親しんだであろうエクサンプロバンスの長閑な光景が見渡せ、その裂け目に遭遇する度、エトランゼの気分は一途セザンヌの世界へと惹きこまれ、エトランゼの気分がもうすっかりセザンヌの境地に上がり込み、セザンヌという性別不明の世界的画家から派生する捉えどころのない妄想がエトランゼのモノローグとなってその脳裏に羅列されんとする頃――何の気なしに二、三歩後ずさると、そこに五人中三人は見過ごすに違いないアトリエの表板と広く物静かな繁茂に覆われたまるで《緑の園》のようなアトリエらしき敷地の存在が、「あ、これか」という呟きと共に現われた。アトリエそのものは現われなかった。アトリエは――確かに奥の《緑の園》に実在すると思われたが、エトランゼが訪れた時、彼は《開館時間のご案内》に従って大人しくお昼寝をしていた。お昼寝の、閉館の時間だ、きっちり十二時から二時までは。そしてエトランゼの腕時計は十二時四十分を指していた。「あと八十分」エトランゼは一瞬気抜けして独りごちたが、アトリエの真ん前に少し傾いたベンチを見つけると、「八十分間このベンチで過ごすのも悪くないだろう」という気になる。エトランゼはベンチに歩み寄り、拭い掃いすると――ひどく怯えながらおもむろに腰を下ろした。というのも、腰を曲げかけたその瞬間、一匹の毛虫が背もたれの表裏に跨っているのを見止めたからである！

要するに、あたしが《セザンヌのアトリエ》に着いた時、アトリエは閉館中で、八十分待たなきゃならなかったんだけど、ちょうど目の前にベンチがあったんで、そこに座って待つことにしたの。ベンチは車道も歩道もない自然道の縁で二〇度くらい傾いてたわ。傾斜の他に泥と鳥のフンと自然の老廃物がボクボクよ。でもそんな物はこの二カ月間で嫌ってほど経験したから、もう何ともないわ。上着に付着したら、厄介なとこだけをボロで拭った後に手でサカサカ掃うだけよ。ボロってボロボロになったTシャツや靴下を適当な大きさに切り刻んだもののこと。こっちはえらく紙類が高いから、日本のように何でもかんでもティッシュで拭いてたらとても不経済なんだもギャッ！　毛虫！

あたしがこのベンチに腰掛けて八十分間何をしてたかっていうともちろん詩作よ。詩人してたの。だって春真っ盛りの穏やかな日曜日、ナントカセザンヌのアトリエの前で八十分も毛虫に怯えながら深呼吸してるだけじゃまったく情けないわよ。能がないわよ。文化的意欲に欠けるわよ。それでちびた鉛筆に心事を籠めて作った詩の題名が「ル・ババ・ドゥ・ミディ～南仏のババ」っていうの。エキセントリックな題名でしょう？　これに夢中になってたら、すっかり毛虫を忘れたし、あっという間に二時よ。詩作はまだ十行しか書いてないいんだけど、セザンヌんところで完成させるつもりよ。

二時ぴったりに窓口に行ったら、何だかアトリエは先客でザワザワしてるの。おかしいな。午後は二時の開館なのに。あたしより先に入っていく人なんて見なかったけど――不思議に思って窓口のマダムに訊いてみたら、今日の、三月三十日の午前一時から夏時間になったんだって！　あぁ！　夏時間！　夏用の時間ね！　そんなものがあったんだわね、この国には！　つまりこれからしばらくは日本との時間差は七時間なのね。身辺の時計は全部一時間進めておかなくちゃ時勢に遅れちゃうわけね。わかった。じゃあさっそくあたしのスウォッチも進めましょう。あたしがマダムの見てる前で俯きながらスウォッチのねじを弄ってた時の気持ちわかる？　とっても恥ずかしいわよ。穴があったら入りたいわよ。だってつまり、もう一時間前からアトリエは開館してたのに、あたしはそれを知らないで八十分も真ん前の傾斜ベンチで詩を作ってたんだもん。すっかり「南仏のババ」に没頭しちゃって、入り口の人気にまったく気づかなかったんだもん。あたしが外で八十分待ったことはもちろんマダムに言わないけど、おそらくマダムは俯いたあたしの顔がパッと赤くなったんですぐにピンときたはずよ。あたしを見る顔が明らかにそういう意味でニヤけてたもの。フフ、フフフフフ。恥ずかしいのに笑いが込み上げてくる感じって、これは春の現象かしら？　それとも――フフフ、フフフフ。ここでいっそあけっぴろげに笑っちゃえば楽になるのに押し殺す方を選ぶってのはフフフフ、これは春の現象とは関係がないわねフフフ。あたしが恥と笑いのこそばゆい板ばさみに遭ってもじもじしてると、マダムがガラスの向こうから右手の五本指をパッパッと広げて見せて「マドモアゼル、サンクユホシルブプレ」って。さっさとあたしをもじもじ地獄から救ってくれたの。「あ、はいはい入館料入館料五ユーロね」救われたンと思いながら小銭入れを探ってたら「五ユーロデゴザイマス」って。「あら日本語お上手ですね」あたしが言うと「ハイ。オ上手デス。ココハ日本人タクサンデス。デスカラ自力デベンキョシマシタ」って。フランス人が自力なんて言うと可笑しいわよ。でもちゃんと文になってるから大したものね。あたしなんか自力でも他力でも状況に応じた文が口からすらすら出てくるなんざ十回のうち――いいとこ三回だもの。

五ユーロを払って中に入ると、いろんな国の人たちでえらくざわめいてたの。ツアーや団体旅行が何組か同時に入ってるようで、まぁけっこうな人だかりよ。あたしの前には百キロ以上ありそうな白人が三体立ちはだかってるから、その向こうに何があるのかちっとも見えないわ。「パルドンパルドン」すみませんちょいと通して下さい。「あらまぁ、気づきませんで」百キロ三体の次は杖付き老体六体、次いで日本の団体ツアーが二組、その他個人旅行者ボクボク。パルドン。パルドンパルドン！　パルドンパッルドン！　言葉の違う人たちを掻き分けて通るのってとても疲れるわ。《セザンヌのアトリエ》、でもその前に《パルドンのアトリエ》って感じなのよ。

アトリエってのがいったいどんな建物だったかっていうと、ただの鄙びたほったて小屋だったの。だから感心の溜め息は出なかったわ。一階部分は当時どんな風に——おそらくエントランスのように使われてたんだと思うんだけど、とにかく現在はセザンヌグッズが売られていて、観光客がこぞって絵はがきだのマグカップだのセザンヌ鉛筆だのクレヨンだのって買い求めてたわ。それで二階がアトリエなの。アトリエっていうと時代を違えてもどこかとてもアーティスティックな雰囲気を思い浮かべるものだけど、ただの鄙びたほったて小屋の二階だったの。階段を上るとそこにギシギシいう木床の部屋がひとつあって、薄暗いぐるりにパレットや林檎や骸骨やコップや鏡なんかが並んでるんだけど、たったそれだけなの。まぁもちろん五ユーロでセザンヌの絵が見られるとは思ってなかったけど、あたしとしては、セザンヌのフルネームがポール・セザンヌで男だったっていう以外にも、何かこうあたしの感性を触発するようなギュッとした印象が欲しかったなと思うだけよ。それであたしも一階のセザンヌグッズコーナーに行って絵はがきを三枚とセザンヌ鉛筆を二本買ったの。しめて八・五ユーロよ。この売店のマダムも「ハチユホゴジュウデス」って。あらこの人も自力？　へぇ、ここの人たちは皆勉強熱心なのねぇ。

アトリエを出たら、幾分人が減っていて、やっとこの敷地の様子が目前に開けたわ。思った通りの《緑の園》、いや《緑の園》ってよりも野晒しの自然公園、平たく言えば《雑草緑地》よ。でも敷地の広さは想像してたよりずっと広そうなの。どれくらいの広さなのかは見当がつかないわ。なぜかっていうと新宿御苑みたいに真っ平じゃないからよ。これがセザンヌの希望だったんでしょうけど——だかどうだか知らないけど——なにせ起伏に凝った土地なの。右の方には小さな丘陵と思しき高みがありそうだし、左の方にはぬかるんでそうな低みがありそうだけど、はっきりした土地の造形は草木の茫茫に隠れてるから、見ただけじゃあよくわからないの。そう、歩いてみなくちゃ。ってことで敷地を歩いてみたんだけど右の丘陵と思しき高みの頂上に行っただけで止めたわ。とにかくすごい草むらだし、それにあたしが死ぬほど嫌いな黄色と黒の縞々の大クモがあちこちに巣を張ってるんだもの！　ギャッ！　クモ！　それでも頂上まで行ってクモの巣糸で覆われた百葉箱のおっきいやつだか展望台だかに接近したし、その奥が歪んだフェンスで行き止りになってるのも確認したわ。そこで限界！　もうたくさん！　あとは血相変えて下りてきただけよ！

そんなことで《セザンヌのアトリエ》を後にしたの。アトリエを出たらすぐに入念なチェックをしたわ。何ってクモがあたしの髪や衣服のどこぞやにいやしないかの！　本当にクモの大きいのだけは！　毛虫もそうだけどもっと！　心臓が！　止まる！！！――――んだから！

《セザンヌのアトリエ》を出たら、急に曇りだしてゾクゾクするほど寒くなったの。唇と爪が紫ってやつよ。それで学校前まで行って、いつものカフェで熱いカプチーノを飲んだの。太陽が出てると夏のように暑いし、太陽が隠れると冬のように寒いし――夏と冬が一日のうちに代わる代わる訪れるもんだから順応するのはなかなか難しいわ。その度に冷たいもの熱いものって摂ってると体がおかしくなりそうだわ。

カフェは日曜日とあって独り客が多かったの。独りで来て、読書や勉強や書きものやいつまでも考え事をしてるんだけど、皆お茶の一杯で三時間、もっと粘る人もいるわよ。それでも店は何にも文句を言わないの。二・六ユーロで三時間の客に対しても、一三・五ユーロで十分の客に対しても、同様に気持ちよくお会計してくれるの。フランス人とカフェの関係ってそういうもの。あたしこの関係がとても好きよ。あたしにぴったりじゃない。で、あたしも今日買った絵はがきと、それからアトリエでし損なった詩作の続きをやったの。あたしのような凡人でも時には詩情が涌くものよ。これはいかにも春の現象ね。《セザンヌのアトリエ》に行ってよかったわ。あそこで新鮮な春の気をたっぷり吸収したおかげで素晴らしい作品が生まれそうだわ。

カフェであたしも二時間半絵はがきと詩に費やしてたの。もちろんカプチーノ一杯でよ。日曜日ねぇ。メジオバとチェリーへのはがきはその場で切手を貼って――切手はこういう時のためにいつも持ち歩いてるの。用意がいいでしょう？――投函。詩は明日の仕上げを残して持ち帰ったわ。芸術品の仕上げっていうのは押し並べてこういうものよ。勢いだけで一気に完成したように見せかけて、実は仕上げの前に一晩二晩寝かせるものだわ。

三月三十一日

どう？　あたしの予想は！　ほら！　当たった！　やっぱり！　今日無事にシティバンクからATMのロック解除手続きの書類が届いたのよ！　アー嬉シ！　あたしまだ生きてていいのね！

封を開けると、間違いなく《まさかの時のシティバンク緊急事故センター》からの書類が一通と母からの朱肉が入ってたの。今日ばかりは中身をひっちゃぶらないように充分トントンしてから封を破ったわよ。そして滞りなく指定の書き込み、サイン、印鑑を済ませたんだけど、念のためにパスポートとビザのコピーも同封したの。ここまでやっておけばもう完璧。必殺！　本人証明ので き上がりよ。これをセンターに直接送れば、あとはセンター側で即刻確認を取ってくれて、自動的にまたATMが元のように使えるようになるんだって。ってことは、あと一週間。あと一週間は心に闇を抱えて生きる――これが現在あたしに課された試練なのね。わかったわ。

部屋から一番近い黄ポストを信用してない訳じゃないけどやっぱりね。この重要書類は郵便局つきの壁ポストに投函したいから、明朝授業の前に市庁舎前郵便局まで行くことにするわ。今行ったところでおそらくこの時間じゃあ明日の消印だしね。それで今日はとりあえず母に電話したの。母はよっぽど書類に挿んで現金を送ろうかと思ったけど万が一ってことがあるから止めたって。うんうん、そのお気持ちだけで結構です。それからあたしの手紙の字が小さ過ぎて読むのに一苦労だって。ルーペなしには読めないって。「だってこっちはなにせ紙類が高いんだから。小さく書くことで便箋の節約になるんだから」あたしが言うと「えっ？　便箋で書いてきたのなんか最初の一通じゃない。あとは全部ノートの切れ端とか授業のプリントの裏とかそういう紙よ」って。ハイハイ、そうでした。

授業の始めにラロック先生が「アキコ、デイビッドを知らないか？」って。先週の金曜日も同じ質問をされたわ。デイビッドは先週の水曜日あたりからずっと授業に来てないの。それでラロック先生はラッティーナって毎日気を揉んでるわけ。一週間経って来なかったら、学校の掲示板にお尋ね者として写真を貼り出すんだって。それであたしが嘘をついてたら、あたしをナントカカントカだと思うって。ナントカカントカの部分はアバスにもわからないって。多分嘘つきとか軽蔑とかグルとか低級とかそういう意味じゃない？　って。そうね。アァつまらない！　やっぱりどうせ外国語を学ぶんならその国の言葉で皮肉や厭味に対抗できるくらいにならなくちゃ嘘よ！　面白くないわ！　それで帰宅後『フランス語けんか用語集』を捲ってみたんだけど、ラロック先生の言ったような言葉はどこにも見つからなかったわ。

ラロック先生の言った言葉は見つからなかったけど、ダウンジャケットのポケットからキャラメルが二個見つかったの。それでこれをバターを塗ったフィセル——バゲットよりひとまわり細くて短いパンよ——の上に乗っけてレンジで焼いたら、すごく美味しいお菓子パンができたわ。ボンソワ。

四月一日

重要書類は確かに市庁舎前郵便局つき壁ポストに投函したわ。あとは思い出すたびに祈るだけよ。ところで今日デイビッドの居場所がわかったの。きのう学校にラロック先生宛てで鳩が認めたような伝書的表現のハガキが届いたんだって。「チュニジアカラボンジュール。キュウシガイ。イチバンイケテルカフェニテ。シンアイナルムッシュラロック。アナタノデイビッドトジッテイセバスチャンヨリ」あら、デイビッド！　あんたチュニジアにいたの？　楽しそうね！　ところが受け取ったラロック先生は、今日皆の前でこれをビラビラ振ってバンバン黒板を叩きながらカンカンに怒ったの。「いいですか？　休みはたくさんあります。春休み、復活祭の休日、それから夏休み。どれも不足のないまとまった休みです。皆さんが遊びに出掛けるのはその間に限られます。それ以外は授業があるからして、毎日きちんと出席し勉強するのが当然です。その点でデイビッドの取った行動はどうだろうか？　授業をサボってチュニジア旅行とは？――」南仏的抑揚を激化させてここまで言うと、顔の筋肉を台布巾のようにぎゅっと絞って「テオ、答えたまえ」厳かに聞いたの。するとアホのテオが「トレビアンです」元気よく答えたんで、ラロック先生は嘆きの首を振りながら降参したの。アッパレテオ！　ここはAクラス！

午後は作文があったの。テーマは自由よ。上級のクラスでテーマは自由っていったら、自由ほど難しいテーマはないって言って皆頭を抱えちゃうらしいけど、あたしたちAクラスは違うの。自由っていったら正真正銘の自由なの。自由万歳！　これに関してはラロック先生も寛大なの。何かしら思ったこと感じたことが書いてあればいいって。それ以上あたしたちには要求しないって。それで今日の作文はあたし「エクサンプロバンスと日本の郵便関係について〜金曜日の法則」を書いたの。つまりここからでも日本からでも、金曜日に出した手紙は翌週の金曜日、相手方に届くって法則よ。他の曜日じゃあ届かないのよ。金曜日消印のものだけがきっかり一週間で届きます。これを書いて出したらラロック先生はよくやった！　上出来だ！　って褒めてくれたわ。褒めついでに「じゃあ金曜日から金曜日が日仏間における郵便物の最短コースというわけだね？」教師ぶって聞いてきたの。だからあたし「最短コース？　いいえ！　金金コースイコール最短コースじゃありませんよ先生。ただ金金コースがきっかり一週間というだけの話です。最短コースは別にあります。それは五日で着くんですけど何曜日から何曜日なんだかはっきりしないんです」って答えたら、それ以上は何も聞かれなかったわ。

それにしても今日は四月一日。世界的エイプリルフール。エクサンプロバンスで生活し始めてから二カ月が経ったわ。来た当初は毎日日記をつけようと思わなかったけど、あんまりにいろんな出来事が毎日のように起きるんで、とうとうほとんど毎日日記をつけるようになったわ。それに尋常じゃない量の手紙とハガキを書いたの。こんなにせっせと手紙を書いたことは生まれて初めてよ。《手紙書き》って職業があったら結構なお給料になってると思うな。

フランス語の方はボチボチなんだけど、これからいろんなところへ行って、早くジャンジャン使ってみたいわ。これからっていうのは四月十二日の復活祭休みから。いろんなところっていうのは——まず最初に復活祭休みを利用して日帰りバスツアーよ。アヴィニョン、アルル、リュベロン地方、ヴェルドン渓谷エトセトラ、行きたいところボクボク。そして学期終了後には、ついに念願の地中海線でずずずぃ〜っと黄金海岸の旅よ！！——詳しい事はまだ何も決めてないの。具体的な計画はすべてこれからよ。これからっていうのは自由にお金が下ろせるようになってから。ロックが解除されたら、即観光局に行って、日帰りバスツアーの方はポンポンポンと申し込むつもり。日帰りバスツアーはいいわよ。特別電車にこだわらない旅なら断然日帰りバスツアーだね。便利だしお得だし内容は豊富だし、個人じゃ辿り着けないような自然名所がたくさん用意されてるんだから。パンフレットを捲るだけでウキウキするわよ。それにきっととってもフランス語の鍛錬になると思うな。ご近所の参加者とお喋りしながらバスガイドと添乗員の説明を聞いたりあちこち連れ回されたりして丸一日過ごすんだから《旅を楽しく！　トラブルなんて気にしない》——あたしの大好きな中村啓佑先生がＮＨＫラジオ講座応用編で旅を取り上げて場面にしてるの。これを欠かさず聞いてたら、どうしたっていつかはフランスを旅したくなるような場面が満載なの！——がどこかで役に立つとも限らないわ。もし役に立ったとして、ボクボク嬉しい楽しいことだわ。

そうそう！　詩が完成したんだっけ！　これこそあたしがエクサンプロバンスで作る最初で最後の詩、後にも先にもこれ一作！　さぁ！　南仏のヒッパクジャポネーズが！　レ・ミゼラブル・ニボアンヌアキコが！　春真っ盛りの日曜日！《セザンヌのアトリエ》にて来たる五月の想念を結集！　書き上げた文芸品！　エイプリルフールもオッとびっくり！　本邦初公開のポエムプルメ！——どうぞ！！

ル・ババ・ドゥ・ミディ　〜南仏のババ〜

ようよう、
日曜日がやってきたよ。セザンヌ
あんたのアトリエの展望台から隣のアナコがサン・ジョゼフ坂を転げていくのが
見えるよ
アナコは林檎と豚をぶら下げてマルセイユ
セルジュに会いに行ったのよ

ところで
あんたのアトリエの売り子さんは皆、セザンヌ
なかなか、
立派な日本語をジリキで話すのねぇ。美しいお土産たくさん

ございますの
緑濃い、展望台の屋根から白濃きサント・ビクトワール山黄金の
メディテラニまで
五月の青空、若葉の群生が続いている。地中海線は
あたしの孤独。
セザンヌ、あんたの孤独は広大な過去になり
安らかな
痛みと共に語り継がれている
天国は
バンテミリアからラ・ルミエール行きの各駅。光の宝庫よ

お母さーん!
お元気ですか?　あしたパリバで旅のユーロを作ります
長い手紙を
書くわね。世にも寂れたタンドのカフェと、ジュアン・レ・パンの
うつら松にて

ル!
ミエール・ドゥ・ミディ!　ラシランス!　モンババルタージュ
ボクボクラバ

デュピュイ一九九九マメーラマル・ドゥ・メムマラド・ク
ルイ、セザンヌ
あんたのババも連れてってあげようね

ところでセザンヌ！
あんたポールっていうの！　百六十五歳の男なの！
まぁ！　トレビアン！
あたしアキコっていうの。難しい齢の女なの。
まぁまぁ、ビアン！
ボクメルシ！

おしまい！　ふふ、ふふふふふふふフフフ、フフハハハハハハ！

四月三日
フランス映画のアトリエ。マルセル・パニョルの映画鑑賞。マルセイユ。モノクロの男たちがプロバンス語の喧騒を詠っている。――避けろ！　画面から唾と汗が飛んでくる！　なんてやってたら「はい君！　今の台詞を聞こえたまま黒板に書いてみて」チェッ！　当たっちゃった。あたしが聞こえたままを書いたらとても摩訶不思議な文になったの。先生が「これはすごい！　僕の知らない単語がたくさんある！　辞書に書いとかなくちゃ」って。オモシロクナイコト言うわねぇ。

四月四日

夜明けから突然の嵐と雷。朝一番の授業は出席者四人。あたし、ベトナム人の男、中国人の女二人。ラロック先生は「――皆どうした？　皆の国には嵐がないのか、アキコ？」いつになく元気がない様子なの。「いいえ先生、たくさんあります。日本には地震雷火事親父って災害がありました。でも近年親父はなくなりつつあります」「ほう。それはどんな現象だね？」「はいそれは――こんな現象です」拳固を振りかざしながら大声を上げてちゃぶ台をひっくり返す古き良き時代的親父と拳固喰らった息子の泣き叫びを体で再現すると、「おぉ！　何だかわからんがひどい現象だ」って。「地震は恐いだろう？　テレビで見たよ」「はい。大きな地震で多くの人が亡くなりました」「気の毒に」「だって先生想像してごらんなさいよ！　地面が揺れて裂けるんですよ！　それも震度七っていったらこんなですよ！」ラロック先生が立ち座りしてた机を思いっきり揺らして再現してやったら、先生は震度五のあたりでギブアップして机から腰が外れちゃったの。「先生、今のはまだ震度五ですよ。震度七ったら天地がひっくり返るんです。向こうの壁がぶっ飛んできて、あたしたち人間が宙に舞い、あの大きなアーモンドの木が窓を突き破って校舎を貫通するんです。すべては瞬間的に！」すべては瞬間的に！　だけ完璧に言えたけど、後はあたしの類稀なジェスチャー能力で補ったわ。先生は「おぉ、おぉ」あな恐ろしや！　の感嘆詞を呟きながらひどく感慨深い顔であたしを見てたの。それであたしが「先生は怖がっている」って言ったら、ベトナム人の男が「何をが抜けてる」って。うるさいなぁ、ベトナム人は。「地震を」あたしがつけ足したら、ナニナニダケデナクナニナニモを使って「地震だけでなくアキコも」だって。ハハハだって。このベトナム人はなかなか嫌なやつよ。すると中国人の女の子の一人が「アキコってどう書くの？」ひょいとプリントの端を差し出したの。こうよって漢字で書いたら、二人は顔を見合わせてウンウンハイハイ頷いてたわ。もっと書けますけどねって焼飯とか焼豚とか餃子とか飲茶、萬珍楼、山王飯店、紹興酒、杏仁豆腐、麻雀、月餅、色々書いたら、今度は二人がじゃあアキコこれなんだ？　って色々書いてきたの。う～ん、あたし当てるのはいいんだけど、彼女たちは英語をまったく話さないから、フランス語で何ていうのか頭に浮かばないものは全部ジェスチャーよ。あたしの国境を超えたジェスチャーを見て、ベトナム人があれだろこれだろって。うるさいなぁ！　ベトナム人は！「違うわよ！」なんだよアキコ！「当たってるだろ！」そして普段は滅多に笑わないミーとマー、いえ二人の中国人も楽しそうに笑い出したの。あたし嬉しかったな！　だってこの二カ月間ずっとあたしに冷酷だった中国人二人が、ふとしたきっかけから、アキコアキコ言いながらあたしの顔を見て笑い掛けてくれてるんだもの！あ―あ―じゃあ次は皆が知ってるやつね。ハイ、これです「蟹玉」！　ハーイハイハイ！　オムレット！　ウイウイオムレット！「先生オムレットー！　先生！　これは何ていうの？」あたしが耳んとこで蟹の足しながら振り向いたら、ラロック先生はいつの間にか薄暗い教卓にガシッとへばりついて、小テストの採点をしてたの。先生って教師のこと。シェイシェイ。

四月五日
寅さんのテーマ曲を口ずさみながらＡＴＭにカードを通してみる。――――駄目だ。
帰り寅さん短調に変調。素晴らしい寂曲になった。

四月六日
オーシャンゼリゼを口ずさみながらＡＴＭにカードを通してみる。――――駄目だ。
帰り教会でお祈りする。素晴らしいマンゴーと遭遇してしまう。

四月七日
デイビッド復帰。「授業をさぼって行ったチュニジアはさぞ楽しかったろう？」ラロック先生が厭味たっぷりに言うと、デイビッドは「はい先生。僕弟と旅行に行ったの初めてなんです。とても楽しい旅でした。あれ、ハガキ届きませんでした？」ラロック先生は苦笑しながら「いや届いたよ。ラッティーナ」って言ったの。それからあたしに「モモ、チュニジアに行けよ。スペインの次くらいにいいところだからさ。教えたっけ？　ここからスペインに車で行くんなら、あそこの（指差し）通りからオートルートに抜けて、地中海沿いをまっすぐ行けばいいんだよ。あっという間にバルセロナさ」って。「あたし運転しないもん」言ったら「あ〜あ！　車があればなぁ！」マルボロの空箱を捻りながら呟いてたわ。「な〜んだ！　自分で行ってみたんじゃないの？」――「うん」つまらなそうに土を蹴ってたけど、どこか物足りなそうな顔をして力なく土を蹴る青年の姿って何かの原点よね。

学校の帰り「ロシュフォールの恋人たち」を口ずさみながらATMにカードを通してみる。まだ駄目か。漠然とした不安を感じながら帰ると、アナコがキッチンであたしよりも冴えない顔をしてパスタを茹でてたの。「どうしたの？」「（大きな溜め息）今日買い物して帰ったのよ。そしたらそこのバス停越えたところで石に躓いて――オレンジ二個と卵三個落としちゃったの。卵は右の靴の真上で割れてオレンジは――」「下界に転がってっちゃったんでしょ？」あたしが続けたら「そうなのよ〜！　そのうえ靴が下ろしたてだったの！　この前マルセイユで買ったばっかりの！――あぁ！　帰ってすぐにちゃんと拭いとけばよかったのかも！　トイレ行ったり洗濯物とりこんだりしてたら時間が経っちゃって。さっき気がついて拭いたときにはもうパカパカになってて駄目、ぜんぜん落ちないわよ。あれすごく気に入ってたのに」なるほど。三月三十日酢豚と林檎のお礼に彼氏が買ってくれたってやつね。それはそれは。「大丈夫よ。また買ってくれるわよ」「ううん、そんなに気持ちの大きい人じゃないもの、もう無理よ。あの日がソルドの最終日だったし」ソルドってバーゲンのこと。「また今度何か頑張って作っていったら？　穴子さんレパートリーがたくさんあるんだから」少し励ましてやったら「そう？　次は天ぷらの予定なんだけど、うまくいくかしら？」すぐ元気になって、「次は天ぷらなの？」「うん。

——アキコさん天ぷら粉持ってないわよね?」また天ぷら粉聞いてきたの。どうやらあたし天ぷら粉所持疑惑の隣人らしいわ。

四月八日

エリック・サティの一番有名な曲を口ずさみながらATMにカードを通してみると——ヤヤヤ! 通った! 下ろせた! お金が下ろせた! 生きててよかった花いちもんめ! 嬉しいなったら嬉しいな! 万歳! 万歳! キャッホー!

ってことで母とメジオバに即電話したの。メジオバが「本当によかったわねぇ。海外で暮らすと色々起きるのよ。記念に豪遊したら?」って。ゴウユウ? 聞き慣れない語彙だけど、何だかとってもトレビアンな響き! そうか! 豪遊か! よし! 豪遊しちゃう! 豪遊豪遊嬉しいな! スキップしてたら素晴らしいマンゴーが目に飛び込んできたの。おぉ! マンゴー! 我が愛しのマンゴー! 「マンゴー二個下さいな!」ポンポーンと買ったわ。やったぁ! マンゴー二個抱えてまたスキップしてるとフォションのウィンドウにおぉ! 我が愛しのマロングラッセ!「マロングラッセ百グラム下さいな!」ポンポーンと——買ったつもりで通過! 結局マンゴー二個と便箋封筒、電球、マグカップを買って、それから観光局に寄ってあたしの申し込みたいツアーにまだ空きがあるかどうか聞きに行ったら、まだ全部間に合うって! やった! 明日までにちゃんと決めて申し込みに来るからそこんとこよろしくね!「あ、マドモアゼル! 申し込む時はパスポートを忘れずに!」フフ、マドモアゼルだって。ハーイ! パスポートはいつも持ってまーす!

帰ってすぐに南国果実マンゴー一個食す。美味幸福。もう一個は明日の幸福として厳重に保管。新しいマグカップで紅茶をすすり、「ほお、これはなかなかいい感じだね」と山村聰の重厚を真似てつぶやいてみる。満足。次、店で開けることができなかった便箋と封筒。概ね希望通り。よろし。これで久々に余白つきの手紙を書くなれば、まずはメジオバへ。が、その前に電球のつけ替え作業あり。最後に日帰りバスツアー選び。即決完了。明日申し込みに行こう。とても楽しみだ。ボンソワ。

四月九日

ゆうべは豪眠しちゃった！　きっとATMの不安が解消されたからじゃない？
昼休みに観光局に行って、日帰りバスツアーに申し込んだの。今日のところはアヴィニョンとリュベロンの二カ所よ。それから復活祭休みが十二日からド〜ン！　と二十七日まで実に十六日間あるじゃないの。だからこの間に日帰りだけじゃなくて、ひとつ短い泊まりで行こうと思うの。どこへってもちろん！　カンヌよ！　あたしにとってカンヌっていうのは《一にパリ二にカンヌ》っていうくらい非常に思い出深い場所なの。カンヌっていえば映画祭を連想する人がたくさんいるけど、映画の時代が終わってからはあんなものチッとも面白くないわ！まだ辛うじて映画が息をしていた頃には『カンヌ映画通り』のベティを真似てまったく同じ冒険をした思い出があるけど――あぁ！　あの夏の日が懐かしいわ。それから――まァまァまァいいじゃないの。とにかくあの紺碧海岸に沿ったクロワゼット通りをブラブラ歩きする時、あたしは素晴らしくそして酷くセンチメンタルな気分になるわ。カンヌという過去の一瞬に由来する切なさとかなしみが胸の奥からじわじわと込み上げてくるの。年齢を取ると誰しも一カ所や二カ所はこういう場所を心像の裡に抱いているものよ。要するにあたしの青春のひとかけらがあそこにあるのよ。
マンゴー。赤と緑の雑炊卵とじ（トマトとブロッコリー）、赤緑の味わい。羊羹。

四月十日

今日授業中にヒラメいたんだけど、カンヌに行くならその足でニースに寄っておこうかな。カンヌからニースはバスで片道五十分だから目と鼻の先でしょ？　っていうのも、学期終了後の地中海線旅の拠点はどうしてもニースになるわけだから――本当はニースってあたしのタイプじゃないんだけど、どこに行くにもニースが交通の拠点になってるんだからやっぱりニースよ――カンヌが許せば、ぜひ数時間ニースに行ってホテルを物色したいの。あたし今回のフランスじゃあつくづくホテル運がないでしょう？　この運勢が念願の地中海線旅にまで祟ったらとても悲惨じゃない！　救われないじゃない！　せ―め―て―この念願旅くらいは旅情をおじゃんにするような悪夢ホテルから逃れて、普通の浴槽付き二つ星ホテルの海側に泊まりたいじゃない！　じゃあ今度こそ悪夢ホテルを引かないためにはどうするか？　そらァやっぱり事前の下調べよ。実際歩き回ってコレってのがあったら、ホテルなり部屋なりをちゃんと見せてもらうのが一番よ。あぁ！　ホテル選びって地道な仕事！　やり甲斐のある仕事！　いいホテルがあればいいな！　それにしても、はたしてこの時期ニースに、浴槽付き海側の部屋が空いてるんだろうか？　F1グランプリの直前やまっただ中観戦客でごった返すニースに、そんな部屋が？？

――ノンノンノンノン！　まさか！　ありえない！　悪夢のだってどうだか！　よしんば空いてたとしてそれは――悪夢よりか悪霊ホテルの公算が高いね。そういう事実に基づいた映画が何本もあったじゃないアヴヴヴ。あたしやだよ！　いくらソレイヤブ姉妹で鍛えられてるとはいえ、ホテル絡みの悪霊は――ギャッ！　悪霊！　と思ったら、ラロック先生が悪霊のような顔をしてあたしを睨んでたの。

「アキコ！　お前さんの頭の中はもう四月十二日かね。二日進んでいるね」悪霊が喋ったんで「はい先生。まったくその通りです。私の頭は今日から二日年齢を取って今ニースを通り過ぎるのです」って言ったの。すると悪霊が正しい時制法と比較級を使って「私の頭は　今日よりも　二日年齢を取って　今　ニースを通り過ぎた　ところです」いちいち文節ごとに黒板を叩きながら声をフォルテにして言ったんで、皆が目を覚ましたの。

帰り、初めて出してみた写真のフィルムを取りに行ったの。二七枚×二で三〇ユーロよ。日本円にすると約三八〇〇円。高いわねぇ。二七×二ってのは全部二枚づつ現像してあるからよ。そこの店じゃ一枚づつでも二枚づつでもオール三〇ユーロなんだって。変な理屈ね。「安いでしょう？」何度も得意げに言うから「全然」「まさか」その度に無愛想に答えてやったわ。

四月十一日

明日から復活祭の休みに入るから、郵便局のナタリーに会いに行ったの。ナタリーは六番窓口で聖母ナタリーしてたわ。「ボジュルナタリー！」「ア〜アキコ！」「元気？」「元気よ」「明日から復活祭休みなの」「じゃあ学校が始まるまで郵便局に来ないのね」「それでナタリーの顔を見にきたのよ」「ま、嬉しい！　休みはどこかへ行くの？」「ボチボチね」「アキコ、もし休み中に時間があったらうちに来ない？」「本当？　でもいいの？」「大歓迎よ！」「ナタリーは何人家族？」「三人よ。あたしと息子と娘。それとナラ」「ナラ？」「犬よ。日本の奈良からとったのよ」「えぇ？　どして？　ナタリーは親日家なの？」「フフ、実はあたしブディスト（仏陀信仰者）なの。それで大仏の素晴らしい奈良からとったの。可愛いでしょう？」「可愛いかないけどユニークね」「それにうちの息子はオリガミが大好きで――オリガミって日本の遊びよね？」「うん。動物とか舟とかいろいろね」「それでアキコが日本人だって言ったら、僕もオリガミの国のアキコにすごく会いたいって言うの。可愛いいでしょう？」「可愛い、かもしれないわね。と思うわ」「じゃあ決まり。えーと四月の――」ナタリーがカレンダーを覗いてると後ろに人が来たの。それで「とりあえず十七日までに電話してちょうだい。わかった？　ディーセットよ！」「うん、わかった」それだけ約束して帰ってきたの。ナタリーが仏陀信仰者とはねぇ。折り紙が大好きってことは小さい坊やかな？　嬉しいな。あたしこっちで小さい友達が欲しかったの。息子が折り紙狂ねぇ！　あたしの小さいお友達が、フランス人の坊やが天使の呟きを漏らしながら紙を折ってる姿を想像してごらんよ！　やっぱりさすがに可愛いわよ。撫で撫でしたくなっちゃうわよ。――まぁ坊や上手ねぇ。それなあに？　鳥さんかな？　あ、蝶々。じゃあねぇ、坊やだから――――そうだ！　奴サン折ってあげようか！　奴サン知ってる？　知らないの？　知らないよねぇ。じゃあちょっと待ってね。見ててごらん。えー奴サン奴サン、と。――――奴サンってどう折るんだっけ？

奴サンってどう折るんだっけ？　生まれて間もない時代のことは忘れちゃったわ。だけどオリガミの国のアキコがオリガミ折れなかったっていうんじゃ、坊やもしょげちゃうでしょうし、《折り紙折れない日本人》っていうレッテル的印象が坊やの幼児体験記憶に刻まれたら、それが元で後々歪んだ対日感情に発展しないとも限らないじゃない、だから鶴と兜と風船と奴サンくらいは何とか思い出して折れるようにしておかなくっちゃねぇ。

明日からのお休み、アバスはペンション稼業、デイビッドは読書と運動だって。真顔で「読書と運動」たって説得力ゼロよ。デイビッドってやっぱりドッカヘンよ。

運動っていえば、フランス人て運動しないのよ。春になっても、外に出て体を動かしたりスポーツしようって人を見かけたことがないわ。この街にも遊び盛りの小さな人たちや元気な小学生中学生が普通に存在するだろうに、大きな公園に行っても彼らが運動してる光景を見たためしがないもの。まぁ、あたしの印象ってのはことごとく極端なんだけれども。

隣の穴子は明日からずっとマルセイユで学校が始まる二、三日前に戻るんだって！　オヴァ！　バイバイ！　さよなら！　ヤッホー！　良い休暇を！

四月十二日

復活祭休暇の第一日目。一年の計は元旦にあり。復活祭休暇の計は初日にあり。ってことで今日は気合いを入れて勉学に励んだの。こういう時にフランスじゃあ「ボントラバイユ！」良い仕事を！　って言うの。フランス語でトラバイユは仕事だけじゃなくて勉学も意味するのよ。勉学を仕事と捉える感覚って至極賛成だな。あたしって感覚に生かされるタイプだから。良い感覚はボンサンス。ボンサンス！　ボントラバイユ！

この休みのフランス語学習といえば宿題と、それからひとつふたつ読もうと思ってる本があるの。レーモン・クノーとブレーズ・サンドラールよ！（拍手！）無論小説じゃなくて——やさしい詩とか短い評論のほんの数行を。あたし生田耕作の名訳なしにこの作家たちの作品と向き合うのは初めてよ。だからものすごくドキドキしてるの。あぁ！　生田耕作！　この人は、あたしがフランスの文学っていうか小説っていうか作家っていうかあるいは映画っていうか、それらに目覚めるきっかけになった崇高な文人のひとりなの。生田耕作の訳に出会わなかったらおそらくあたしのそれらに対する印象はもっと味気なくありきたりなもの、一過性的なものでしかなかったと思うわ。——三行省略——思い出すなぁ。あたし短大時代に生田耕作訳の『地下鉄のザジ』とその原本とを左右に置いて原文と訳文を一語ずつなぞりながら、つまり独学で生田耕作とクノーの手に掛かったフランス語を身につけようとしたことがあったわ。まぁ、あたしの考えることってのは当時からことごとく極端なんだけれども。大概三、四ページできっちり挫折するんだけど、その繰り返しを懲りずに何度もやったわよ。あぁ！『地下鉄のザジ』！　本、映画、本、映画、映画、本、本！――六行省略――ルイ・マル。衣装はジャクリーヌだったの。

本っていえば日本の本も結構あるのよ。山崎俊夫、山田一夫、獅子文六、秦豊吉、小松太郎のケストナー、マダム・マサコや目白三平のパリ読本、湯木貞一の味ばなし、サザエさんなんか。でもこれ以上は送ってもらえないわ。こっちで十冊増えるとして、持ち帰ることを考えたら気が遠くなるわよ。

結局今日はサンドラールの「あまりにも！　それはあまりにも！」（あたし訳）の中の短文に挑戦したの。二行目で限界を、五行目で危うく発狂の前兆のようなものを感じたわ。つまりね、あたしの実力でかのサンドラールの言霊を引き出すのは到底無理、二百年早かったわ。あ～あ！　永遠なる言霊がうまいことあたしのヒラメきにとり憑いてくれないかなぁ！　と思って、人間の中の人間の眼でこっちに語りかけるサンドラールの写真とバッチリ向き合いながら試みたんだけど、一瞬だってブンガク的奇跡は起こらなかったわ。その後で宿題をやったんだけど、ニボアンの宿題をやってるところはサンドラールに見られたくないから、写真は引き出しにしまったわ。

四月十三日

日曜日。たまたま通りがかった市庁舎前の広場に古本市が立ってたんで見てまわってたら、『ル・ジャポン』ていう本があったの。一九六五年風臙脂（えんじ）色の表紙で、二百五十ページあって、真四角一辺二四センチのハードカバーなの。「にっぽん」て題名通り、六〇年代の視点からあらゆる日本文化的語彙を百科事典式に解説してある真面目な本なんだけど、興味深いのよ。フランス人が日本の文化あるいは生活文化をこういう風に捉えてたんだなぁって内容で、フランス人による想像性の高いイラストも満載なの。これが三〇ユーロ。日本円にすると写真現像代と同額の三八〇〇円よ。あたしこれは買っとかなくちゃと思ったんだけど、「あいにく手持ちが二ユーロ六〇なんで「おじさん、取り置きできる？」訊いたら「物によるけどどれかな？」って。「これ」あたしが答えると「あーいいですよ。ただしここに持ってこれるのは二カ月後だよ。この広場は大体二カ月に一回の市だから。もっと早く欲しいなら店まで来てもらうようになりますね」二カ月後っていったらあたしもうここにいないわ。「じゃあ店に行きます。店ってどこ？」場所にもよるわよ。すると「アヴィニョン」だって。「アヴィニョン！それならあたし明後日行くのよ！　その時に寄るからそれでいい？」「あーそうかい。わかった。じゃあ必ず取っときますよ」「よろしくね！　ところでアヴィニョンてどう？　いいとこ？」「あーいいところだよ。サン・ベネゼ橋もいいけど、反対側のタ×××通りもいいから行ってごらん。うちの店はそのすぐ近くだから。そうそう名刺、渡しておくよ」そう言ってくれた名刺の裏の地図をよく見てみたら、さっきおじさんが言ったタ×××通りがあったわ。正解はタンチュリエでした。

カフェでチェリーにハガキ。パリからネックレスを送ってくれたお礼。

四月十四日

今日、トイレでサソリ退治したの！　漢字で書くと蠍！　あたしが誰にも気兼ねなく便座で粘ってたら、右スリッパのあたりからササ、カサカサカサ――幽かな悪魔の音が聞こえてきたの。即硬直よ。便座でお尻を出してる時に身の危険感じたことある？　足の裏から砂の音を立てて鳥肌がのぼってくるわよ。でも勇気を出して前に進むしかないわ。右足を――そぉっとズラして見たら、ムムムカデ――カデカデ色のこここ、甲殻が――便器とスリッパの間にンム、ンムムカデよりおお、お大き――ハサハサ、ハサミ見え――ギャッ！！　サ、ササササソリ！――アヴヴヴ神様サ、サソリが出出、出ましたけど――パ、パンツはは穿きましてご、ございますからサソサリをうう、う、動かさない――で！

い、息を止め、空気を動かさないでパンツを動かしたことある？　あの動きなき動き！　あれこそ日常に潜む我が前衛的表現の極み、「静なる忍びのためのエチュード」ってやつよ。シランス！　シランス！　静！　静！　静！――時間の止まったトイレ空間の中央で耐え難い緊張感を伴いながら――エチュードの、いえ綿の感触をお尻あたりまで持ってき―た―次の瞬間――ダァ！　一目散にトイレを脱出したの！　脱出成功！　そのままキッチンの突き当たりまで全力疾走！　振る振る！　跳ぶ跳ぶ！　穿く穿く！　穿く穿く！　二度目に穿いたのはトイレの前に脱ぎ捨てといた古バスタオルを輪にしたゴムスカートよ。――さぁ大変！　さぁ大変！　どうする？　何を持つ？　躊躇ってる時間はない！　生かしておけば二度とトイレに行けない！　とはいえ相手はサソリだ。でも本当に？　いえいえ本当に。蠍座のあたしがそう断言するんだから間違いない。あれは絶対フィガロの《今月の運勢》で蠍座の上に描かれてるスコーピオンの形。ということは前にハサミがあってキュっと反り立った尾の先端に猛毒があるだろう。チク！　でコロンか。アヴヴヴ神様サ、ササソリ退治したいんですけど――なな、何持てば何持てばナモテバナモテバ――思い切り動揺してドッタンバッタンキッチン周りを引っ掻き回してたら――ガス台の下のガスボンベ横に見慣れぬスプレーが転がってたの。手に取って見たら毒々しい黄黒縞グモのイラストが！　ってことは毒グモ退治スプレーよ！　よしこれだ！　スプレーとそれと――箒箒！

その後の十五分間、あたしがトイレでいったいどの筋肉を酷使し、どんな臭いを嗅ぎ、どこにどう傾き、最後に何を見たかってことは、あえて書かないわ。思い出すだけでも気分が悪くなるの。ただ①サソリと思しき甲殻生物は事後マダム・ソレイヤブによる鑑定の結果、確かにサソリであることが判明②マダムによると、サソリは南仏及び地中海側の気候地域において日常的に生息しており③この家にもいますよ④でも安心なさいこの辺のサソリは毒がないから、とのこと⑤毒グモ退治スプレーの異臭激臭による一人体への被害および後遺症あり。眩暈、転倒、瘤、擦り傷少々、食欲減退、心的痺れ、その他――――とだけ記録すればそれで十分よ。

四月十五日

曇り。寒い。朝八時三十分エクス発の長距離バスに乗り、九時四十五分アヴィニョン着。往復で二五ユーロ。運転手の女。鼻歌、カレーパンの匂い、運転席の形に合わせて膨張している肉、カメレオン的アイシャドウ、エトセトラ。最前席。

バスを降りる。寒い。旧(と呼びたくなるよな)国鉄駅の臭いがする方へ、城壁に沿って歩く。旧(である証拠はないが)国鉄駅の臭いは世界共通だ。ハンカチを忘れた。街の中心街レピュブリック通り。現地観光局、土産物兼雑貨店。観光マップ、豆人形。法王庁宮殿のある法王庁広場を横切り、宮殿横の路地へ。薄暗い。城壁の屏息。人間の閉塞。中世の石に埋もれた窓辺から、ぼんやりと生活が見える。湿った人影。くぐもった人間の声。破れた国境の飾り。水溜り。城壁食堂。迷路に嵌め込まれたレコード店。その他。独り言。迷路の行き止まり。引き返し、再び広場を横切りドンデン公園へ。緑。高台。眺望。ローヌ川。サン・ベネゼ橋、通称アヴィニョン橋。ローヌ川は空を映し、どんよりとだだっ広く曇っている。言葉が途切れたので、ベンチにてパンと林檎を齧る。サン・ベネゼ橋は陰気だ。夕陽を受けて薔薇色に輝いているガイドブックの写真とは大違いだ。行ってみようかやめようか。半径五〇センチの寒々しい静寂を甘酸っぱい匂いが漂っている。数分後、両隣のベンチから温もりが遠ざかっていった。彼らは何度も「寒いなぁ」と言い合っていた。結局橋には行かなかった。林檎の種を眼下のローヌ川に蒔き、温もりを追ってレピュブリック通りへ引き返し、一路カフェの暖を目指す。カフェオレ一杯。ハガキ一枚。一時十分。
午後、アングラドン美術館。五ユーロ。日本語の解説書。好きな絵が何点か。その後、細い裏道を抜けてタンチュリエ通りへ。ベロベロ涎犬。時々晴れ間。この散歩道はとても気に入った。小さな運河沿いにプラタナスの並木、水車。日向ぼっこ。犬の腹黒石。タンチュリエ通りの帰り、古本屋に寄り、三〇ユーロと引き換えに『ル・ジャポン』を貰う。メルシボク。こちらこそ、ボンジョルネ。いい一日を。レピュブリック通りに戻り、四時二十分までカフェ。カフェクレーム一杯。ハガキ三枚。郵便局から投函。
五時アヴィニョン発のバスに乗り、六時十五分エクス着。帰りのバスでアヴィニョンの観光マップを広げ、今日行った道をなぞってみる。こうこう、こう。するとドンデン公園の場所にドンデン公園はなく、代わりにロシェ・デ・ドン公園があった。

ウズラ茹で卵四個、胡桃パン、牛乳、羊羹。シャワー。午後九時三十分消灯。

四月十七日
チェリーから手紙が来て、復活祭休暇はいかがお過ごしですか？　って。チェリーがあたしにくれたネックレスはエッフェル塔の形がちょうどアキコのAになってて可愛いのよ。パリに戻ってきたらセーヌ川の散歩しましょうアキコの好きそうな散歩道とベトナム料理の店見つけたから、って。それからアグネスからもハガキが来たの。アグネスは先週友達とスペインに行ったんだって。バカンスをずらしたから安く行けたって。へぇ、いいわねぇ。食べ物も人も景色もすごくよかったって。そりゃあよかった。それからナニナニ？――あたしはほとんど半日でスペイン語を覚えたのよ！　やるでしょう！　もちろんバンバン通じたわ！　どう？　アキコ！――だって。あら、あたしだって最近はコソコソっとソコソコ通じちゃうんだから！　それに三十分あればジャクリーヌの手紙だって四面は読めちゃうんだか――ウエックション！　エックション！　ア～ウ！　アヴィニョンに行ってから風邪気味よ。アヴィニョンの橋で～♬って踊ったわけでもないのにとてもだるいの。

だるくて忘れるところだった！　ナタリーへ電話！「ハ～イアキコ！　元気？」「元気よ！」あたしの察するところ、フランスではどうも元気じゃなくても元気だって言うのが礼儀らしいの。それでナタリーの家に遊びに行く日は結局二十七日になったの。午後三時に市庁舎前広場で待ち合わせだって。楽しみだな。二十七日といえば休暇最終日の日曜日ね。それまでに折り紙練習しとかなくちゃ――ウェックション！　クション！　アウ～！

四月十八日

海外で具合が悪くなると、とても心細いし気落ちするわ。こういう時にはちっぽけでもなんでも何か愛情ごっこみたいなことがしたくなるんだけど、残念ながら、今現在この瞬間にそういった対象物はないわ。アーだるいだるい。だるいっていうのはいったい体のどこがどうなってるってことなのさ！　エークション！リュベ、明日はリュベロンだってのに！　リュベロンってのはプロバンスの中で最も素朴な山の地方なの。そのリュベロン地方を一日でグルグル回るバスツアーっていえば絶対行きたいわよ。絶対行く！　だから何が何でもあと十二時間でこのだるだる峠を越える！　つ―も―り―よ。じゃあね。

生姜湯、静養、湯たんぽ（含／湯たんぽストレッチ）、芋粥（干し芋で）、バナナ、風邪薬半分、目覚まし時計。午後八時五十分消灯。熟睡。

四月十九日

あぁ！　よく寝た！　ゆうべは九時間寝た！　アッエッイッウッエッオッ！　それで今日はすっかり元気になったわ！

今日のバスツアーは、リュベロン地方の村々をガイドつきで回るってやつなの。この地方を個人の足で回るにはレンタカーって方法があるんだけど、あたしのように運転しない人はバスツアーがとても便利よ。ま、仮に運転できたところでバスツアーのようにスイスイいきっこないわ。要するにあたし日帰りバスツアーってものが好きなのよ。

集合場所はエクス観光局前のバス停留所。バスは小型で参加者は十六、七人。九時ぴったりにバスは出発したんだけど、ガイドさんが見当たらないわ。すると運転手の女が宙に設置したマイクで「ボンジュール！　皆さん！　私は今日一日皆さんとご一緒させていただきます×××です。運転手とガイド両方務めますのでどうぞお付き合い下さい」フランス語と英語で言ったの。マイクに近すぎて鼻息が濃いわ。あたしは後ろから三番目の窓側の席だったの。隣には中年の女の人が座ったんだけどすごい荷物でね、でこぼこした布の合切袋を三つも抱えてるの。「それ何です?」あたしが訊ねたら「これ全部食べ物よ。四人で参加したからお昼のお弁当だけでこんなに！　それと果物、コーラ、水、お菓子とかね。でもお昼が過ぎれば（お腹を擦って）ここに納まっちゃうからそれまでよ」そうですか。やっぱりアメリカンは胃袋のスケールが違うね。あたしのお弁当はゲンコツパンと林檎とミネラルウォーターと板チョコ半枚。ゲンコツパンていうのは形も大きさも拳骨そっくりのフランスパンのこと。いつもその中をグリグリ指で穿ってそこにいろんな物を詰めてお弁当にしてるの。今日はレタスとトマトと卵を。

どこをどう走るのか皆目わからないけど、とにかくバスはエクスのロータリーを抜けてリュベロン地方に向かって走り出したの。走り出したのはバスだけじゃないわ。運転手すなわちガイドの口が、なんとまぁ！　走り出したら止まらないのよ！「あそこに見えますのが――――」ってやつが途切れなく果てしなく続くのよ。「皆さん、右側に見えますのが果樹園です十四世紀の公爵ナントカカントカの――――一部ですよ」すると皆が「どこどこ？」一斉に右に乗り出すの。「どーこ？」「見えないわ」果樹園探しが終わらないうちに「さぁさぁ皆さん！左です左！　あの鐘楼見てください！　あのゴシック様式が有名なかくかくしかじか――――愛されました」すると今度は皆果樹園やめて一斉にドドッ！　左よ。「どこだ？」「あれかな」今度こそ！　必死こいて窓を掻きむしってるうちに「皆さ～ん！」もう次の見どころがアナウンスされるもんだから、乗客はゼンゼンついて行けないのよ。最初の四、五十分は皆それ右だ！　左だ！　また左だ！　頑張ってキョロキョロしてたけど、一時間もするとどうでもよくなって、自分の席から見えるものしか見なくなったわ。ハァ～ア！　あたしも止～めた！　ふいっと窓のベトベト拭いにかまけてたら、隣のおばさんが「リタイヤ？」鼻をピクつかせて肩をつついてきたわよ。「ハァ～」あたしが溜め息で答えると「ちょい、あなたお疲れのところ悪いんだけど――あたしの足元にオレンジが落ちてるのほら、これこれ（足で弄り）！　これ拾ってちょうだいな。さっきナントカ教会を見るのに体を捻ったらその拍子に飛び出たのよ。ピョ～ンだって！　見なかった？　だけどホラ！　この荷物が邪魔して見えないし拾えないから！　拾ってちょうだい！」あたしおばさんのピョ～ン！　の右手にウケちゃった！　その捩れ方といい、弾け方といい、ギニョルみたいなんだもん！　プッハハハハ！

あたし今日の「中世の村巡りツアー」に参加して本当によかったな。どの村も入り口の一角を除けば死んだようにひっそりとしていて時間が止まったようなんだもの。オペドは完全に死んでたね。サド侯爵の城があったラコストも廃墟よ。ゴルドなんか、もはやあの世に通じるオーラがあったわ。それからルシヨン、ここの山の眺めは素晴らしかったな。ルシヨンてところはオークルっていう色の原料でできた丘の上にある村なの。オークルなのは丘だけじゃないのよ、家も建物も、とにかく村全体がオークル系の色を使って造られてるってとこがミソなのよ。あれで村の人々がオークルに塗ったくってたら、申し分なく完璧に世界一のもろオークル村に違いないわ。そのオークル村の一番高いところへ上ってみたの。まぁ！　とても雄大な景色だったわ！　ナントカ山地とリュベロン山地の谷間がカパッと大胆に割れていて、巨大なオークルの壁が雲ひとつない濃い青空の中央にドドーン！　とそそり立ってるの。感動したからそこで二枚ハガキを書いたんだけど、書いてるうちにオークル粉が飛んできてハガキがたちまち真っ赤になっちゃった。そういう村よ。最後に行ったのがセナンク修道院。これはロマネスク様式なんだって。ゴシックだのバロックだのロマネスクだのって忙しいけどあたしから見ればどれもこれも寂びれた鄙びた年代物の石の建物でしかないわ。ここは周囲が見事なラベンダー畑でラベンダーのいい香りがしてくるの。あぁ！　清らかな禁欲生活ってラベンダーの香りなんじゃない？　それで修道院に入ると、まずあたしの大好きな売店があって、修道院で生産してるハチミツやラベンダーのエッセンス、ペンダント、キーホルダー、その他にもいろいろと修道院の小間物が売られてるの。あたしはエッセンスとペンダントを三つずつ買ったわ。禁欲生活で名だたる修道院の方々がお拵えになったエッセンスやペンダントを身につけてたら、きっと清潔なご利益があると思って。それにあたしの知り合いにぜひとも魂を洗浄してやりたい人間が二体、いえ二人ほどいるので。お土産を買い終わったら修道院の見学だったんだけどフフフ、あたしだけ行かないで売店のベンチで待つことにしたわ。だって最初にエッセンスとペンダント三つずつ買っちゃったら、九ユーロ七五サンチームしかお財布に残ってないんだもん。修道院の見学は三〇ユーロもするんだっていうから全然足りないわよ。だけどあたし修道院の中はたいして興味がないわ。どうせ薄暗い石の回廊がひたひたとぐるりになってて、ナントカの部屋ナントカの部屋、そしてこれらの造りはロマネスクですっていうんでしょ？　それにしても三〇ユーロの見学料って高いわよ。三〇ユーロといえば日本円にして三八〇〇円。写真現像代と『ル・ジャポン』と同額よ。

アーバカバカしい。あたしは膝のつかえない座席に腰掛けて休んでる方がいいね。自動販売機で紙コップコーヒーが一ユーロ二〇。脚が伸ばせるベンチに座って、売店の喧騒を眺めながらコーヒーが啜れるって幸せ。あぁ、修道院のアメリカンコーヒーって九〇度に沸かした聖水みたいねぇ――しばし聖なる飲料感の温もりを味わってると、案外と早く一行が出口から姿を現したの。おばさんに「どうだった？」訊ねたら「薄暗くてクシャミが響く廊下がこう（右手うねうね）、ロマネスクよ」だって。ホラやっぱりね。おばさんはポケットからくしゃくしゃのハンカチを取り出すと洟をかみ、それをいったん広げると肘のオークル粉を叩く。それから入念に靴紐を結び直し、鏡なしでサンローランロゼの口紅を塗り直すと、最終的にはトイレ行くべきか行かないべきか悩んでいる。修道院を出発するとエクスまで約二時間トイレ休憩はない。トイレからはみ出している列は相当長く蛇行している。あと六分ある。結局おばさんは最後尾の少女の後ろに並び、少女の次に済ませるべきものを済ませると、幾分スッキリした顔でおばさんを迎え、あちこちからうな垂れた欠伸涙が漏れている。「よいこらせっと」おばさんも紫色の座席に体をむぎゅと嵌め込む。仕上げにシートベルトを食い込ませていると「ラベンダーのエッセンスはご入用じゃあ？」おばさんのハンカチの状態をよく知る隣席のヒソヒソ声が耳元に忍び寄り、「いいえ要らないわ」おばさんは何も考えずに答える。その口調は観光疲れのエッセンスを帯びており、明らかに閉瞼へのプレリュードを示唆している。

午後五時十分。ブブン！　ブンブブン！　バスは動き出す。「さぁ皆さん。ここセナンク修道院を出ますと後は一路エクスです。トイレ、忘れ物は大丈夫でしょうか？」旅行者たちは無言によって肯定の意を表すと、まるで集団催眠術に掛かったように眠りに落ち始める。

あたしが目を覚ますと、バスは午後六時五十分の夕闇を緩やかに揺れていて、周りの乗客はまだ皆垂れ頭で眠ってたの。あたしこういうのが好きだな。あたし以外の乗客が皆眠りこけてる夕暮れ時のバスに揺られながら窓を眺めるのが。

午後七時五分エクサンプロバンス到着。メルシボク。オヴァ。午後八時帰宅。紅茶、ヨーグルト……

――うたた寝、涎――?時?分消灯?

四月二十一日

午前十時五十五分エクス発ニース行きの長距離バスに乗って、午後二時ニースに着いたわ。この長距離バスは素晴らしい！　山を見れば緑の濃さ！　海を見れば青の煌きが！　これがほぼ三時間続くんだから感動もの！あと一、二時間乗っていたかったな。

ニース。ニースに来た目的は五月二十四日から六月一日までのホテル探しよ。これがやっぱり大変だったわ。まずガイドブックから抜粋した二軒は満室よ。それで行き当たりばったり三軒ほど当たってみたんだけど、片っ端から断られちゃった。フロントの人が皆「どこへ行っても駄目よ。その時期は」アルモンカネ顔で言うんだから、三軒目のホテルを出たところでへたりそうになったわ。だけど六月一日の早朝ニース発パリ行きのＴＧＶに乗ること、それからどこに行くにも電車バス共にニースが拠点になっていることを考えると、何が何でもニース泊が必須なの。決まるまではカンヌに行けないわ！　カンヌに行けない？　駄目よ！　そんなの！　何が何でも四時までに済ませて、四時八分の電車でカンヌに行かなくっちゃあ！――それから約一時間チマナコよ。あっちの看板こっちの通り裏道横道突き当たり、三泊四日分の荷物をぶら下げながら、ほとんど競歩の勢いで回ったの。さすがに五軒回ったら、喉がカラカラに渇いたけどノンノン！　あたしにはお茶なんかしてる時間はない！

何軒目で報われたか？　六軒目、正確には十一軒目よ！　中心街の外れの《レパント通り》って通りにあるホテルでその名も「ホテル・レパント」っていうの。外観？　そんなものはもうどうでも、まぁホテルってよりはアパルトマンの風情よ。だけどこの際我儘は言わない。五月二十四日土曜日から六月一日日曜日まできっちりあたしに部屋を貸してくれるってだけで感謝しなくちゃ。

その部屋ってのが浴槽付き海側の八泊九日で四〇〇ユーロだって。あたしが浴槽と海側って希望を伝えると、いともすんなり運よく空いてるっていうんだから、どう取るべきか？　しかも八泊で四〇〇ユーロってことは一泊五〇ユーロでしょう？　日本円にすると約六五〇〇円。とりあえず嘘のような話よ。嘘でなければ悪霊の。それが嘘か悪霊かあるいは本当の話かは、五月二十四日にならないと判明しないわ。なぜなら今日あたしが見せてもらった部屋は同じタイプの別室だったから。あたしに貸す部屋は今使用中なんだってさ。「さぁこっちだよ」フロントのおじさんについて螺旋階段を上ってくと、「二階の角部屋だよ。実際に貸すのは同じ階の別室だ」って。エレベーターは見当たらないわ。上を見ると五階まで続く螺旋階段のグルグルに眩暈がしそうよ。不安八期待一疲労一、いえ不安六疲労三期待一、いや不安五疲労四期待一、いずれにしろ一の期待と大いなる不安と疲労、これを捏ねて編んだような螺旋階段に目が眩みそう――と、見えた角部屋。「あ、あそこね？」あたしが指差して言うと「あの隣りだよ」って。隣り？　隣りはただの暗がりじゃない！　不安八疲労二！――すると確かにあったわ。あたしが角部屋だと思った部屋の奥にもうひとつ部屋が。暗がりの溜まり場で半開きになってるドアって妙に薄気味悪いわよ。ドアの向こうから変なものに呼ばれてるみたいでゾクゾクするわよ。不安五恐怖五！「さぁ」ギャッ！　おじさんに突かれて恐る恐るドアを引くと、確かに《部屋》よ。右の洗面所の奥には浴槽と思しき白っぽい穴が見え、左の窓には海辺の煌きがチラホラと見えるわ。えるわ。けど――狭い！　狭いです！「あの、もう少し広い部屋ありませんか？」堪りかねて訊ねてみたら「ノン、あいにくその時期は」究極のアルモンカネ顔で首を振り、「嫌なら他を当たってくれ。ありゃあしないがね」って。不安×迷い五妥協五、オ―ララ三時三十五分！

それで結局「ホテル・レパント」に決めたの。満足のいくホテル選びとはほど遠いけど、電車の時間も迫ってるし、たとえもう少し時間があったとしてもここ以外に可能性のありそうなホテルなんかおじさんの言う通り、ありゃあしないと思うわ。F1とかち合ってるんじゃあお手上げよ。前金五〇ユーロ、残金三五〇ユーロ。妥協八偽笑顔二。メルシオヴァ。


妥協八の「ホテル・レパント」を一歩出てしまったら、すっかりカンヌ十ってのも不思議な話ね！　でもこれ本当の話よ！　ニース・ヴィルの国鉄駅は初めてだけど、迷わずに切符を買って、四時六分軽やかにメディテラニ線の延長急行に飛び乗って、四時八分きっかりに電車が動き出して――もちろん海側の窓席に座ったわ！　メディテラニ線の延長急行ってのは、この急行がどこにもナニ線って書いてないから。メディテラニ線っていうのはイタリアのメディテラニ～ニース間の地中海沿岸を走る各駅停車なんだけど、その延長急行つまりニースからマルセイユ（メディテラニと反対）方向に伸びたメディテラニ線の延長線上を走る急行に乗って――二十五分――カンヌに着いたわ！

カンヌの国鉄駅は初めてじゃないから任せてよ！　駅を出るとタク――オォ変わってないタクシー乗り場！この駅前広場のちょい斜交いの道を入ったところに――オォあった「アトランティス」！　今日からあたしが二泊三日するホテルよ。

「アトランティス」って名前からして二つ星でしょう？　そうよ、超二つ星の一泊四二ユーロだもん！　先週電話で予約しといたの。任せてよ！　ここは安かろう悪かろうでも覚悟ができてるわ。だって一晩四二ユーロだもん！　浴槽なしの日陰部屋だもん！　メジオバに報告したらきっと「またそんなホテル！　時々はまともなホテルに泊まりなさい！」って言うわよ。けどまだあと一カ月学校がある訳だし、学校が終わってからのニース泊やその後のパリ泊やその他備え諸々を考えると、現在の時点でここ以上のホテルに泊まる勇気はないわ。それに「ホテル・レパント」ショックがまだ鮮明なところへ、どんなに狭い部屋を持ってこられようと大して驚きゃしないわよ！――ええ、やっぱり全然驚きゃしない！　それどころか思ってたほど悪くなかったわ。まず広いし（レパントの一・五倍！）陰でもないし（明るかないけどカーテンを開ければおこぼれ程度でも部屋全体に日差しが入ってくるわ！）シャワートイレは清潔だし（換気窓あり！）それにエレベーターがあるから五階だってスイスイなの！――噫！　それにしても「ホテル・レパント」！　あの狭さたるやいかに！　我嘆きたもう今一度！　あまりにも！　あれはあまりにも！

「レパント」ショックぶり返し九・五（「アトランティス」の安堵〇・五）の「アトランティス」を一歩出てしまったら、すっかりカンヌ一〇ってのが本当に不思議な話ね！　でもこれ本当の話よ！　旧市街の懐かしい街角を散策しながら、アンティーブ通りを抜けて海岸沿いのクロワゼット通りへ。街の風景がちょっぴり変わったかな？　ところどころ。少しね。パリほどじゃあ。でも匂いは全然変わってない。あたしの思い出に棲むカンヌの匂いがする――。

クロワゼット通りの懐かしいカフェを訪ねていくと、あたしの思い出のテーブルが空いてたの！　嬉しいじゃない！　此度カンヌ着第一杯目のカフェを思い出のテーブルで味わえるとは！　心のアルバムってものには角度があるからねぇ！　それで我が心の紺碧海岸にしみじみと見入りながらお茶してると、真隣のハデハデなオバサンが突然「ちょい！　ギャルソン！　ギャルソン！　聞こえないのかい！　あたしのペリエにハエが落ちたよ！

ハエだよハエ！」バカ騒ぎ始めたの。エエイ！　ヤカマシイ！　ダマランカイ！　喉まで一気に込み上げてくる怒りって大概大文字のカタカナよ！　するとギャルソンがツーッと店内から滑ってきて、ニッコリしながら「失礼致しましたマダム、只今すぐに代わりのペリエをお持ち致します」って。代わりのペリエを持ってくるまで三秒とかからないんだからプロよねぇ。でもあたしすっかり興醒めしちゃった。せっかく人が思い出に浸りながらお茶してるってのに、突然バアサンが真隣で「ハエ！」なんて叫ぶんだもん！　思い出は途切れるわコーヒーは不味くなるわでまったく気分損害だわよ！　それでとっととカフェ一杯飲み干すと三ユーロ八〇支払って店を変えたの。

もちろん気分改めもう一軒の思い出カフェへ行ったの。今度は思い出よりも周囲の客筋を重視して席を選んだから「ハエ！」なんてことにはならないでしょう。ここのカフェテラスはとても素敵なの。つまりテラスなのに椅子がガタガタ言わないし、テーブルの高さがあたしの座高にぴったりなの。海辺のカフェテラスで心ゆくまで寛ぎたかったら体に合った椅子とテーブルがなくっちゃあね。さてと――――腰が落ち着いたらお腹がそわそわ。それもそのはずよ、今日は食う物も食わずに衝撃的な熱量を消費したんだもの。今朝齧ったクラッカー一かけらをサン・ジョゼフの最初の角あたりで使い切ったとして、それ以降今までカロリー減算減算で過ごしてたんだから胃腸が訴える訳ね。じゃあ、今夜は此度カンヌ着第一日目の夕食ってことでちょっぴり贅沢しちゃおうかな――――えーとね、アンディーブと胡桃のサラダ、それとナントカのオーブン焼きウイキョウソース添え、と、このコレ、ワインは白にして、デザートはクレームキャラメルと紅茶、以上よろしく。アンディーブと胡桃のオリーブオイル和えは疲れた時に美味しいから、ナントカのオーブン焼きのナントカは多分スズキか鯵か鯛か何か、コレはオードブルの上から三番目にあったメニューで何が出てくるかわからない（単語を知らないとレストランの楽しみ方が増えるわ）、白ワインはグラスで、クレームキャラメルとはカスタードプリンのこと、カスタードプリンにはもちろん紅茶でしょう！――――ボナペティ！　召し上がれ！

トレビアンメルシボク！　香草のチョンチョンも残さず平らげて、どれも全部美味しかったわ。ナントカはやっぱりスズキだと思うな。コレってのは十種類ほどのキノコをバジリコドレッシングで和えたサラダ。クレームキャラメルは言うまでもなく甘くほろ苦く濃厚な味わいよ。白ワインがほどよく巡って、お勘定三五ユーロ五五サンチーム。気分良く支払いを済ませながらついでに「ゾロメ」って日本語を伝授しといたわ。

八時四十分にレストランを出て十時前まで海岸を散歩したの。夕食のあと夕闇の海岸を散歩するのって本当に幸せな行為ね。カンヌ湾の入り江の先にキラキラと瞬く明かり、夜の海面でキラキラと瞬く明かり、五つ星洒落テラスの遠い喧騒を縁取ってキラキラと瞬く明かり、メリーゴーランドのアコーディオン曲に合わせて円を描きながらキラキラと瞬く明かり、すれ違う散歩老人の頭皮をキラキラと滑りゆく明かり、エトセトラエトセトラ――今宵カンヌの黄昏にキラキラと浮かび上がる煌きのすべてが心から愛おしいわ。

午後十一時消灯。

四月二十二日

晴天。一日海辺。海岸で過ごす。カンヌの海岸はニースと違い砂浜だから躓いてもアザキズの確立が低い。海岸で過ごす人々のほとんどが夏休みの真っ最中だ。小さい人は真っ裸。大人も時々真っ裸。小さい裸はキューピーさん。キャッキャとはしゃぎながら海岸を駆け回るさまはまことに微笑ましい。大きい裸はノーサンキュー。いわゆるヌーディストは男も女もまことに微笑ましからず。彼らがキャッキャとはしゃぎながら海岸を駆け回らぬよう祈りつつ、モノプリで買った林檎を齧る。幸い近隣の後者該当組であるカップルはひたすらに寝そべり、眠るか焼くかに徹している。と、突然一人のヌーディストが――あたしの放った林檎の芯が命中したとは思えないが！――岩場の影から立ち上がる。その瞬間視界に入りたるお尻の汚らしさ筆舌に尽くし難し。

――一文削除――

とても暑い。この国にかき氷がないことが残念だ。なのでマンゴーシャーベットを！

午後三時過ぎ、いったんホテルへ帰り昼寝。五時半に再び外出。心地よい風。ぶらぶら歩き。食事。お茶。手紙書き。アンティーブ通りに素敵なクッションのお店。

午前零時消灯。

四月二十三日

晴天。午前中はカンヌから各駅停車に乗りニース間を往復。車窓景色が素晴らしい！　お昼はホテル近くのカフェで取り（トマトピザとカフェオレ九ユーロ八〇）昼寝。午後はアンティーブ通り。アンティーブ通りはクロワゼット通りを山側に一本入った通りで、端から端まで店がびっしりと犇くショッピング天国なの。どの角々にも似たような靴バッグのウィンドウがあるから、きのう見つけた素敵な店を捜し当てるのに四十分近く掛かっちゃった。途中本屋でルイ・ド・フュネスを二冊とジャック・ドゥミを一冊購入して「おかしいなァ。きのうのお店なくなっちゃったなァ」呟きながら通りに出たら、すぐ斜向かいにあったわ。そのお店ってのはただのクッション専門店じゃなくて全部のクッションにさまざまな図柄のゴブラン織りがされてある、つまりゴブラン織りクッションの専門店だったの。あたしきのうここを通りがかった時、ウィンドウに飾ってあるクッションを見て決めたのよ！　何をって日本へのお土産を！　ひとつは貝殻の色々、ひとつは海辺遊びにちなんだ玩具の色々。店の奥にはユニークな物もたくさんあって一瞬迷ったけど、やっぱりコートダジュールのお土産にはぜひとも海のエッセンスが欲しいじゃない！　それで結局オジオバにその二つを、それと実家にも一つ（波打ち際で跳ねてる兄妹の）楽しいやつを、大中小取り混ぜて合計七枚、もちろん中綿抜きのをＶＩＳＡカードで買ったの。ハードカバー三冊とクッションカバー七枚持つと結構な荷物よ。でも買い物で手が塞がるって素敵！　久しぶり！　何だかウキウキする！　午後も晴天！　おっと！　油断大敵！　日本人はこれだからねぇ！　さっさかさっさか歩きなさいよ！――はいはい！　さっさかさっさか！　さっさかさっさか！　とにかくいったんホテルに戻らなくちゃ！　ホテルへ戻るにはこっちから見てアイスクリーム屋の手前の角を右に曲が――あったぞあったぞ――曲がれ曲がれ――間違えずに曲がったらオヤ？　アレ？　ホ〜オ？　なんか――ちょっとした変な物、いえ正確にはとても魅力的なカーキ色が目に飛び込んできたの。フフフ、何だと思う？　ざっくりしたサファリ風ジャケットパンツよ。行きにこんなお店あったかしらん？　かしらん？――あたしが外から物欲しそうな目つきでジャケットを眺めてると、中の店員さんがとてもキュートな笑顔であたしを見るじゃない。エクボの可愛いフィリピンだかベトナムの女の子よ。するとその店員さんがウィンドウの向こう側でジェスチャーするの。「ボンジュール！（右手ヒラヒラ）これ（ジャケットを指差して）素敵でしょう！（右手ゴーサイン）」「ボンジュール！（右手ヒラヒラ）これ（ジャケットを指差して）素敵ね！（右手ゴーサイン）」あたしもまったく同じジェスチャーで返したわ。両手が塞がってるからドッ、コイショ大変よ。両手――何だっけ？　あぁハードカバーとクッションカバー！　そうそうカバーカバー！　ホテルホテル！「メルシオヴァ！」

午後六時。展望台方面、旧市街散策。海岸。港寄りぶらり。港のカフェで食事。メリーゴーランド白馬二回。再びカフェ。ハガキ二通。犬のスリスリ。

午後十時消灯。

四月二十四日

五時半起床。散歩。早朝の海岸は素晴らしい！　カフェオレ。茹で卵。焼きたてのフィセル。日本へ電話。母元気。郵便局。以前見たような顔の犬。カンヌ観光局。磯に続くプロムナードの先端。鳥たち。再び裏道。あぁ！　懐かしいカフェ！　カフェクレーム。変わらない《お品書き》変わらないメニュー。長老が見当たらない。父？　死んだよ、九十一年生きた。長生きした。父を覚えてる？　それはありがたいな。喜ぶよ。

午後六時のエクス行き長距離バスに乗るのに何時にチェックアウトしたかっていうと三時よ。なぜならこのバス停のあるCanneカネってところが「アトランティス」からどれくらい掛かるのか見当がつかないからよ。実はあたし、今朝までCanneカネってのはCannesカンヌ内かすぐ傍に位置するとばかり思い込んでたの。それで午前中観光局に行って訊いてみたら、あたしの泊まってる「アトランティス」からは相当距離があるって言うの。時々あたしのようにCanneカネをCannesカンヌの内や傍だと思い込んでバスに乗り遅れる旅行者がいるんだって。拡大地図を見せてもらったら、なるほど道筋は国鉄駅の反対側から伸びてるオートルートをひたすらまっすぐ行くってことなんだけど、距離はかなりありそうだわ。「じゃあタクシー？」訊ねると「そう、駅前から二十分で行きますよ」って。それからホテルに帰ってきたらフロントのおじさんが退屈そうにしてたからこっちでも訊いてみたの。「今日Canneカネから長距離バスに乗るんだけど、バス停は遠い？」するとおじさんは目を擦りながらおもむろに立ち上がって「あぁバス停ならここから歩いて、そうだな――――二十分くらいだな」そう言うのよ。「観光局の人は駅前からタクシーで二十分って言ってたけど」あたしが言うと「ノンノン、歩いて二十分だ。駅の向こうのバス通りをまっすぐ行くんだ。少し上り坂だけどな」ふむ、確かにおじさんの言ってるバス停の場所は間違ってないねぇ。でも歩きと車じゃ全然違うじゃない！　あたしがどっちを信じるべきか？　って顔をしてるとおじさんが「信じないのかい?」って。「え? いえいえおじさんの言うこと信じます。でも二十分で行くかしら? あたしの足だともう少し掛かるんじゃないかなぁと思って」「ふん、まぁそうかもな」「荷物もたくさんあるし」「――――」「初めて行くんだし」「――――」「歩けるかしら?」「歩けるさ。絶対二十分だ」

アプソリュマン――絶対って言い切るんなら、おじさんを信じて歩いてみるとするか。しかしまぁ! あたしもケチになったこと! けど歩ける距離なら歩けばいいんじゃない? タクシーに乗ることないんじゃない? そうよ、ないない! ここでタクシー使ったら節約のモラルに反するんじゃない? そうよ、反する反する! でもさ、二十分はガセだね。おじさん意固地になっちゃったね。何分みようか? 一時間。バス停に五時半着として、ホテルを四時半に出るってこと。四時半に出るには、四時に部屋を出てチェックアウトだから――なんだけど、一軒寄るところがあるから――三時半? いや、三時。うん、三時。

予定通り、三時にチェックアウトを済ませて「アトランティス」を出たの。後は一軒寄ってバス停に向かうだけよ。一軒てのはフフ、きのうの店よ。だって昨夜から何だかモヤモヤするんだもん。スッキリしないんだもん。それで今日荷物を纏めてみて、これ以上持てないようだったらスッパリ諦めようと思ったのに、さっきやってみたら微妙にもひとつくらい持てそうなんだもん。葛藤? ウイ葛藤。だけどあたし、フランス入りしてからこれといって何にも贅沢したり買ったりしてないんだから、ここでパンツとジャケットの一枚や二枚買ったって罰は当たらないはず――なんだけど、とりあえず試着してみて体に合わなければ買わないことだし合えば――葛藤の末買うということもあり――得るわ。

!――合った。ピッタリ。パンツの裾だけ四センチ上げればどこも直すところはないわ。葛藤? ウイウイ葛藤。でも買う。おかしくない? いいえお似合いですよ。ホントニ? じゃあカードで。あ、サインサイン。

ええ日本人。あなたは？　ベトナム人！　エクボが（指チョン）チャーミングね。あたし？　エクサンプロバンスから。これから長距離バスで帰るの。エクスにはこんな気の利いた店はないわ。絶対ない。ところでCanneカネのバス停知らない？　今からそこまで歩くんだけど。そう。Cannes カンヌじゃなくてCanne カネ。あぁいいのよ。行ってみるから。メルシボクオヴァ。

あぁ！　スッキリした！　これで此度のカンヌに思い残すことはないわ。さて、と！　バス停バス停！　駅を反対側に渡るには、と——あった歩道橋歩道橋。歩道橋に上ったら、オートルートがドーンと目前に全開よ！　あぁ安心した！　道筋としてはもうここをまっすぐ歩いていけばよい訳ね。おじさん少し上り坂なんて、こんなのサン・ジョゼフに比べたら可愛いもんよ！　歩道橋の上から——左にバス停のあるロータリーは見えない。だけどこの道に間違いはないんだから、とにかくここを行ってみよう。

それでとにかく歩き出したの。十分二十分はまだよかったわ。でも三、四十分歩いてみるとフゥ〜、徐々に荷物が重く感じだして肩に食い込みだしたの。着替えと本の入ったバッグと大きな紙袋が二つ。甘かったかな？おお、重いよ〜嵩張るよ〜！　後ろを振り返ると歩道橋が遠いわ。中途半端な距離まで歩いちゃったんだ。もう引き返せない。もう歩くしか！——それにしてもバス停らしきものはまだ見えない。ロータリーの気配もない。フゥ〜、いったいあとどれくらい歩けばいいんだろう？　不安を募らせつつウンコラセ！　ドッコイセ！三つの荷物を両肩両腕両手と持ち回しながら、トラックがビュンビュン豪走するオートルートの殺伐をひたすら歩いて歩いて——一時間歩いたらさすがのあたしも、《少し上り坂》が辛くなってきたわ。だ、誰？歩いて二十分絶対なんて言ったのは！　ゼーゼー！　ない！　ないよ！　バス停ロータリーなんかどこにも！尋ねる？　ノンノン！　尋ねる店も人もありゃしない、なぜならここはオートルートだから、ゼーゼー！　だけどもうここまで来たら何としてもバス停まで歩き通さなきゃゼーゼー、肩が捥げようと腕がちぎれようと腰が抜けようと辿り着かなくちゃゼー、ゲホッ！　絶対二十分だって？　もう六十五分歩いてる！　二十分絶対だって？　大嘘つきアトランティス！　罰当たり！　オヤジの罪よ重くなれゼーゼー、でも荷物がこんなに重くなったのはあた、しの罪ゼーゼー、いや観光局よりもオヤジを信じたあたしのゼーゼー、こんなことならタクシー二十分代にケチケチしないでさっさとビューッと、ゲッホ！　ゼーヒューゼーヒュー！　らら？　胸のあたりで木枯らしの音が！　悪い病気かしらゲホホ！　ゼーヒュヒュー――と！　ハッ！　ミヘタ！　ミヘタヒョ！　ハステヘ！　ホートルート！　左のあっこ！　あれに見えるはバス停よ！　今何時？　へ？　四時五十分！　ヒヒジカンニヒュップンモアフイテ、イテ、イテ、イタ！　イタタ、痛痛痛いよ疲れたよ！　着――いた――！！　ロータリー！

ロータリーには中央にバス停の錆びたポールが寂しげにポンとひとつあって、脇に一台のベンチと壊れたトイレのボックスがあって、それだけよ。周りに見えるもの――オートルート向かい側にホテルが一軒と、ちょい先に派出所とインフォマシオンが一緒になったような建物が見える。住宅らしきもの、ひと気らしきものはないわ。オートルートの道端なんてどこを取ってもやたら殺伐としてるものよ。あぁ！　でもとりあえずバス乗り場に辿り着いたんだからよかった！　ここまで来ればあとはエクスまでバスが連れてってくれる！　ここ六時発でエクス八時着、ということは部屋に着くのは九時か――あと四時間の辛抱。ベンチ。無人ロータリーの中央にポツネンと埋め込まれたベンチに腰を下ろすと、一瞬にして手足に根が生えたわ。岩場に投げ出されたままぐったりと果てた産卵後のタコって、あたしみたいにやつれ切ってるのよね。タコか。タコはもっとこう――首根っこを思いきり背もたれに反らせると、あ～ぅ！　本当の脱力タコよ。あぁ、見える。大型トラックが舞い上げた砂埃の彼方に水色の大きな背景が。あれは多分空ね。空。海より広い空よ。あぁ――

――ハッ！　人の気配で目を覚ましたら、足元に荷物が三つあって、間もなく六時だったの。バスはまだ来てないわ。あたしの横には年配の女性が座ってる。その前でギャアギャア小突き合ってるのがおそらく男孫三人でしょう。それと壊れたトイレに寄り掛かって本を読んでる青年が一人、道路の方にも七、八人が屯してる。皆あたしと同じバスに乗るのね。それにしてもバス遅い。早く来ないかしら。バス来い。するとバスが来たの。行き先のプレートには何も書かれてない長距離バスがロータリーに滑り込むような勢いで現われたの。やあ！　やっと来たか！　やっと落ち着ける！　皆が我先のすばやかさで乗車扉の前に列を作ってると、運転手が何やら慌しい様子で降りてきてこう言ったの。あたしの解釈によると「皆さん聞いて下さい！　皆さんを乗せる予定の六時発エクス行きは来ません。××××のため×××××になりました。代わりにこの臨時バスがエクス経由でマルセイユまで行きます。エクス？　行きますよ！　ですからエクスには行きますよ！　行くんですが、マルセイユ行きが×××のために経路を変更します。途中××××に停まります！　皆さんの座席番号は変わりませんからどうぞご安心下さい。ではすぐに出発します！　乗って乗って！」言われなくても乗るわよ。つまりあたしが乗るはずのバスはマルセイユ行きのバスがどうかした都合で来れなくなった、代わりにこの臨時バスに乗れ、座席は予約した通りだ、経路変更で途中ナントカってところに一回停まるけどエクスには行くから安心しろ、何時に着くかは――聞き取れなかったんで隣りのおばさんに聞いたら、三十分くらい遅れるかもしれないって。あぁ！　ヒヤヒヤさせてくれる！　このバス停！　このバスは！

バスに乗り込んだら、あたしの座席の隣りに中年の女――Canneカネより前から乗ってる女よ。ケバケバしい化粧！　嗅覚がやられそうな香水！　ウヘッ！　こういう女が必ず長距離バスに一人は乗ってるものよ！――が座ってて、あたしの座席に年季の入ったヴィトンのバッグを置いてるの。だもんで「パルドンパルドン！　ここあたしの座席です。あたしここから乗りますから、荷物を退けていただけませんか？」丁寧に話し掛けたら「座席？　他にも空いてるじゃない！　他に座りなさいよ！」強気で言い返してきたの。感じ悪いったら！　だもんで座席番号の書いてある予約の紙を見せながら「ここはあたしの座席ですからあたしが座ります！」ピシッと言ったら、渋々納得してジャラジャラいうヴィトンを退かしたけど、まったく図々しいったらありゃしない！

あたしの座席は通路側だったの。お蔭で助かったわ。もし通路が使えなかったら、通路側じゃないキチキチ席だったら、この大荷物どう抱えても抱えきれないもの！　おそらくこのバスの荷物王はあたし。カンヌで荷物王とはまったく想定外予算外のこと。だけどこれもフフ――ガサガサ！　そいからこれもフフン――ゴソゴソ！　あぁ駄目駄目この二つは縦にして足で挟も。でバッグが膝――ガサガサゴソゴソ！　荷物王のあたしが座席周りを駆使して荷物の置き方を工夫してると、後ろの男の人が「その黒いバッグを上に載せましょうか？」親切に声を掛けてくれたの。でも丁寧にお断りしたわ。だってバッグの中には着替えだけじゃなくてパスポートの次の次くらいに大事な手帳やメモが入ってるのよ。そこにパスポートや銀行の番号その他いろんなものが書いてあるから手放すわけにはいかないわ。それで結局大きな紙袋二つを両足で縦に挟み、バッグは自力圧縮に掛けて顎下までの高さに調整してから腿膝に置いたの。圧縮しても重さは変わらないけど腿って至極頑丈にできてるから大丈夫。ハァ〜！　これでエクスまで眠っていける。バッグの高さがピッタリ顎枕。炎天下の庭先でげんなりバテた大型犬って、こんな風に地べたに顎だけグイッと突き出してるのよね。

バスが動き出したら、強烈な睡魔が襲ってきたの。六時を回ったら急に辺りが暗くなってきて窓に映るは乗客の横顔ばかりよ。あたし、夜行バスの窓に映る見知らぬ人の顔を、本人が気づかない角度からぼんやりと眺めるのって好きだな。顔。顔。顔。語る顔。語らない顔。語る顔。語らない顔。語る、語らない、語る語らない――あとはまったく記憶にないわ。泥睡しちゃったの。二時間後エクサンプロバンス到着のアナウンスで目を覚ましたらこう、夏バテした大型犬のように顎だけバッグの上に突き出して、顎から下は眠り沼に沈んでたの。炎天下の夏バテ犬って、こんな風に地べたに顎だけグイッと突き出してるのよね。

午後八時二十分エクサンプロバンス着。あぁ！　二時間ぶりにバスの澱んだ空気から解放された！　酸素がとても美味しいわ！　夜バスで二時間熟睡すると、人間の気力体力ってこんなにも充電復活するものなのねぇ。四時台の《Canneカネの瀕死》が嘘のように元気になっちゃったわ。充電復活！　汝耐え難き幸福の重石を再び荷い賜え！　向かうはボーバロン美し谷通り！　いざ出発進行！　前進！　一、二！　一、二！　足取り軽く！　讃えよ軽く！　歌えよ軽く軽やかに！　フフン♬フランス名産超軽量スゥイングシャンソンといえばそりゃあ《オーシャンゼリゼ！》よ！　サンハイ！　フフフン♪フフフン♪フフフン♪フフフン♪フフフンッフフフンフシャンゼリッゼ〜♪フフフンッフフフンフンフシャンゼリッゼ〜♪――軽快なハミングにノッて奮起の最終歩行に挑み始めたら、一〇メートル先の市営バス停にバスが一台、あたしを意識して停まってるのが見えたの。プレート「三六」。「三六」っていえばサン・ジョゼフを通るやつじゃない！　それで思いきり「アッタンデアッタンデ！」待って待って！　乗りま〜す！　叫びながら駆け出したんだけど、オモ！　重いよ！　ガサバるよ！　足絡まるよ！　紐抜けたよ！　何か落ちたよ！　拾えないよ！　待って「三六」！――「三六」は待っててくれたの。メルシ「三六」！　あたしが大いによろめきながらステップを上ると、全乗客の視線があたしに注がれてるのがわかったわ。空いた夜バスは大荷物の外国人をじっと見凝めたがるものよ。注視の静寂。そういう時は「――ボジュ」極密やかに囁き、あとは降りるまで大人しく背中を向けて、最前方のポールに寄り添うに限るわ。

まぁそういう時に限らず、最前方のポールってのはあたしたちエトランゼが市営バスに乗る際の定位置なの。揺れに耐えながら運転手の瞬間的ボソボソ告知を聞き逃さないためよ。告知ってのはつまり次×××だの着いただのそういうことよ。日本の市営バスだと必ず次はどこどこのアナウンスをしてくれるけど、ここのバスはアナウンスがないの。だから土地を知らないあたしたちエトランゼは、乗り越さないために終始運転手の真横や真後ろにつきまとって次どこだ？　だの×××で教えてくれだの言いながら、前景と運転手から目を離さないようにしてなくちゃならないの。隣の客はよく見張るう客だってやつよ。上からエトランゼにじっと見張られながら運転する運転手も苦痛だろうけど、運転手の苦痛を知りながら見張らなきゃならない客の事情も察して欲しいわ。日没後は景色が見えないから、なおの事運転手のボソボソ告知が頼りよ。もっとはっきり発音してくれりゃあエトランゼのあたしたちも「パルドン？」何？　聞き返さないで済むのに、何だか大概の運転手はカッタルそうウザッタそうにボソボソ言うもんだから――隣りの穴子はこのボソボソがあたしたち余所者に対するちょっとした意地悪だって言うの。わざと聞こえるか聞こえないかの声で早く難しくシュロッと発音してあたしたちを困らせようとしてるって。中には舌打ちする運転手もいるって。ククク！　さては穴子舌打ちされたね。シタウチサレタアナコ――「え？　何？　今サン・ジョゼフって言った？」「サン・ジョゼフ？」しつこく聞き返すようになるわけよ。今日？　今日は一回で済んだけど、やっぱり聴き取りずらかったわ。今日のは「サジョブ」って聞こえたな。あれでサン・ジョゼフって言ってるのかな。マルセイユ訛りかしら？　今度あたしもサジョブで言ってみようかな？

サジョブのバス停からは、もうどんなに暗くても帰れるわ。荷物が多い時に踏み締める砂利道の音は濁音がゴージャスね。あぁ！　暗闇の中に緑の門が黒く光ってる。ただいま！　緑の門！　門に着いたら手探りで錠を外し、スッ転ばないように石段を下り、勘で部屋の鍵を開け、部屋の電気をつけたの。ハァ――ア！　ただいま！　あたしの部屋！

ただいま！　ベッド！　荷物を置いて靴を脱ぎ捨てるとベッドにジュムジェテ！　ダーイブよ！　疲労困憊のダ〜イブはザップーン！　大波の音がするねぇ。ハァ〜沈む沈む。何時？　九時。今日という日は長かった。かくも長き一日をいったい何で示すべきか？　例えばそれは足の浮腫み――八八ムクミン。空腹――七三ハラヘリン。喉の渇き――四〇ソアフ。トイレ――六五パピエイジェニク。出費――ヒッ！　アヴヴユーロ。

じゃあ此度カンヌ満足度は？——うーん九一コンプレ！

穴子のバナナ、冷凍バゲットのレンジ、テ・オレ、羊羹。シャワー。ゴミ出し。ラジオ。チェリーからハガキ。午後十一時十分消灯。

四月二十六日

ア〜ア！　復活祭休暇も明日でおしまい。十六日間もあるから、もっといろんなことができるかと思ってたのに、明日ナタリーん家に行ったらそれでおしまいよ。宿題もオレンジのテキストは全部、黄色もほとんど終わっちゃったわ。すごいでしょう？　それで今日は明日のために折り紙の練習をしてみたんだけど、兜も風船も奴さんも最初の三角でお手上げよ、正確に折れるのは鶴だけだったわ。何だかやけにお尻の穴が大きい鶴よ。

午後五時、穴子マルセイユから帰宅。キッチンでボジュル。帰るなり「アキコさん、あたしのバナナ知らない？」って。まったく細かいんだから。二十四日にあたしが食べたから六本が五本に減ったって件よ。「捨てたよ。腐ってたもの」「あ？　でも五本ともまだ黄色いのに？」「うん。一番下の一本だけ黒く潰れてたの。だからゴミで出しといたわ」「そう。ありがとう」「どういたしまして」——ンククク。

夜。ラジオ。「ボンとジュール」を聞く。「ボンとジュール」ってのはフランス人の名前なの。この二人が主人公なんだけど、わかりそうでまったくわからないってところが魅力なんじゃない？　つい最近聞き始めた番組よ。あたしの想像によると、「ボンとジュール」は固定されたひとりひとりの人物じゃなくて、いくつかの時空間においって違った形で登場する凡人たちボンとジュール、つまりある話のボンとある話のボンはまったく別人であって、同様にこっちのジュールとあっちのジュールも別人なの。そしてもちろんボン同士ジュール同士がどこかで遭遇するってことはあり得ないの。具体的なストーリーは全然わからないわ。今はただ夜ラジオでこの番組を聞きながらイマージュを膨らませていく作業が楽しいだけなの。

四月二十七日

今日はナタリーん家に行ったの。約束場所の市庁舎前広場にやってきたナタリーは、あたしが思ってた方角と全然違う方角から「ハ〜イアキコ〜！」いつものように溌溂笑顔で現われたの。笑顔が溌溂な人って足取りが軽いのよねぇ。いつものようにTシャツジーパン黒サングラスが五〇〇ミリリットルのエビアンによく似合ってるわ。「ボジュールナタリー！　サバ？」ブチュ「ウイサバエブ？」ブチュブチュ。元気？　元気よあなたは？あたしも！　って再会の喜びをキスのブチュブチュに還元し合うフランス式挨拶にも躊躇いがなくなったわ。「こっちよ」ナタリーと歩いた道はあたしの知らない道。市庁舎広場から伸びてる道の約半分は行ってみた事のない道なんだけれども。「今日は娘も息子も家にいるのよ。アキコが来るのを楽しみにしてるわ」「でもお邪魔じゃない？　日曜日だからご主人がお休みじゃなかった？」「全然！　家族は三人って言ったじゃない。主人は二年前に家を出たからね」「あらま！」「二年前のバカンスにあたしと子供二人を残してどこかへ行ったきりあの人は帰ってこないわ。でもあんな男クソ喰らえよ！（拳固！）あたしは最愛の子供が二人ともあたしの元にいてさえくれれば幸せなの。お金には苦労してるけどね。女は強いのよ！（拳固！）」「女は強いのよ！（拳固！）」あたしがオウムしたら「ハッハー！　アキコって面白いのね」って。面白かないけど会話のテンポにはデリケートなの。十五、六分歩くと市庁舎広場とはまったく雰囲気の違う、どことなくリトルイタリーの何かが漂うような小さな噴水広場があり、そこを通り過ぎると右手に学校があり、あたしが「あ、学校だ」発見の呟きをしてたら「着いたわ。ここよ」学校の真隣りのマンションがナタリーん家だったの。

マンション内の脇道から正面側に抜けるとエントランス式の小さな影芝生があるの。影の芝生って土の匂いが強くて毬藻色してるのよね。中央の蔦台の天辺には雛型の小便小僧がちょこなんと立っていて、チョロチョロ言ってるから可愛いわ。「ピピ、イルフェピピ」あたしが気を利かせると、ナタリーはプチッと感激して「どの部屋からもこの子が見えるのよ」って。ピピっておしっこのこと。イルフェピピで彼はおしっこをする。マンションの心地よい翳り。どこからともなく聞こえてくるピアノの旋律。暗く狭い階段。あたしたちの足音。ナタリーもあたしもフラットな靴を履いている。

ナタリーの家は三階なの。マンションの構造がちっともわからないんだけど、とにかくナタリーの後ろについてほの暗いしんめりとした階段をまめにターンしながら上がっていくと、何戸目かのベージュのドアが開かれて、明るみの向こうから胡桃色の生き物が狂ったようにナタリーの脚に飛びついてきたの。キャンキャン！　キャンキャン！　こいつがナラね。健康な小型犬の歓喜エネルギーってすごいわ。「ナラ！　ボジュール！」優しく一撫でしてやったらあたしにも跳びついてきて、この感極まる犬を脚から引っ剥がすのに苦労したわ。ナラはお客様が大好きなんだって。それにしてもナタリーのマンションってのは玄関と下駄箱ってものがなくて、ドアを入るとすぐに廊下なの。考えてみたら土足文化の国ってのは基本的に玄関が必要ないわけね。でも下駄箱はあってもいいんじゃない？「それが駄目なのよ。廊下の幅が狭いから奥行きのある棚を置いちゃうと人が通れないの」「は〜ん、そういえば割と狭いね。大人一人分の幅だね」「でしょう？　もうちょっと広いとねぇ」そういう事情でナタリーん家の廊下には意味もなく靴がゴロンゴロン転がってるの。

「さぁ！　まずこちらへ」ナタリーの「さぁ！」には必ず六〇年代のショーコメディアンヌがやるみたいな手振りがつくの。「メルシ」お邪魔します。ドアを入って前へ三歩右へ二歩進んだ所がもうダイニングキッチンなんだけど、なるほど廊下と釣合いが取れてる、ナタリーの言葉を借りると「もうちょっと広いとねぇ」なの。このセンテンスを常時心の竿に掲げる主婦の外的背景にはきっと団地サイズによって狭められた生活空間へのなおざりがあって、そのことを廊下の靴や冷蔵庫からあぶれた真空パックの鶏モモなんかが証明してるの。靴や鶏モモだけじゃないわ。ナタリーん家のダイニングキッチンには戸棚や冷蔵庫に収まり損ねた妙量の食材や缶詰エトセトラが、証明よりもリラックスした言葉を用いるならば、そう、ごくごく純粋なタブローとして散在してるの。窓側の角には銀色のお星様を数十個繋げた一筋の《銀星尽くし》が天井から床まで垂れ下がり、聖母ナタリーの微笑みの奥で遠慮がちにキラキラと輝いてるわ。「星たち」あたしが呟くとナタリーが「そう。わが家は一年中ノエルよ。子供たちがやったの。上手でしょう?」って。モノプリのオーガニックじゃないビスケットを一枚一枚お皿に並べ始めた母銀星の微笑みは愛おしさで溢れそうよ。へぇ、上手ってほどのできじゃないけど子供も大人もノエルが好きよね。

テーブルにビスケット皿とコップ四つ、冷蔵庫からミネラルウォーターとネクターを取り出したら「これでよし、と」満足気に手差し確認して「子供たちを呼ぶわ」母銀星が目を細めたの。よっぽど子供に愛情を掛けてるのねぇ。もしかして三歳のオリガミ坊やって天使みたいに可愛いんじゃない? それくらいの子供が駆けてくる時の足音って丸いポンポンが転がるような音なのよねぇ。「ポール! ポール! セリーヌ! セリーヌ! さぁいらっしゃい! アキコとお茶にしましょう!」母銀星が廊下に首を出してポールとセリーヌを召集すると——丸いポンポンは聞こえないで代わりにゴツいズンズンが聞こえたわ。あたしが一瞬緊張してるとキッチンの暖簾をバカッとわけて入ってきたの。誰がってポールに続いてセリーヌが。その二人を見た時のあたしの顔はおそらくテがメンになってたと思うな。だってポール! あたしが今日まで天使のようなオリガミ坊やとばかり信じてたポール! そのポールが実は身長一八〇センチ以上あるモッチリ型の青年で、妹のセリーヌはパンク風ポニーテールのポッチャリ型へソピアスだったんだもん! 二人揃って水疱瘡みたいなニキビ面よ。要するにポールとセリーヌってのは思春期盛りのティーンエイジャーじゃない!

ナタリーがあたしにポールとセリーヌを紹介してくれてお互いにボンジュールしたんだけど、あたしが楽しみにしてた《小さい人との交流》じゃなくて少し残念だな。十四歳と十七歳といえば二人ともとっくにフランス語がペラペラじゃない！　まぁいいけど。頑張れアキコ！　キッチンに向かい合って座ると、さっそくナタリーがポールとセリーヌの学校の事をダァと喋って、二人に「あなたたちもアキコに何かお話なさい」ちょい気取って囁いたんだけど、二人とも、特にセリーヌは全然気が乗らない様子で、ビスケットを齧りながらあたしの後ろの壁紙を暇そうに眺めるだけなの。思春期の女の子って気乗りしないとこんなものよ。するとポールの方が口を開いたの。「アキコはオリガミしますか？　日本人はオリガミするんでしょう？　僕の趣味はオリガミなんです。今までにたくさん作りました」「へぇ！　オリガミはなかなか難しいでしょう？　あたしはツルしか折れません」「ツル？」「そう。鳥」「僕はいろんな物を。全部自分で考えて折ったんです」「へぇ！　すごいわね！　例えばどんなものを？」「花でしょ、鳥でしょ、それから魚、動物、昆虫、塔、人間、家、山、それに僕のイマージュにあるいくつかの世界を作りました」「ほう、すごい！　そんなに色々と。折り方は誰に教わったの？」「だから自分で考えたの」ハハン、わかった。ポールのオリガミって、いわゆる日本の折り紙じゃなくて、ペーパークラフトだかペーパーナントカってやつじゃない？　日本の伝統的な折り紙っていうのは角と角をピッタリ正確に合わせ折っていきながら、そうよ、あたしが思うに対象角度による美の感覚を保つように形作っていきながら、の作業だと思うんだけど、ペーパーナントカはもっとイマジネで、こんな感じこんな感じって感性の趣くままにグニュングニュンって折っていくものじゃない？　違ったかしらん。あたしがポールの話を聞く振りをしてそんなことを考えてたら「——こっちです」立ち上がってあたしに来ての指をしたの。「アキコ、ポールは何でも折っちゃうのよ。ポール、何から見せる？」ナタリーがポールとあたしの真ん中ではしゃいでるの。セリーヌは一緒に立ち上がったんだけど、短い溜め息をつきながら早々に自分の部屋へ戻っていったわ。ポールの部屋はキッチンの斜向かいで真向かいがナタリーの部屋だって。「あたしの部屋はポールの後でねフフフ」ナタリーがポールの背中に手を置いて言ったの。

　ポールの部屋は四畳半くらいの広さに机とベッドと、あんまり見やしないけどゴチャゴチャしてたわ。ひときわゴチャゴチャしてるのが足元よ。蓋のない大小さまざまの段ボールに細かく刻まれた紙切れやクシャクシャに畳んだ大紙が無造作に押し込んであって、それが五、六個あるから大人が三人入るとどこに立ったらいいんでしょう？　って広さなの。「すごいたくさんの紙でしょう？　これ全部オリガミの材料なの。お菓子や何かの包装紙、×××ペーパー、セリーヌにも貰って。ね？」とナタリー。するとポールが机の下から蓋付きの段ボールを引っ張り出して「ここに作品が入ってるんだ。――――見てアキコ。ほら、花、太陽、蝶、××××（魚）、トカゲ、クモなんか。それからこっちの箱が――――これは遊園地で、そっちが僕のイマジネで作った楽園、あとママのリクエストでブッダ（仏）も作ったよ」次々と見せてくれたんだけど、ふむふむ、やっぱりこれはペーパーナントカだね。角々の所在なんかは無視してとにかく自由自在に曲げたり捻ったりハサミで切ったり糊で貼ったりして頭に描く対象物を創作したペーパーアートみたいなものよ。その中で印象的な一点といえばブッダよ。あの仏像には参ったな。「はいブッダ」って言われて全長五〇センチほどの灰色の紙でこさえた奇妙な一物を差し出されたってねぇ！　もう頭の天辺がチラッと視界に入った瞬間からあたし笑気爆弾に火がついちゃって！　だけどポールとナタリーはちっとも笑っちゃいなくって、それどころか同じような真顔を並べてこれ東洋の神秘見てって！　それがまた可笑しくって！　どうしよう！　あたし決して笑い上戸じゃないんだけど、いったん導火線に火がつくと止まらなくなっちゃう癖があるから東洋の神秘ったって直視しない！　できないわよ！　ああ！　どうしよう！　あたしの手の上にこんな仏像が！　やだやだ！　そんな滑稽な極細眼であたしを見て！　いや！　見ないで！　頼むからこっち見ないで！　見ちゃだめだってば！　ああ！　それよりここで何か言わなくちゃ！　こらえてこらえて！　そう！　大丈夫！　きっと何か言える！　せーの――――「トレヒハン！」スハラシヒ！　これが精いっぱいのコメントよ。

あんたの作った仏像が原因であたしがどんな目に遭ったかなんてポール、あんたは知りゃしないからポール、あんたのオリガミ話はま〜だ終わらないわけね。でもさポール、あんたのオリガミ熱を殺ぐようで悪いけど、あんたの作品はオリガミじゃなくてペーパーアートってなんだってばさ。オリガミとペーパーアートはちょっと全然違うんだわよ。あたしにこの相違を説いて聞かせるだけのフランス語学力があればねぇ。残念ながらニボアンヌのあたしにはせいぜいポール、こういうんならあたしだってできますけどって言うぐらいよ。でもそれは言わないことにするわポール、あたしはそんなに意地悪じゃないから——あたしが空声で喋り掛けたらポールがウィーン少年合唱団ばりの清らかな肉声で「この部屋はおしまい。あと廊下の奥にもあるんだけど見てくれる？」って。「へえ！　まだあるの？」あたしの肉声はなぜか焼きたての田舎パンを窯から引き出す時みたいにガリガリしてきたわ。「うん。ガラス棚に楽園と池の全景があるの。そこに怪獣がいるの」ホント。地色はプチロワイヤル仏和辞典のカバーと同じペパーミントで、空中にはものすごく小さくなった太陽と月星が並んでぶらぶらしてる。その太陽の端に齧りついてる怪獣の頭は太陽の二倍以上あって、ポールはティラノザウルスじゃないって言い張るんだけどどこからどう見てもティラノザウルスよ。その他鋭利な手足が青汁色のエイリアンとか巨大なボウフラ型昆虫とか受け口のミクロ猿人とか、いわゆる少年的空想から湧いて出たグロテスクな架空生物たちがガラス棚のなかでところ狭しと犇き合い、ポール少年の生命の吹き込みが足りなかったりあるいは集中力が尽きたりしたと思われる青汁エイリアンやミクロ猿人の手足の先端は、紙の捻りが甘いから化けの皮いえ紙が剥がれてる。「ポールの世界」あたしが感想を述べると「そう僕の世界。アキコ気に入った？」気に入りゃしないけど「ポールはイマジネの青年ね」って答えといたわ。するとナタリーがヒョイと後ろからあたしの肩を奪いながら——このヒョイといい肩の奪い方といいまるでミュージカル《キャッツ》に出てくる雌猫みたいにシャナリの大身振りなの。ナタリーって時々こうよ——「さぁアキコ！　ポールの次はあたしの部屋へ、どうぞ」って。「あたしの部屋へ、どうぞ」ったってたったの二歩よフフフ。そいでナタリーがフランス版「じゃ〜ん！」

を言いながらドアを開けたら――なんと部屋中が仏像よ！　ひたひたの仏像色よ！　壁はポスターとハガキ、棚には大小さまざまの仏像が鎮座してて、五畳弱の部屋に総勢三十人はいるんじゃない？　これにはあたしもお世辞抜きで「トレビアン！」叫んだわ。なんでもナタリーのお父さんがそもそもブッディストだったそうで、その精神を受け継いでナタリーのブッダ信仰があるんだって。それで毎晩中央のリラックスチェアでブッダを感じながら瞑想に耽ったりヨーガのポーズをしたりするんだって。足元に積んである本の山が同じ方向に雪崩れてるのはゆうべ×××鳥のポーズを矯正してたらいきなり膝がボーンと伸びて思い切り足がブッ込んじゃったからなんだって。へえぇ！　ナタリーに仏陀心があるとはねぇ。それに――ボジュール仏像！　仏像って――あたし日本では仏像を見比べてみたことがなかったけど――一体々随分違うのねぇ。ほう、顔と手の表情がさすが仏よ。オーラがあるオーラが。オーラ。オーハ。オハ？　ロハ？　あたしの発音じゃオーラが通じないから、感情を込めて「ファンタスティック！」って言っといたわ。「どう？　あたしの部屋気に入った？」うん。気に入りゃしないけど気に入ったわ。エクサンプロバンスで仏像の部屋に招かれるとは思わなかった。オリガミの部屋よりこっちが好きよ。うんとおもしろい。でもそれは言わないことにするわナタリー、あたしはそんなに意地悪じゃないから。

　ポールとナタリーのお部屋訪問を終えると、残りの部屋をザーッと案内されたの。ポールの奥が寛ぎ間、その奥つまり廊下突き当たりが納戸、反対側に廻ってセリーヌの部屋、それで全部よ。あたしが見たフランスのマンションの中で一番狭くて天井が低くてなにせ幅のないマンションだったわ。これまでにあたしが見たパリの三軒はどれもわりあい広々していて天井が高くて幅もあるようなないようなつくりだったんで、フランスのマンションてものは概してあんな風にゆったりできてるものなんだとばかり思ってたの。ましてやここエクサンプロバンスのような土地三昧の田舎マンションならばパリよりもっと。でも実はナタリーんとこみたいな、あたしん家よりキチキチ雛型マンションがあったのねぇ。親近感だわ。エクサンプロバンスであんな手狭なマンションに招かれるとは思わなかった。社会勉強になった。でもパリのもう一軒、アグネスんとこ、あれは特別じゃない？　モンマルトルのリカちゃんハウス。あぁいうのメゾネットとかいうのかしら。ワンフロアに四畳ほどの一部屋づつ三階建て。つまり三部屋なんだけど本当にリカちゃんセットのままごと仕立てよ。とにかく縦横高さが普通の三分の二しかなくて、キッチンはないしトイレはエコノミー症候群だし浴槽はタライに毛が生えた程度だし、フロアを繋ぐチョコチョコ階段は二本足だと頭がつかえるから四つん這いになって茶室のにじり口を抜ける要領で上り下りしなくちゃならないし。だもんでアグネスは一階の隅に簡易キッチンを設けてコンロを置いたり、トイレに『ルグランブルー』っていう広大な深海映画のポスターを貼ったりしてるの。浴槽階段その他キチキチ事情についてはアグネスに言わせると不可能でもないレベルだって。それってニボアンてことかしら？　まぁ身長一四三センチのアグネスがあの部屋でどれだけチョコマカ動き回ろうと、リカちゃんがリカちゃんハウスで生活するようにバランスが取れてるからいいわよ。だけど一六五センチあるあたしがリカちゃんハウス、いえあの部屋に住むとなったら、動く度に周囲の何かしらをベキバキ壊してまわってるに違いないわ。ガリバー生活記じゃあるまいし！　アグネスん家っていえば、行ってみて知った彼女の一面があったわ。盆栽マニアと自転車マニアよ。一階の窓辺に並ぶ小さな盆栽たちも、住人兼用の中庭に積んである自転車の部品の山も、同じアグネスの趣味だって言うから面白いわ。そういや自転車の方は自作かもねぇ。アグネスは相当ビスィクリストだかベロンヌだか、つまり日本で言うところの《自転車小僧》だから。アグネスはパリ市内ならほとんど天候に関係なく自転車で移動しちゃうの。晴れの日はいいわ。大雨の日は――――工事現場のおじさんが被る顎紐のついた真っ黄色のカッパとヘルメットをがっしり着込んだ上から、雨風の抵抗と車体に巻き込まれるのを避けるんだとか言って、腕とふくらはぎを変な風にパンツのゴムでぴっちり止めるのよ。あのいでたちったら喜劇役者そのものなんだから！　あたしが「アーグネス、それはあんまりよ！　可笑しいよ！」お腹抱えて大笑いすると「え？　そう？　走っちゃえば誰も見てないから大丈夫よ！」ってヒーッヒッヒ！「ハ、ア、アグネスがいいんならいいけどねッハッハ！　気をつけてね！　オヴァ！」オヴァ！　ブチュブチュ！　親愛なる友人を見送る時の投げキスって楽しくって！　五回六回！　そして最後に「旅情」のキャサリン・ヘプバンみたく大きく手を振りながら、あたし必ずアグネスがサドルに跨る時の、あの蚤が一瞬宙をもがきながら飛び跳ねるような！　滑稽跳躍を見届けるの。一回で成功しない時もあるから、そういう時は何度か見られるわハハハ！　ハハハハ！　相手がいないのにサンミッシェル交差点の道端でいつまでも笑ってるジャポネーズって怪しいでしょう？　ハハハハハ！――――何だっけ？　どっちの暮らしに賛成か？　あたし自分と相性のいい窓があればどっちも賛成だな。アグネスのマッチ箱みたいなのも、広くて優雅なのも、どっちもパリらしいもん！　毎日窓から、パリの夜明けが、朝が、昼下がりが、夕焼けが、雨が、晴れ間が、人々が、見えればそれでいいの。パリってそういうとこ。え？　パリじゃなくて？　エクサンプロバンス？　あぁナタリーん家の話！

そういうことでナタリーはあたしに部屋を案内しながら、「もう少し広いとねぇ」って何度もこぼしたの。親近感だわ。だもんであたし「日本の東京を始めとする過密地域型マンションに住む主婦の多くがナタリーと同じぼやきを日々抱いてるわ。主婦の悩みは部分的に世界共通ね」って話したの。するとナタリーは部分的ってところにちょっとウケてから「それで今もう少し広い部屋を探してるの。そろそろポールがバック（バカロレアっていうフランス版共通一次テスト）のための試験勉強に取り組まなきゃならないし、セリーヌもこんな狭い部屋にいたら一生ニキビが治らないでブス女になるって言うし、あたしもせいせいとヨーガのポーズやストレッチができるスペースが欲しいもの。かといって、今以上の家賃を支払うのも今以上の収入を得るのも難しいわ。だってアキコ、あたし今郵便局の勤務が一日八時間から十二時間の週五日よ。体力的にも限界を感じるわ。でも最低限の人数で勤務が回ってるからどうしてもこれだけ働かないと仕事が回らないし、また職場の人数が増えたとして仕事が減ればそれはそれで収入が減る訳だから、それを考えると××××だわ。かといって、他にいい仕事も見つからないしねぇ。あと十年はバリバリ働いて××××のに！　アーア！　うまくいかないわね！――――アキコ？　あたしの話理解できた？」「できた」だいたいね。あたし最近聴き取りが上達したのよ。友達が増えたわけでもテレビを見るわけでもないんだけど。するとラジオかな？「本当？　アキコすごい進歩じゃない！」ナタリーがえらく大袈裟に、いえ嬉しそうにあたしのフランス語学進歩を喜んでくれたんで、あたしもつられて嬉しくなったわ。あたしのフランス語の上達をこんな風に本人以上に喜んでくれるのは目下ナタリーだけよ。やっぱり受験生の子供を持つ母は教育熱心ね。生きとし生ける外国人学生の微々なる進歩に対しても敏感ね。ポールのバック合格をポール以上に喜び貫くナタリーのノリノリの姿がありありと目に浮かぶわ。それにしてもラジオはいいわよ。大好きな音楽と答える必要のないお喋りがノンストップで一日二十四時間。生涯でこんなにラジオが愛おしく思えたことはないわ。ラジオ、ラジオ、モナミ、ラジオ。どうしてお前はそんなに電池を喰うのかね。

それからナタリーが今度はお水じゃなくて紅茶を入れてくれて二人でお茶をしたの。ポールとセリーヌはお勉強の時間だからもう呼ばないって。ナラもお昼寝の時間だって。じゃあ静かに静かにお茶しないと、ねぇ？　まぁアキコ親切なのねぇ。親切ってわけじゃないけどあたしも少し静寂が恋しいの。そういうことであたしたちはとても静かにお茶をして、話し声がポールとセリーヌの集中力を妨げないようにお互いテーブルに胸まで乗り出してお喋りをしたの。ナタリーの従兄弟が数年前から日本に単身赴任してて会社はダノンヨーグルトのダノンなんだけど場所がどこだっけか思い出せないし従兄弟の顔ももうかれこれ二十年くらい前に誰かの結婚式で会ったきりだから忘れちゃった話だとか、あたしのサン・ジョゼフ方面の話だとか、あとは郵便局の国際ファックスが叩きようによっては十回に一回くらいの確率で正常に動くことがあるんだとかそんな話よ。ヒソヒソ、カチャカチャ、クフフフ。紅茶をおかわりしておトイレを借りたら五時半を廻ってたんで「ナタリーあたしそろそろお暇します。今日は本当に楽しかった。どうもありがとう。お陰で復活祭休暇の最終日にいい思い出ができました。明日からまた授業が始まるから、あたしもポールやセリーヌを見習って、帰ったらちゃんと机に向かうわ」そう誓ってナタリー家を後にしたの。

帰ったら門のガレージにマダムがポンコツルノーを入れたところだったの。お姉さんを病院から連れて帰ったんだって。そういえば最近ドンスコが聞こえなかったな。どうでもいいけどちょぃとねぇマダム、あたし今日とてもいい経験をしたのよ。どういう経験かは言うよりも見せるが易し、聞くよりも見るが易しでしょう？　それであたし、マダムに満面の笑顔をしてあげたわ。猫や赤ん坊で言うところのイイオカオってやつよ。するとマダムは呆れ顔で「明日から学校でしょう？　しっかり勉強しなさいよ」って心なく言っただけよ。そしてあたしがウイと言い終わらないうちにドアの向こうへ消えていったわ。

部屋に帰った途端、猛烈な眠気に襲われたの。そおら、十六日間の疲れが出たのね。目いっぱい過ごしたから。アーなんだか日本人のあたしを感じる。アー脳ミソに馬と鹿をモチーフにしたイリュージョンのようなものが見える。アーホントに眠い。アー何もする気がしない。勉強？　それなあに？　フランス語？　フランス語なんてフニャフニャしたイリュージョンのようなもの！　アーホントに激しく恐ろしく眠い！　アー何もかも馬鹿らしい！　アーウマシカ！　アー馬と鹿のおにごっこが見える！　歯茎！　涎！　ヒヒヒーン！　パカパカ！　サクサク！　ボキッ！　アー今それらの成分が脳ミソに盛られた！　たった今脳ミソが馬と鹿に乗っ取られた！　脳ミソごと連れ去られた！！　何から何までホントのホントに馬鹿げてる！　ボンソワ。

午後八時四十分消灯。

四月二十八日

月曜日。五時半起床。ゆうべは結局一分も勉強しないで寝たのに、消し忘れたラジオから一晩中流れてた音楽の途中々に入る成人向けフランス語を完璧に理解したわ。夢って不思議ねぇ。それから朝までに三度もトイレに起きて、二度目はモーレツに喉が渇いたんで冷蔵庫に水を飲みに行ったら、棚の上から穴子のブラジル産コンビーフ缶四五〇グラムが直下型に降ってきて、あたしの足の甲に落っこちたの。だからコンビーフ缶って嫌いなのよ！　丑三つ時、暗がりにレモン色の丸時計がカチカチいうだけのキッチンで独り、大変な思いをする、悲鳴！　悲鳴的アクション！　声を押し殺して驚きと痛みに耐える、闇の片隅で無名の斬られ役が断末魔の表情を懸命に練習している、いいえそうではない、目を凝らして見れば、ワサビ色のアッパッパを引っ掛けたあたしがそういう顔をして、局部に一撃くらった体を雑巾のごとく捻りながら闇をモガいている、コンビーフ缶はボクボクスットンキョウな雑音を立ててテーブルの下に転がり込み、ひどく警戒して息を潜めている、そうはいくもんか、あたしは慎重にそぉっとテーブルの下へ潜って牛肉製スコットランド毛織物風加工食品の塊においでおいでをし、誘き寄せ、捕獲し、元あった棚に押し込むと、ふと手足が空き、自分自身の一連の動作が《真夜中の単独的パフォーマンス》に他ならぬというけしからん事実を知ってしまう。とたんにやるせない屈辱に襲われ！　あたしは暗闇の中で青い敗北感を感じ、いつも真夜中のトイレの後そうするように、ニジンスキーの蝶々の舞いを真似ながら軽やかにキッチンを去る気分になれない、それで肩甲骨を弛めたまま小さな溜息をつくと、夜陰に庇護されながらキッチンを去り、ベッドにもぐり込んだ。毛布はいつもより幾分冷めてしまっていた。再び熟睡するまで一分を要した。

　コンビーフのことはどうでもいいわ。それより今日から授業が再開したの。出席率が一五・七%、叱責率が一〇七%、返されたスライド学習のテストは八一点だったの。こんなテスト覚えてないわ。「アバス、覚えてる?」「全然。こんなテストやった覚えないわよ」すると生意気なベトナム人が「アキコのバーカ」横から野次してきたんで「うるさいくたばれ」って言ってやったの。ミーとマーが同じ質素な笑みを浮かべながら顔を見合わせてシェイフーホー！　中国人特有のひそひそ声で喜んでたわよ。
　本当だったら今日の授業は宿題の答え合わせをやるはずだったんだけど延期になったの。絶対賛成よ！　だって六人で答え合わせしてごらん！　そらすごい早さで答える番が廻ってくるから！　あたしたちが団結して「延期！　延期！」コールしたら、ラロック先生は「はいよはいよ」っていともすんなりと受け入れてくれたの。珍しいでしょう?　先生も復活祭ボケかしら?　じゃあ答え合わせは出席率が五〇%になったらやろうねって。あんまりものわかりがよくていらっしゃるから「先生具合でも悪いんですか?」尋ねたら「別に」首を振るだけよ。「復活祭休暇は?」とアバス。「どちらかに行かれたんですか?」「別に。娘と孫が来てたからね」「ずっと?」「そう二週間」「それで疲れてるんですね?」「くたくただよ」って。そういうわけで、今日は雑談をしたりフランス語の単語でしりとり遊びやクロスワードをしたりしてのんびりと過ごしたの。たまにはこうやってちゃんと頭を使う授業もいいもんだわ。

チェリーから手紙。チェリーからの手紙はいつも正方形なの。正方形の封筒から便箋を取り出すと、便箋も封筒にぴったり合わせて四つ折りの正方形よ。つまり封筒の四倍の大きさの便箋に書いてくるの。素敵なバランスでしょう？　バランスのよい封筒と便箋って、そうざらにはお目に掛かれないじゃないの。だからあたしその意味でもチェリーの手紙が楽しみなの。色は封筒が林檎の実の色で、便箋がそれに近い白、共に種類の違うきれいな無地で、紙の選び方が上手く、万年筆のインクは黒と濃紺の中間で筆先の太さにまろやかな趣があるの。まだあるわ。チェリーの文字は大きくて読みやすいし、おそらくそれがチェリーの《手紙》のやり方なんでしょう、広々とした空白の景観を損ねるような文章は絶対に書いてこないの。つまりいつも限った文字数でしか書いてこないから、内容に無駄がなくて、エトランゼのあたしには非常に解りやすいの。気が利いてるのよ。そらぁジャクリーヌのようなのもあるわよ。台紙から勢いよく引っ剥がした（上辺裏面に絶対的証拠あり）レポート用紙最後の一枚の両面をびっしり隙間なく使ってまるで特許申請論文の下書きみたいなぎゅうぎゅうのボールペン書き、そういう愛情詰めの手紙もいいけどさ、チェリーのみたいなボングーな手紙を貰うといかにもパリ便りって感じがして、ほんのりといい気分になるものよ。

チェリーへ返事。あたしからチェリーへ出す手紙はいつも十行であとは絵なの。チェリーはあたしの絵を「あまりにも酷くて素晴らしい！」って言うの、つまり「信じてるよ嘘つき！」ってことだって。ぎゃふん。それで今日の返事には、クモのアルコール浸けをスケッチしてやったわ。タイトルは《キモワルイキグロスク》っていうの。このキグロスクのアルコール浸けは穴子の傑作よ。あれは二、三週間前の話だったかしら？　早朝のラジカセモーツァルトにノって洗濯物を干してたら、キグロのでかい奴が上からツーっと下りてきて洗いたての下着に止まったんでアッタマキテブッコロシタんだって、それで――隣の穴子にはどうやらキグロ退治の才能があるね、今んところ全勝だってんだからヤルじゃない！　あたしも何度か傍でお手並み拝見したけど、まずクモ糸の絡めていき方が巧いよ、あの催眠術的な枝先の動きがミソだね、モタモタしてないバタバタしない絶妙なすばやかさで円を描くように絡めていきながら落としたい位置まで持っていき、ポトンでシュシュシュのシュー！よ。このポトンとシュの《間》がプロだね、キグロの奴が突発性抗力による不時的着地の感知いわゆるキャッチアンドランに戸惑った一瞬を狙って一気にシュ！　シュシュー！「アッザヤカァ！（拍手）コツを伺ってもよろしいですか？」あたしが尋ねたら「メンタルでは二つあります。殺虫剤を吹き掛ける瞬間、この一撃で絶対お前の息の根を止める！　という強い気持ちを持つことと余計な殺意を持たないこと。実技においては敵がいつ現れようとも同レベルの対処が実践できるよう用意周到を心得ておくことです。枝は枯れ枝の山からなるべくまっすぐな六、七〇センチのものを。それを常時数箇所に設置していますし、殺虫剤は必ずと言っていいでしょう、携帯しています。とはいえ、これらはすべて《狙った獲物は逃がさない》の一念に括られる要素に違いありませんが（微笑）」だってさ。ヒュー！　かっこいい！　あたし穴子がこの家で最初にキグロを殺った時に「この女スゴイ殺虫テクニシャンだなぁ」って思ったのよ。ヒュー！　殺虫行為にテクニックのある女ってかっこいい！

――なんだっけ？　そうそう、それでアッタマキテブッコロシたキグロの状態がとてもきれいだったんで、キッチンのガスボンベの奥から出てきた賞味期限の四年以上切れてるベルギー瓶ビールの蓋を抜いて、中にブッコンデやったんだって。それをどうしようって訳でもないんだけど、多分若い男の留学生たちが寮でそういうことをして、これといった理由なしにそういうものをいつまでも捨てないでそこら辺へ置いとくのとまったく同じ理由から、あたしたちも未だにそれをキッチンやテラスのそこら辺に置き廻ししてたわけ。でもきのうの朝、穴子がおはようもなしに「キグロ捨てる」って。「近いうちガスボンベの交換でマダムが下りてくるからさ」「そう言ってた？」「先週アキコさんの留守に点検に来たのよ。その時スメンヌプロシェンって言ってたと思う」「いいよ。あたしに断らないでも捨ててよ。穴子さんのものなんだから」「そういやそうね。じゃあ遠慮なく処分させていただきます」そう言ってたのに今朝になってもまだ捨ててないのよ。アラマダイタノキグロスク、ドウシテキグロスク、キモチワルイゾキグロスク、キモワルイキグロスク、ナンダヨキグロスク、サヨナラキグロスク！　要するにキグロスクって名が以外と気に入ったもんだから、ナニカの記念に《キモワルイキグロスク》って題でスケッチしてやったの。スケッチったってあんなキモワルイものを長々と観察したわけじゃないわ、五〇センチ離れてチラ~リと見ただけであとはあたしの描きたいように描いたの。キグロスクって名はあたしがつけんだけど、ズバリ東欧の血が混じった円谷怪獣の生き残りみたいでしょ？

四月三十日

真夏のように暑い。やっと出席率が五五％で宿題の答え合わせ。十分もすると、隣りの女の子が暇こいて、ノートいっぱいに一本の樹を描き始めたの。えらく大きな樹だなぁと思って見てたら、そのこんもりの中に十二三の部屋ができてその部屋のひとつひとつにいろんなものを描いていってるの。「何？」あたしが小声で聞いたら「アパート」だって。ククッ！　何だかよくわからないけどククッと来るわよ、ニボアンたちの落書きには。アバス。アバスは最前列でうつ伏せの死体のように熟睡してたし、デイビッドは教室の天井を夢遊病者みたいな顔でボーっと見つめながら鉛筆を回してたわ。あたしも夢を見たの。炎天下の夢。炎天下に微動だもしないでじっと地平線を見凝める敬虔なインディアンの夢。ジリジリと焼けつくような太陽。ジリジジリジリジリジリジリ――――――なんだチャイムか。

五月一日

今日はメーデーで休校。真夏の暑さ。珍しくマダムがお姉さんの手を引いて庭に下りてきたの。お姉さんは今日も血の滴るような真紅のガウンに同色のエナメル靴。青白い蝋燭顔を無理矢理おもてに連れ出されたドラキュラのように激しくしかめながら、両手でマダムの手をぎゅうと握ってる。太陽を避けるというよりは強い光に怯えるような戦慄きをまなこに溜めて、マダムの脇に影女のごとく縋りついてる。「ボンジュール、マダム」あたしが低くゆっくりと話し掛けると、警戒の目を剥きながらも口元が僅かに動いたわ。「ボンジュールって言ったのよ」とマダム。「あたしのことわかるの？」「アキコはわかってる。アナコは――どうかしら？」あ、そう。「今日は日向ぼっこですか？」「そうよ、この人も少し陽に当たらないと。さぁアキコ、あたしはここで指示をするから花の水遣りをしてごらん」マダムは階段を下りたところから移動せずに、手摺りを摑んだまま真紅の亡霊と並んでる。「スプリンクラーも調整してね」庭は今がバラ盛りで本当にきれいなの。マダムは園芸上手だからバラの他にもいろんな花を咲かせてるんだけど、何て花なのか聴き取れないわ。マダムのフランス語ってシュロシュロいって聴き取り難いんだもの。まぁ全部日本にありそうでなさそうな花よ。「アキコ！　土が掘れないようにー！」マダムソレイヤブの園芸は極力自然に任せるやり方で「水圧で土が掘れるからね！」途切れなく、大体週に三度土と水と時々肥料だけやってればあとは余計に弄る必要がないんだから「アキコ！　一番奥の枯れ木の山が道路に崩れ落ちてない？」あたしにだって面倒みれるわ。もちろん庭師のおじさんがほぼ毎日来てくれてるんだけど「アキコ！　×××の苗を踏まないでよ！」マダムはおじさんのことをちっとイカレポンチの気があるって言ってついついあたしに頼むんだってさ。あたしは構やしないんだけど「アキコ！　スプリンクラーの水が強いから調整して！」あたしがアマリリスだか何だかの水換えに穴子の部屋の前を行ったり来たりすると穴子はそれが、あたしのチョロチョロがえらく鬱陶しいもんだから「アキコ！　そこの植え木鉢回しといて！」花の世話はアキコさんにやらせないでマダムが自分でやればいいのに！　なんてたまにプンプンしてるわけ。でもさ「アキコ！　根っこと花だけじゃなくて葉もやるのよ！」二、三百坪はある傾斜の庭を週に三度！　そんなハードな水遣り仕事をマダムが自分でって、そら無理な話よ「ほれ！　後ろにスプリンクラーがあるよ！」第一お姉さんの世話があるし。それに万が一滑って転んでそのまま逝っちゃったらどうするの？　留学中に大家が死んだ場合のアドバイスなんか『世界の歩き方／留学編』に載ってなかったわよ。あたし突然ここを「アキコ！　今あなたが触ってる×××の葉に虫がついてないかい？」いわんやこの時期になって追い出されても為す術がないわよ！　穴子はマルセイユの男ん家に戻るかもしれないけどあたしは行くところがないもの！　だからそんな事にならないように「アキコ！　ホースが×××を倒してるよ！」それにあたし花の水遣りってものがちっとも嫌じゃないの、ホースもスプリンクラーも面白いし、ジョウロとホースとスプリンクラーを全部使ってこの庭を隅々まで水遣りすると結構いい運動いい気晴らしいい汗掻けるのよ――ホラ！　あそこの黄色いバラ！　きれいでしょう美しいでしょう？　あれなんてほとんどあたしが咲かせたようなものなんだから「アキコ！　もうそろそろスプリンクラー止めましょう！」穴子はね、ジョウロはいいにしてもホース、特にスプリンクラーが嫌なんだって、突然変な方向からビュンビュン飛んできて無闇に濡れるからだって、それでいてキグロスクは平気なんだから、あの女はやっぱり少しストレンジだわよ「アキーコ！　ほれ！　また後ろにスプリンクラーがあるよ！」ウワ！　ワワワ！「アキーコー！　ほら見なさい！　さっきから後ろにスプリンクラーって言ってるじゃないの！」

穴子はあたしが水遣りしてる間、ずっと部屋に籠ってたの。きっと家賃の件よ。とっくに支払い済みの四月分家賃を二十九日にもう一度請求されたってんで、あのメラメラを引き摺ってるんじゃない？　なんでも学校から帰ってきたらマダムが待ってましたとばかり下りてきて「アナコ、あなた今月の家賃がまだですよ」すンごく迷惑そうな顔をされたっていうから、そりゃあやっぱりメラメラするわよ。結局この一件は数時間後マダムのアッタアッタ！　で落着したんだけど、穴子は気に入らないのよ。それもわかるわ。だってマダムったらベランダから「アキコー！　アキコー！」ほんの五センチ身を乗り出せばアナコの部屋に電気が煌々と点いてるのがはっきりと認められるってのに、わざわざあたしを呼んで「アッタアッタ！　アナコの家賃がホラ！　アッタからアナコにアッタって言っといてちょうだい！」ってそういう事するんだもの。バツが悪かったのかアナコが苦手なのか？　おそらくその両方だと思うんだけど、それにしても本人がいるのを知りながら、あたしにああいうベランダ伝達をするなんて、マダムもなかなかやることが狡いわよ。あれを部屋で聞いてた穴子がどんな形で怒りをブチまけたのか――あの時穴子の部屋はイミシンな静けさに包まれていたの。聞き耳が二、あとの八はもちろん無上の怒りね。人って怒りの度を超すと沈黙の内に爆発するものよ。きっと部屋の真ん中で空気を相手に思いっ切り殴る蹴る引っ掻くの暴行をふるったか、それとも逆上独りエアロビで激昂を散らしたかそのどっちかね――想像するに鼻孔が疼くけど、穴子が二重請求された直後にアキコー！　アキコー！　呼ばれるあたしだってヒャッ！　今日は我が身か？　ドキッとするじゃない！　思わず「な、何か？」日本語になっちゃったわよ。

聞こえちゃあいるだろうけど、一応言っとけって言われたから、即穴子に知らせに行ったの。トン、トン、「穴子さん？　いらっしゃる？」アラわざとらし「どうぞ」ヒャアこの声のトーンは！　恐る恐るドアを押したら、ドアのギィより低い声で「どうも」って。ドア陰からヌゥと現われた穴子は、模範的なお局立ちであたしを待ってたわ。仰け反り気味の腕組みにしろ、斜構えの壁凭れにしろ、さすがはお局穴子！　オララゾクゾク！　サマになってるぅ！「あ、あのマ、マダムが家賃アッタって！　よかったね！」おっと久々のお局立ちでいきなり吃っちゃった！　すると穴子はドスの効いた大きな溜め息をつき、それによって乱された空気が沈着するのを得意の伏目で待ってから「――やっぱり領収書貰っとかないと駄目だね」急に乱世のお局から堅実な穴子姉にスイッチが切り替わったの。抑感情！　先勘定！　穴子オトナねぇ！　そうこなくっちゃ！「そうそう！駄目駄目！」あたしが気を奮って賛成すると、気をよくした穴子が「ねぇ今夜さ、あたしの件でマダムに負い目があるうちに言っといた方がいいんじゃない？　そうだ言おうよ！」現実に手を下すべきだと言い出し「言おう」あたしが積極的に賛成する「鉄は熱いうちに打て！」的外れな諺を持ち出し「フラペフラペ！」あたしがオウム返しに賛成する「おっと領収書は？」フランス語で領収書？　任せなさい！「ルスです！　男性名詞で発音難しいです！」穴子、山羊のチーズでも舐めたように顔を腐らせ「頭のRか！　RRR！　ルス？　ルスュ？　ホスュ？　そいで男だからアンルスュ？　アンホスュ？　どうだ？　あれ？　まぁいいやシルブプレ！」

それでその後、穴子とあたしは初めて団結ってものをして、一緒に上に行ったの。八時半過ぎだからちょうどいい時間よ。「ったく！　夜の照明ぐらいケチるなっての！」闇階段を先頭で手探り前進する穴子のブックサに安眠を妨害された草木が微かにザワめき始め「イテ！　ゴミ箱！　何すんのよ！　ゴミ箱！」闇門の踊り場脇で鈍感なポンコツルノーも目を覚まし「ちょっとノブがないノブがない！」闇玄関で壁を掻き毟る穴子にはトカゲのカサカサもピタッと止んだわ。「穴子さん！　ドアこっち！　ここん家にノブないよ！」あたしがドアの前に誘導すると「へっ？　ノブなかった？　じゃあマダムたちどうやって家に入ってるの？」穴子のQ「取っ手はあるから」あたしのA「なんだ！　そうよね開けゴマやナントカテンコウじゃあるまいし！　カハハハ！　ハ――――ま！　あたしったらコホン！――――じゃ」闇ドアの前で二人は顔を見合わせ「行くわよ！」囁いた穴子の目が夜の海に走る鰊の鱗のように光ったの。

ノックしながら十回くらいマダムマダム呼ばないとなかなか出てこないマダムが、夜の訪問者に気づいてカツカツの靴音と共にドアの向こう側にやってくると「誰？」用心深い声を出して聞いてきたけど、その表情はあたしたちだって察してる雰囲気よ。「マダム、花子とアキコです」やっぱり穴子は自分のこと花子って言うんだね「待って」マダムがモジョモジョ言いながら鍵を開けてる間も穴子はホスュヘスルスRRR、小声でRの発音をやってたの「何？」ドアが開いてマダムソレイヤブが闇に顔提燈をつき出したんだけど、アヴヴ、何度見ても暗がりのソレイヤブ姉妹には肝が縮むわ「今晩はマダム、実は――」穴子はいつもあたしよか肝が据わってる「あたしの家賃見つかったそうですね。それで今後同じような事が起こらないように領収書を書いていただけませんか？」目いっぱい巻き舌のR！　穴子が羞恥心を捨てたの！　あたしも穴子の背後でソウデスソウナンデス！　目いっぱい頷いて見せたわ！　するとマダム、嫌気まじりの溜め息をつきながら「あぁその話。以前はこんな事なかったのに、あたしも最近物忘れがひどくなったねぇ。まぁ今後同じような事が――――ないつもりではいますよ、いますけどね、まぁだけど絶対ないとも限らないし――――それに二人がそうして欲しいって言うんなら――――いいわ次から書きましょう、ただしあたしの手書きですよ。あぁ！　面倒臭いねぇ領収書なんて！」それでも渋々承知してくれたの。「メルシボクマダム、お願いしますね」穴子が笑まずの笑みを繕うだけで歩み寄らないから「メルシボクマダム、忘れないでね」あたしがフォローして歩み寄ったの。こういう時こそスリスリしなくっちゃ！　ルメルシマダム、感謝します！　ボンソワマダム、お休みなさい！　ボンレブ、いい夢を！

あぁホッとした！　これで今後は今度のような面倒事も起こらないでしょう！　あとは今夜の約束をマダムが忘れないでちゃんと実行してくれる事を信じるだけよ！　信じてますよ、マダム！　ホッホッホ！　ホッとしたらお腹すいた！　今何時？　九時！　何食べる？　そうだ今朝買ったバゲット、あれとナンダ？　あ、そうか、今夜はキッチンがかち合うのか。じゃああたし永谷園の味噌汁とバナナとヨーグルトとそんなもんでいいや。「穴子さん、今夜あたしパンだから、キッチン自由に使ってよ」帰りの闇階段であたしが上から話し掛けると「キッチンはどうでもいいけどさ！　マダムの奴アキコさんの方ばっかり見てた。あたしと一度も目を合わそうとしなかったね！」下から穴子があたしを振り返って言ったの。どうやら腹が減ってるのはあたしだけのようね。穴子の腹はオサマラナイ虫でパンパンに満たされてるらしいわ――――そうか。そうだろうね。おそらくマダムが直接穴子に一言、何でもいいから詫びらしいことを言えば、それで済む話なのよ。なのにあたしにアッタの言伝させたり、あんな間近でミナイミナイ作戦に出たりするから、穴子の腹がオサマラナイ虫でパンパンになるんじゃない！　マダム――――マダムも案外何というか――――もしかしてつむじが妙な所にある類いなんじゃないの？「そ、そう？　そんなことないでしょ？」イヤイヤそんなことあるある！　例えば？　例えば耳の後ろんとことか！「いんや絶対合わせなかった！　感じワルイ感じワルイ！　あぁ感じワルイ！」ほら来た！　マダムのつむじ当てなんてブッこいてると穴子に八つ当たりされるんだから！　ここはひとつ親身になって「そんなに腹立てると腹減らなくなっちゃうわよ。あぁそれとも腹減り過ぎて腹立つんじゃない？　そうよ！　だって九時だもん！　腹減り過ぎる時間ですよ！　さぁ穴子さん今夜はキッチン貸し切りだからさ！　豚でも牛でも鶏でもナンでもやって好きなものでお腹いっぱいにして！　そうすれば腹減り解消！　腹立ち解消！　快便快眠！　明日も快晴！　ね！　ね？」親身かしら？　ま、いいか。すると穴子「肉？　食べたくない」って。オララ！　穴子が肉食べたくないなんて！　駄目よそんなの！「肉をマダムと思っても？」あたしが穴子好みの提案をしても毒入りの砂利を吐き出すようなウェッ！　の顔をして後はブーッと黙ってるだけなの。オララ！　どうする？　他に何かいい提案ないの？　う〜ん「じゃあ、あたしが挿みパン作ってあげようか？　あたしと同じでよかったら。食欲がないわけじゃないでしょう？」ほう！　親身ねぇ！「ポールのパン？」オ、これは「あたしはバネットだよ。いい？」いけそうだね「アキコさんいつもバネットでしょ？　バネット美味しいの？」いけるいける！　やっぱり親身より「うん、あたしはバネットが好き。穴子さんはポール派？」食べる話です「あたしは大抵ポール。ポールって昼時は必ず列ができてるじゃない！　あたし食べ物屋の列には絶対並ぶから。それでポール」パンだけでホラ！　この効き目です「なら今日はバネット食べてみてよ。あたし作って部屋に持っていくからね」ところで「ありがと、じゃあ待ってる」何挿もう？

十五分後、バネットのバゲットで作った《マダムパン》とダージリンとバナナをお盆に載せて、穴子の部屋へ持っていったの。《マダムパン》てのは挿んだロースハムと固茹でした卵の賞味期限が合わせて一週間ほど切れてるのよフフフ。穴子がこのパンをマダムだと思って旺盛にかぶりついてくれたら、あたしも作った甲斐があるけど、賞味期限の話はしない方がいいかもね。「穴子さんお待たせ！　マダムパンができたわよ。両手塞がってるからドア開けて下さいな」———リラ、タラリラ〜♪昔見たヨーロッパ映画で晴れた日の葬式に流れてたクラシックが聞こえるわ、と「マダムパン？」寸足らずのセーターをぐいぐい下に引っ張りながら穴子が部屋から出てきたんだけどアララ？　もしかして十五分前のパンの効き目が切れかかっちゃアいませんか？　そうでしょ穴子さん？　ンまぁ！　でも大丈夫！　そんなこともあろうかと！　作ってきましたマダムパン！　これさえ食べれば今度こそ！　効き目長持ちマダムパン！　あぁマダムパンマダムパン！　アキコがアナコにマダムパン！

「そうマダムパンていうの。あたし味に自信がないからさ、このパンをマダムだと思って食べてちょうだいよ。そうすれば多少不味くてもきっと最後まで食べられるからホホホホホ」賞味期限の話はなしよ。あたしがお盆ごと手渡すと「マダムパンか、美味しそうじゃない。ハムと卵とレタスと――――」「トマトとアボカド」「紅茶とバナナとおしぼりまでついてる、ありがと」「どういたまして。ねぇマダムの感じ悪いのはもう気にしない方がいいわよ。きっとよほどバツが悪かったのよ。それにマダムってもともと愛想のいいタイプじゃあないもん。どちらかっていうと無愛想で、それとなくつむじ曲がりなところがあるんじゃない？　よく知らないけど」「そうかもね、知らないけど」「嘘つきとか見栄っ張りじゃないんだけどね。知らないけど」「そうでしょうね、知らないけど」「でも物忘れは――――」「ひどいって言ってた」「もし領収書の約束忘れたらまた言おうね」「何度でも言うわよ！　領収書の約束だけは絶対に守ってもらうから！」「うん、そうだね」「ルルス！」「うん」ルルス！なんて強気言ってるけど心なしか顔色が悪いわよ穴子！　心境の表れかしら？　「さ、早くマダムパン食べて休んだ方がいいわよ」「そうするわ。アキコさんもお腹すいたでしょ？　あなたもマダムパン？」「う、うん」フフフ、あたしのは賞味期限の切れたロースハムも茹で卵も入ってないからマダムパンとは呼べないわね「ボンソワ」「ボンソワ」

その後部屋に戻ってレタスとトマトとアボカドのパンにかぶりつきながらひとつ領収書の常識について考えてみるつもりだったけど、そんな怠事は止めたわ。要はここの家が領収書を出してくれればそれでいい話よ。

ここの家は家賃支払いの際に領収書をくれる習慣がないの。最初マダムに「領収書はないんですか？」尋ねたら「領収書？　今までにここの家賃で領収書を書いた事はないわ。領収書をくれって人もいなかったわねぇ。何に要るの？　何のために？　安心なさい一部屋二部屋の家賃に間違えようもないわ、お互いに信用してれば必要ありませんよ」キッパリと返されたんで、あたしそれ以上お願いしにくくなっちゃって、とりあえずわかりましたって答えたの。あんまりしつこくするとマダムのご機嫌を損ねそうだったから。で、結局二三四の三カ月は領収書なしで支払ったわけなんだけど——一昨日の穴子の事があってから、マダムがあたしの三カ月分の支払いをちゃんと記憶してるかどうかとっても気になるわ。

二十九日にそういう事件があって二日後の今日、お姉さんを連れて日向ぼっこに下りてきたマダムはいつもと何ら変わらぬ様子よ。元気にあぁだこぅだ声を張り上げて水遣り指南してたけど、穴子の方はきっとまだ二日前のメラメラが尾を曳いて顔を出す気になれなかったんだと思うわ。さすがお局穴子！　なかなかしぶといメラメラよ。それに対してケロケロなマダム！　まさか二日前の約束忘れちゃあいないわよね。

五月三日

今朝、洗面所で顔パックを洗い流そうとした、ら——！　鏡の！　あたしの後ろに！　真っ青な人面が映ったの！　ギャ！　なんだ穴子さんか！　ゾ、ゾンビが墓場から抜け出してきたのかと思った！「穴子さん！どうしたの？　顔色がゾンビよ！」あたしが叫んだら穴子が死にそうな声で「ア、アキコさんあたし具合悪くて——」柱に摑まりながらようやく立ってる状態なの。「ええ？　どうしちゃったの？」本当にどうしちゃったの？　すると「多分膀胱炎タタ、前にも日本で四五回経験があるんだけど同じ症状だからイタタタ、お腹がイタ——おしっこすると激痛が走、る、タ、タタ！」下腹を押さえながらうっすらと脂汗なんか浮かべてるじゃない！「ええ？　激痛？　それでおしっこは？」これは大変！「思うように出ないんだけどタタタ、諦めて部屋に戻ると残尿感があって眠れないし——」「眠れないし？」「気分が悪くて熱が——」「熱なんぼ？」「七度、八分くらい」「七度八分も？　いつから？」「う〜んう〜ん、二十八日か領収書の日あたりからタタタ！」アァどおりで！　二十九日の晩、あたしがマダムパンを持っていった時の顔色が悪いわけね！　あれ心境の表れだけじゃなくて本当に具合悪かったわけね！「薬は？　持ってきてるの？　飲んでるの？」ってことは一昨日の部屋籠りもそうか、マダムへのメラメラだけじゃなくて本当に具合悪かったわけね！「薬持ってない持ってくれればよかった――」薬持ってきてないの？　オララ！　あたしも膀胱炎の薬なんて持ってない！「マダムに言ってみる？」イヤだろうけど「ヤダヤダ！　マダムだけは止めて！」だけはって言われちゃあ、ねぇ「じゃあどうする？　だって穴子さん顔色がゾンビだよ！」そう、天然ゾンビの顔ってこんな色してるのよ「実はあたし今日彼の家に行くことになっ、て、たんだけど――」「ええ？　その状態で？」ヤダヤダ止めて！　穴ゾンビ！　止めて！「この状態じゃあちょっと――」「絶対無理無理！　ゾンビなのに！」「ゾンビゾンビって言うなイタタ、タタタ！」ゴメンゴメン「とにかく今日は絶対に安静にしてなきゃ駄目よ！」「んん――大体二三日寝てれば良くなるのよ――溜まった――」「あぁ、おしっこがね」「違！　ス――トレスが！」あぁ、そっちか！「きっと疲れが出たのよ。だって顔色がゾン――いえ顔色に四カ月分出てるよ」ゴメンゴメン「ア、キコさん――今日出掛ける？」今日は土曜日「ウウン一日いるつもりよ。何かして欲しい事あったら言って」するとアナゾンビが「あ、あ、よかった！　不安だ、から――」よろめきながらあたしに接近してきたのワワワ！　ナニナニ？「ちょ、ちょっとトイレいい？」へ？「あ、ゴメンゴメン！　もちろんもちろん！　あたしすぐ退くから！」「いいの？――」「いいよ。あたしトイレ行かないから」「そうじゃなくて顔パ――ック、タタタ！」へへ？「あ！　忘れてた！　洗い流さなくちゃ！　あたし顔洗ったらすぐ退くから、穴子さんトイレどうぞ！」「そう？　じゃ、ボンジョルネ――」

プププ！　ゾンビになってもボンジョルネなんて言ってる穴子って可笑しいわよ。だけどももっと可笑しいのがあたしの顔よ！　こりゃスゴイ！　傑作アート！　ひび割れた白塗壁に目が二つ埋まってる！　クッヒッヒ！――オッと！　笑うと壁が！　ボロボロ剥がれ落ちる！　崩壊する！「フッハッハ！　見、見て見て！」「――」あ、トイレか、ゴメンゴメン「穴子さん？　大丈夫？」「――」な訳ないわよ！

このあたしの顔に笑えないなんて！――――危うしアナゾンビ！

そういう事で今日は一日中穴子の膀胱、いえ膀胱炎に付き合ったの。まさかエクサンプロバンスで膀胱炎に遭遇するとは思わなんだわ。それにしても隣りの穴子がダウンするとはねぇ。あたしたちフランス入りして四カ月目よ。この四カ月を振り返るとマァとにかく――――使った減った欠けた切れた壊れた破れた失くした滑った転んだ躓いた踏んだ飛ばされた落とした重い恐い酷いわからない読めない書けない話せない手離せない下ろせないできない識らない使えない届かない待った磨った折れた伸びた弛んだ打った汚れたエトセトラエトセトラ！――――で毎日ボクボク大変だったんだから、疲労ストレスの一ダースや二ダース、自覚のあるなしに係わらず、体の某所随所にドヨンドヨンと溜まってるはずよ！　溜まってる――――溜まってるといえば穴子の膀胱タンクに溜まり溜まってる尿水は夜になってもまだ出ないのよ！　今朝までの分に今日中せっせと摂り続けた水の分が加わるから、そりゃもう相当の尿水が穴子の膀胱タンクに溜まってるはずよ！　うぅ！　考えただけでも下腹が破裂するぅ！　熱？　熱の方は尿水に代わってまだ出っぱなしよ！　穴子の「ひ、ひどくなると熱が出るタタタ！」の説明じゃあよくわからないけど、あたしが思うに尿水が膀胱タンクに長時間留まると尿水の細菌がいい加減熟成、いえ発酵だか感染だか逆流だかし始めてそれで、つまり膀胱内細菌の繁殖的都合で熱が出るんじゃないの？　夜になっても七度八分だって。うぅ！　考えただけでもフラフラするぅ！

あぁ！　海外で寝込むってことは本当に心細い。ドキドキする。隣人の語学力がにわかにアップする。あたし今日一日で《誰かに開業医を紹介してもらう会話》、《病院と診察の予約をとる会話》、《診察用紙に関するフランス語》、その他もしあたしがフランスで医者にかかったら！　を想定した場合に必要不可欠な基本表現とコミュニケーションを思いつくだけ書き出して暗記したし、日本で加入してきた海外留学保険の豆本説明書をきちっと広げて隅から隅まで読んでみたの。暗記よりこっちが骨よ。何しろ字が小さすぎて内容理解まで注意がいかないんだもの。マァいいわ。あたしもあと一カ月半、膀胱炎にならないように用心しなくちゃ。穴子膀胱炎穴子膀胱炎穴子膀胱炎アナコボーコーエン！

五月四日

快晴。日曜日。気温三〇度。明け方穴子の尿水排出成功。以後数回の排出あり病状回復の兆し。ゾンビの迫力薄。朝八時母とメジオバに電話。穴子の膀胱炎詳細報告。その足で市場へ買い出し。サラミ売りの男、斜め後ろに美しいハート型のハゲあり。その足でカフェ。カフェでサンドイッチとテ・オレ、手紙書き。ぶらぶら歩き。夏の気配を感じつつ当て所なく歩き回る日曜日は素敵だ。六時半帰宅。穴子キッチンで何か作っている。食欲の再生。ゾンビの影さらに薄。さよならアナゾンビ。

夜快晴。星。気温一七度。カーディガン。ボンボン。ラジオ。音楽。考えごと。

五月六日

日曜日の考えごとの続き。音楽、ラジオ、甘味、意味のない落書き、快晴。これらの連続性からしずかに膨張するもの。抑制不能でかつ空気が抜けるような倦怠。これがあれであり、さらにあれであることに気づき、これやあれや、さらにあれを理解しようとする心の雰囲気があるかと思えばまた、これはこれでなくあれであり、さらに多くの他のものであることに気づき、あらゆるあれこれ、さらにあれを含むさらに多くの他のものに疑いをかけようとする心の停滞がある。心的遊動はゆるやかな惑星を映している。すべての猿が眠りこけ、十分な人数の人間が目覚まし、時計をセットしたり、街角で時間をリセットしたりしている。そのせいでクレーターに富んだ星の一角は絶えずカチカチいい、一部の猿は眠りこけながら絶えず悪い夢に苛まれている。

☆

これらの情景は一行の詩にもならない。一枚のデッサンにもならない。ましてや一通の手紙にも一枚のハガキにもならない。何しろ複雑そうに見えてひどく単純だ。面白そうに見えてひどく退屈だ。それで結局いっぱいのテオレになるしかないように思えた。

☆

ところがそうじゃなかった！　三日間膨張し続けた複雑な情景は、結局一杯のテオレになり損ねた！　なぜならば、この一杯のテオレこそが彼のピュアテオレイズムのイデオロギーを有するテオレ、《限りなく純粋性に富んだ》テオレの貴重な一杯に他ならなかったのである！

☆

市庁舎広場の僻に面したカフェテラスで、至極密やかに速やかに機が熟していった。ピュアテオレイズムの象形は、白いカップの中で穏やかに揺れながら、最後の一滴までその旺盛な周波に動じることなく、《限りなく純粋性に富んだ》透明感を携えようとしていた。

☆

実在する景色との再会を強く望む者は、白いカップの中に希望を認めた。そして頻繁にカップを傾けることで、透明感が少しでも長く維持され、あわよくば未来に浸透しさらに固定されることを祈った。祈りを嗅いだオートバイのメタルが風を切ってブラボー！　と叫んだ。

☆

その瞬間！　無為の地上からポールヴェール通りの繁華な入り口へ向けて一本の透明線が走った！　それは理想時間の設計図を大胆に滑走する子午線のように明晰な光の軌跡を描き、ほぼ一瞬にしてポールヴェール通りのごちゃごちゃした石畳を駆け抜けていった！

☆

かくして三日振りに実在する景色との再会を果たした者の意識は、まだ幾分ぼんやりとした薄雲に覆われてはいたが、再び整った遠近感への茫漠とした愛情価は、惜しみなくもう一杯のテオレに還元された。Quel pur! Quel pur! さっそく控えめな抑揚を伝って実声が試された。

☆

市庁舎広場は放課後の心地よいひとときに満ちていた。テーブルとテーブルの間にできた迷路を縫って横断を決行した小さい褐色の集団が飽和した光に絡まってかき卵のような喚声を上げている。「どけ！」「いやだ！ あっち行け！」「僕が前だ！」「いやだ！」「嘘つき！——

☆

嘘つき！」ドン！「わっ！」ドスン！「あう！」ガツン！「ずるいや！」ギュウ！「逃げろ！」「逃げろ！」バタバタバタ！——背景の高みには大時計が見える。それはサポルタ通りの入り口の巨大な石アーチに嵌め込まれており、数日前から五時一分を指している。

☆

それで二人の男がさっきから時計の針を弄っている。短針と長針に一人ずつだ。彼らは風が止むタイミングを待って、同時に長梯子を上っていった。一人は尺取虫。一人はチャップリン。どちらにしろ滑稽な角度に体を曲げて空中にぐいと身を乗り出している。

☆

人々は尺取虫とチャップリンの偉業に概ね関心がない。今、人々の心は、日陰の温もりから個々の対岸を眺めている。そして日溜りの泡沫にヴァカンスの小舟を浮かべたり、紫外線で些細な苦悩のイボを焼き取ったり、あるいはもう少しマシなエトセトラに感け(かま)ている。

☆

つまり地上の人々と隔された凡光の上辺に二人の男が存在し、彼らが時と空の狭間で時計の針を弄り始めてから五分が経過した。彼らは今、二本の時針を同時に放とうと現時間の真上を待ち伏せている。On y va! ——Oui! Tout de suite! 彼らはそろそろ地上が恋しいのだ！

見て！　三時五十五分！　時計が再び動きだした！

Regarde! Le temps commence à marcher de nouveau! Rebonjour la réalité et le sens des réalités! Bravo! Bravo! Bravo!

☆　☆

五月七日

ゆうべ六時に目覚ましをかけたら、今朝六時ぴったりに目覚ましが鳴ったんだけど、あたしはもうとっくに起きてバナナなんか銜えながらラジオ体操なんかしてたの。四時に目が覚めちゃあねぇ！　あらまたどして？　って、それがねぇ……きのう復活した《現実感》これがねぇ……無事に復活したのは嬉しいんだけど、何だか妙に鮮明なのよ。三日振りの現場復帰第一日目ってことでボクボク気合いが入ってるのかしら？　まぁとにかく周囲の現実って現実がはっきりくっきり見えるわ聞こえるわ匂うわ！　ボクボクレアリテなの！　それで四時よ。この感覚わかる？　視聴覚嗅覚とその周辺の神経がレモンスカッシュみたいにシュワシュワワンと冴え渡る感覚、何しろ何か何でもいいから活動がしたくて脳がウズウズピコピコ休まらない感覚、ジャドッサボクボクのリアリテ感覚、眠れない！　眠れないったら眠れない！　感覚——それで四時よ！　寝ても覚めてもシュワシュワウズウズピコピコってやつよ！　不快感？　それは特別ないんだけど、あたしはサバンナの野生動物じゃないんだから——あ、いえ、サバンナの野生動物の活動神経って、きっと今朝のあたしみたいな感じなんじゃない？　そう思うだけよ。

そんなことで今朝は四時起きしたから、五時を待って珍しくお昼時に電話してみたの。もちろん日本へよ。母が出て「何かあったの？」ってフフフ。「うん、実は勉強が楽しくって眠れないの」あたしが答えたら「あ、そう。ところで数日前に最後の差し入れ便送ったから、案外明日あたり着くかもしれないわよ」だってさ！「ホント？　やった！　羊羹？」「入ってる」「黒飴？」「入れた」「それから何？」「夏物でしょ？」「それそれ！　夏物！」「あとは適当にいろいろと。それからね、斜編みの半袖セーター入れたからね」「ありがとう。今度はどんな色の？」「ウ〜ン、どんな色って言われてもねぇ。地色はお前さんが好みそうなペパーミントでそこに……まぁ見ればわかるわよ」母はあまり毛糸がたまると、それを上手に繋ぎ合わせて斜編みのセーターにするのよ。毎回毛糸の量や色合いに合わせて誰さんのにするか決めてるようだけど、今回あたしのにしてくれたってことは、察するところ、糸の太さがチグハグなのか、色使いがバラバラなのか、あるいはチグハグでもバラバラでもないステキーな斜編みセーターなのか――それは見てのお楽しみよ！

五月九日

今日授業中に手帳を捲ってたら、とてもすごいことに気づいたの。なんと残り一週間で授業が終わるのよ！　ラロック先生に確かめてみたら本当だって。十二日から科目ごとに最後のテストと課外授業があって、最終日の十六日に成績表とナントカ証明書が渡されたらそれでおしまい！　後期の授業は全部終了なんだって！　あたしが感慨無量を表明してハ行的感嘆を連発したら「アキコ！　どうして？」ラロック先生が訝しげな顔をして「アキコの手帳だろう？　自分で書き込んだんだろう？」つれないこと言うもんだから「そんな事わかってますよ、先生。ただとても何というかアレですよ、ラロック先生とお別れするのが寂しいんです」声色を微妙に落として答えてやったの。たらラロック先生、デイビッドに向かって「デイビッド！　君の友人がまた思ってもいないことを言ってるよ！」って。するとデイビッドが「いいえ、モモは本当の事を言ってむす。僕らってさひしひれす。

へんへいはさひしくらいんれすは?」いつものように欠伸を押し殺して喋るもんだからホガホガのアフアフだし、顔が救いようのない茶巾絞りよ。クク! デイビッドはエクスでもシエスタなしじゃあいられないんだってさ! 具合が悪くなっちゃうんだって! それで毎日欠かさずシエスタしてるって言うんだけど、その割にはしょっちゅう欠伸ばっかりしてるから、毎日欠かさずラロック先生に「授業が退屈かね?」とか「ムッシュウシエスタ!」とか「デイビッド! タイタニック!」とか変な厭味ばっかり言われてるの。タイタニック! てのは大気に溺れてサァ大変! て意味らしいわ、アホラシ!――――なんだっけ? アァその後ラロック先生がいつものアレ、不愉快と諦めと嘆きに満ちた現実を反芻するための儀式、俗に言うストレス性過呼吸、通称深い溜め息――をつきました、と――――で最後は――――アァ思い出した! エクサンプロバンスの蝉がえらく喧しいって話!

まぁそういう事で、気がついてみたら授業があと一週間で終了! てことは、あと一カ月弱でフランス滞在も終了よ! 早いわねぇ! あっ! という間ねぇ! でもまだ実感はないわ。だってお楽しみはこれからだもの! ホッホー! それに帰国ほど簡単なことってないじゃないの。まず出発の四日前にリコンファームでしょ? 次に前日荷物やってタクシー頼んで、当日ホテルとタクシーその他空港の諸々支払ったら、あとはパスポートと航空券をパッパと見せて搭乗しちゃえば一眠二食でハイ成田! ちなみに成田―相模大野間が直通エアポートバスで駅―自宅間がタクシーこれこれ締めて三時間と四千五百円なり! セットゥパルフェ! 全部完璧! 天国のじいちゃんばあちゃんよ! 世の中はほんに便利な時代になりましてございまするう!

五月十日

ちょっと誰でもいいから聞いてちょうだい! あたし、今日初めて普通に上の門で日本からの小包みを受け取ったの！　初めて郵便局まで取りに行かずに済んだのよ！　どうして玄関で受け取れたかっていうと、まぁ無論マダムが受け取ったんでも知らせてくれたんでもなくて、あたしが自ら門の脇にぴったり待機して、きっちり四時間粘ったのよ！　そしたら――――ヤッホー！　ゆうべ枕で日にちを計算してみたらン？　案外明日じゃない？　ってあたしの勘がバッチリ当たったわけよヤッホー！　それにしても朝八時半から十二時半まで地べたに座り込んだらねぇ、五百ミリリットルのミネラルウォーターが空になりバナナ一本と蜂蜜飴が十六個減りそいからメジオバへの手紙が極小文字でびっしり七枚と動詞活用の暗記が十一パターン、ざっとこれだけの消耗と収穫があったんだからナカナカなもんでしょう？　十二時過ぎからミネラルウォーターが膀胱タンクに溜まりだして、それから三十分は我慢の限界が刻々と悪魔のごとく忍び寄ってきたんだけど、ハンマデハンマデハンマデハンマ……念じながら懸命にギリギリ十二時半まで耐え抜いた甲斐があったわ！　だってあたしがアヴヴヴの極限状態に達してじっとり脂汗の超スローモーション、つまり満タンのタンクを刺激しないようにそぉっと立ち上がったのが今なお生々しいジャストキッカリ十二時三十分で、ま―さ―に―その瞬間よ！　郵便局の黄色い車が大通りと反対方向から走ってきたのは！　ヤ！　スピードを落としてる！　もしかしてこの辺に停まる気？　停まる？とまれ！　トマレトマレトマレココニトマレトマレトマレココニ！　トマコ！　もうタンクの破裂覚悟で祈り倒したわよ！　たら――――あぁ！　祈りが通じたの！　うちの門前ジャストキッカリに幸せの黄色い配達車が停まったのよ！　そして運転席ドアから車と同じ色デザインのシャツを着た女が現われ、あたしを見つけると「ボージュー！」まろやかな営業スマイルを浮かべながらこっちに歩いてきたの！　するとアラ不思議！　今の今のたった今立ち上がることすら容易じゃなかった体が「ボジュマダム！」突然スックピ～ン！　と伸びてそれだけじゃないわ、軽々パッパと門を開けて路上にヒョイと躍り出たのよ！　顔？　もちろん満面の笑みよ！　この時のあたしこれは完璧に大衆文学でいうところの《その瞬間××子は嬉しさのあまり耐え難き身体の苦痛を忘れたのだった》ってやつね！　ヤァ！　人間の身体都合ってホントに不思議！　それで――――そうそう「ボジュマダムヴシェソレイヤブ?」もしマダムもしやソレイヤブ宅に用事ですか? あたしがそつのない微笑み続行で問いかけ「ウイ、アロヴジャポネズア、キコモイモイ? ヴ?」そう、えっとこれ日本の、名前がなんて読むのア、キコモイ、キコモイモイ? あなたそう? 女が問い返し、あたしが「モーアモアモアセモア! ジュマペルア、キコモイ!」そーうそうそうですこのあたしがア、キコモイモイですとも! 感激で声を潤ませながら答えると、女がじゃあここにサインを「アロ、スィニェイスィ」言いながらくしゃくしゃの受け取りをあたしに差し出し、あたしが女からボールペンを借り感激で目を潤ませながら受け取りにアキコモイモイとサインをし、次いであたしの感激ぶりに驚いた女が何か呟きながら荷台に回り、一緒に回ったあたしが小包みの山の手前中央から瞬時に《厳選デコポン》の文字を探し当て、感激で上気しながら女にアレダアレダ言い、女がコレカコレカ言いながらヨイコラセと引っ張り出し、ついに女が「ヴォアラ!」はいよ! あたしに小包みを一つ手渡し、あたしが女に「オォ! メールシボクマダム! ボクメールシ!」感激で声を詰まらせながら大いなる感謝の言葉を述べ、あたしの感激感謝ぶりに面喰らった女がちょっと戸惑いながらナントカカントカ、要は配達先でこんなに喜ばれたのは初めてよみたいなことを言い、あたしが感激の終盤にさしかかりながら「メ、ジュスイトレトレズルヴレモン!」だってあたし嬉しくて嬉しくてもう! さらに「ジャタンデュキァトルウル!」だってね門のところで四時間待ったんだもの! 情感たっぷりに言い添え、女がそれはそれは! 感慨を誇示するように大きく頷き、一拍置いて「オヴァボンジョルネ!」「メルシオヴァ、ボンジョルネ!」じゃいい一日を! ありがとうあなたもね! チュッチュなしのサヨナラを交わすと、バタン! メリメリメリ! バチン! バチバチン! 幸せを運んでくれた黄色いライトバンは大胆に砂利を蹴散らしながら大通りへ向けて走り去り、あたしが当分黄ばむことのないであろう此度の感激を惜しみながら「メルシオヴァ! オヴァ!」左手で日本式のバイバイをしたの。

っていうのは右手に《厳選デコポン》いえ小包みを抱えてたからよ。ンン〜♥ジュテームモンパケ! 我が愛しの小包みよ！　あたし、お前を待ちに待った！　四時間待った！　最後の三十分は身体的自然現象との格闘で死にそうだった！　だいじょぶだいじょぶ。不思議なことに、お前の気配がした途端、ピタッと収まっちゃったから。わかってるわかってる。それでもトイレね。今行きますよ。お前を部屋に置いてから。膀胱炎だけはごめんだからね。それにしても、あぁ、本当に待った甲斐があった！　報われた！　あたし一度でいいから、ここにいる間にこの手で直接荷物を受け取ってみたかったの！　それが今日、ついに叶ったんだからヤッホー嬉し、い、な！　それはそうと、お前ったら今回はまた随分と手荒く扱われたねぇ！　まぁひどいねぇ！　角は全滅、側面は凹んでる、蓋のガムテは端っこがハエ取り紙みたくベロンベロンにぶら下ってる、ズタズタのペッポコもいいとこじゃない！　これは修復作業に手間が掛かりそうだねぇ！　ま、いいや。何とかしましょう。こう見えてもあたし、ダンボールの丁寧解体と修復作業にはちょぃと自信があるんだから。任せといてよ！

何度も書いたけどもう一度書くわ。日本からの荷物を開ける時の胸の高鳴り、ガムテープをビリリリ！　ビリリリ！　慎重に引っ剥がす時のワクワク感がわかる？　ガムテ終え蓋開くと中身がハラリンと見えてオオ！　その時の感動がわかる？　そして上から順々に取り出し床に並べていく時の充実感、おっ！　うっかりリクエストし忘れた物が入ってた時のタスカッタ！　感、それから、思いがけない差し入れを手にした時のボクメルシ感、まぁ時にはリクエストしたのに出てこなかった時のオイオイハイッテナイヨ感や後日電話でそのことに触れるとな〜んだ！　カンチガイ感だったりして――わかる？　つまり実家のある海外留学生にとって、はるばる実家から届く荷物ってのが、何にも代え難い喜び物なの。それだからあたしのように日記の習慣がある人なら、荷物を受け取った日にちや時間、あるいはあたしのように荷物を受け取った時の状況まで事細かに書いてるはずよ。フフフ、今日のあたしの克明な記述、これだって素晴らしいでしょう？　とてもわずか一、二分のやり取りとは思えないでしょう？　あたし書き進めながら何度も読み返して《あの感動をもう一度》しちゃった！――さ、てと。これだけ書いときゃ満足よ。感激ってものは瞬間瞬間の装飾だからね。

荷物の中には母が電話で言ってた通り夏物数種と和食材あれこれ（小倉羊羹、黒飴、乾燥野菜各種、永谷園のお味噌汁、小魚カリカリ、柿ピー、ほうじ茶その他）、実家に届いたあたし宛て郵便物、「銀座百点」、それからホレ！　例の斜編みセーターが入ってたわ！　地色はあたしの好きなペパーミントでそこに白、赤、青、黄……全部で七、八色が不規則にドンドンヒャララシャッシャッシャと入り混じって入ってるの。こ、これは！　何というか非常に……存在感のあるセーターよ。春夏用の極細毛糸でせっせと編んであるから斜のシャッシャッがトレトレ細かく正確に平行してるホラッ！　だもんで離して見ると某現代美術館の外壁のようなのフフ、フフフ！これを着て上に行ったら、きっとマダム「おぉ！　手編みのセーターじゃないの！　ちょっと脱いで見せてちょうだい！」って言うわよ。なぜってフランスの女は手編みのセーターに目がないからよ。以前パリで、やっぱりあたしが母製の手編みを着てたら、アグネスが突然あたしのセーターに顔を寄せてきて「これ手編み？　へぇ！すごいわねぇ！　脱いでよく見せてよ！」ナデナデ触りしながら言うのよ。そのナデナデ触りがグフフ、妙にくすぐったかったんであたしが「グフフどして？　手編みのセーターがそんなに珍しいの？」聞いたら「ウイウイそうよ！　フランスじゃあほんの一握りしか手編みなんてしないのよ！　日本は違うの？」グイと乗り出してきたの、あたしが「日本の女の人はけっこう編むんじゃない？　あたしは編まないけど母も編むし祖母も編んだわ」軽く答えるとハ～ンフ～ン熱心に頷いて「じゃあ東京には毛糸屋さんもけっこうある？」何だか突っ込んだ質問してきたの、だもんであたしも調子こいて「毛糸？　もちろん東京だけじゃなくて日本各都市に専門店がけっこうあるわよ。それに街の大きな手芸店ならちゃんと毛糸売り場があって品数も豊富だしさ、田舎の小さな手芸店だって品数はないけどまず毛糸の置いてない店ってないんじゃない？」ブっこいたんだけど今度の回答は長くて厄介だからこんがらかって自滅しないように充分間を持ったの、するとアグネスはまたハ～ンフ～ン熱心に頷いて「へぇ！　知らなかった！　日本人て皆手編みするのねぇ。実はあたしもしてみたいんだけど周りに教えてくれる人がいないし毛糸が手に入らないから――あ、パリにも一軒糸の専門店があるんだけど、馬鹿みたいに高いし、それにいつ行っても好きな感じのがないのよ。それで始められないの。アキコはいいわねぇ、お母さんに教えてもらえるじゃないの！」やけに羨まし顔であたしを見たの。で本当は、ノンノン！　あたし不器用だから編み物なんかしようと思わないよ、過去に何度か挑戦したけどダメダメ！　結局一枚も完成しなかったもん、それで思うようにできないからストレスは溜まるし肩は凝るしで嫌になっちゃった、もう二度と挑戦しないと思うな、って言いたかったんだけど、いかんせん語学力の事情により断念したの。それで「へェ！　あたしも知らなかった！　フランス人て皆手編みしないのねぇ。あたしもしないけど」断念した時はこれに限る！　って手段、つまりアグネスがあたしの記憶上最も新しい過去において使用した構文と抑揚をそっくりそのまま拝借して言ったの。それから――なんだっけ？――そうそう、そういうことでこの斜編みセーターをマダムが見たらきっとアグネスと同じように脱いで見せろだの日本人は編み物するのかだのって面倒臭いこと言ってくるに違いないわよ。

それと――なんだっけ？　荷物の――あぁ！　「銀座百点」！　これがシブいわねぇ！　まさか荷物の中から「銀座百点」が出てくるとは思わなんだわ！　あたしが前回の配給後電話で「次の配給には日本語の書いてある物なら何でもいいから入れて下さい」母に頼んどいたもんだから、それで今回思いついて入れてくれたのね。これの三冊ならどんなに目いっぱい詰め込んだ後でも荷物のどっかしらに入っちゃうし、日本に送り返す必要がないし、それに日本語っていやぁ、確かに日本語よ！　だってね、これってのは半分がいろんな人たちの短文やエッセイで、半分が料亭とかテーラーとか宝飾店とかの広告なんだもん！　広告に書いてある日本語は、創業百ウン十年伝統の味とか営業時間のご案内とか、そういうのばっかりなんだもん！　でもいいの！　これが欲しかったの！　とにかく日本語が書かれてある紙なら何でもよかったんだから母の選択はユニーク、いえなかなか上等だわよ！　フッフフン♪あたしさっそく今夜ベッドで隅から隅まで堪能しようっと！「銀座百点」三冊を隅から隅まで熟視熟読したらどれくらい時間が潰せ、いえ有意義に過ごせるかしら？　いつも日本では何気なく手に取ってほんの数分で見終わっちゃう薄っぺらい小冊子だけどおそらく今のあたし、エクスに滞在して四カ月が経とうとしているあたしなんだから二時間はたっぷり潰せ、いえ有意義に過ごせると思うな。これがパリなら一時間がいいとこだろうね！　そりゃあエクスとパリは違うもん！　パリなら日本の読み物だって新聞だって随時楽に手に入るし、それに第一他にボクボクボークーお楽しみがあるんだから、渡仏して四カ月やそこらで日本語の書いてある物何でもいいから入れて下さいなんて母に頼んだりしやしないわよ。要するにここエクスには日本の読み物や新聞はおろか日本語文字の存在すらがどこにもないのよ！　あたしの知る限り、この街で日本語文字が並んでる光景に出会えるといえば、観光局の中に置いてある禅セミナーやヨガ教室のチラシと、ミラボーの向こう通りにある日本料理店の看板と、それからこれは日本語じゃなくて普通にフランス語で書かれてるから日本語文字には該当しないんだけれどもあんまり寂しいから日本の香りって部分に免じてこの際大目に見るとすれば、図書室の《外国雑誌》コーナーに数冊紐でぶら下がってるいわゆるカルチャーマガジン、これで全部よ！ってことはホントのホントに何もないってわけよ！　つまり日本の読み物や新聞はおろか、日本語文字の存在すらなければそれに取って代わる他のお楽しみもない！　いえ、お楽しみがないから日本語のあれやこれやが恋しくなる！　まぁどっちでも！　とにかくここにあるのは超乱髪性の砂ぼこりとただっ広くて白ちゃけた退屈よ！エクス退屈、退屈エクス、叩けば舞う舞う砂ぼこり！　ってやつよ！――アラ？　コラコラコラ！そんなこと言っちゃいけませんよ！　この砂ぼこりがエクサンプロバンスを象徴する雄大な自然の営みなんだから！　この果てしない白ちゃけた退屈こそが田舎町エクサンプロバンスの大いなる醍醐味なんだから！　そしてそれらソンナコンナを承知の上でエクスを望んだのは他でもないこのあたしなんだから！――そ〜うそう！　そうだったわねぇ！　思い出すなぁ！　一年前は図書館に通って熱心に学校選びしてたっけ！

場所選び？　あたしの場合、場所選びは必要なかったの。だって場所だけは何にも先立ってちゃっかり決めてあったんだもん！　もちろん第一希望が地中海沿いで第二希望が地中海近辺あるいはパリよ！　どうして一にも二にも地中海かってというとそれはひとえに地中海線巡遊の旅がしたかったからよ！　注釈を添えようか？　一の地中海沿いっていうのはいわゆるコートダジュールのことで、二の地中海近辺っていうのはコートダジュールからほど近い山側で地中海も山のあなたも一緒に楽しめるような都合いえ治安のいい場所、いわゆる南仏プロヴァンスのことよ。じゃあ二のパリはっていうと、これは一と二の希望が叶わない場合のことで、その時はパリにしますよってことなの！　それで結局エクサンプロバンス、いわゆる二の南仏プロヴァンスに決めたんだけれども、どうして本命第一希望のコートダジュールにしなかったかわかる？　それはひとえにあたしが地中海の紺碧を愛し過ぎてるからよ！　わかるでしょ？　人が何かを愛してしまうと常に見つめていたいものだし、愛し過ぎてしまうと他のものが一切手につかなくなるものなの！　つまり一のコートダジュールで五カ月まるまるメロロの紺碧生活が送れるなんて本当に夢みたいな話だけど、コートダジュールにしたんではあたし絶対に勉強しないのよ！　勉強しないでひたすら紺碧ばかりボーッと見つめるだけの五カ月まるまるユルユル生活になっちゃうのよ！　それが一二〇％わかっていながら、あえてコートダジュールに決めることはできないわ。だってあたしフランスへは勉強しに行くんだもの！　そこで二の南仏プロヴァンスよ！　これが急浮上したわけなんだけれども、よくよく考えてみたらあたしに相応しい留学先はこっちだってことがわかったの！　要するにコートダジュールじゃあボーッとして勉強にならないけど、南仏プロヴァンスならボーッとしないで勉強するだろうっておもわくよ。どう思う？　念のため友達の数江に相談してみたら、やっぱりあたしはプロヴァンスに留学するべきだって！　コートダジュールなんかに五カ月もいたら脳みそがラー油になっちゃうよ！　って眉間に迷惑そうな皺を寄せながら言うのよ！　そうだ、そういえば数江は数年前ニースで日射病にかかったのよ！　それ以来コートダジュールが大嫌いになったって言ってたっけ！「ごめんごめん！　忘れてた！　よりによって数江に相談するなんてね！」あたしが笑いを堪えて謝ったら「笑ってるけど（アラわかる？）前にあたしのコブ見せたでしょ？　クラッとときた瞬間、歩道の端に並んでる鉄ポールに頭ぶつけてこさえたコブよ！　今でもホラホラ！　卓球の球くらいあるんだから！」そう言うと、突然後頭部の髪を両手でバサッと掻き分け、身を一八〇度捻りながら乗り出して、あたしにそのコブを触らせたがるのよ！　頭に立派なコブを持ってる人ってこれだから嫌よ。すぐ他人に触らせたがるんだから！　ホラホラ言いだしたらエレベーターの中だろうが階段の踊り場だろうが喫茶店のカウンター席だろうが、もうお構いなしに迫ってくるんだから！　まったく大コブ主はしつこいのよ。で、仕方がないから「どこ？」サラッと撫でたんだけど、他人様の頭のコブを撫でるってのはどうも、あんまり気色のいい事じゃないわ！――何を話してたんだっけ？　そうそうあたしの留学先の、それで結局エクサンプロバンスいわゆる二の南仏プロヴァンスに決めたのって話よね。

突然だけど急に寝る準備が整ったんでここでおしまいにするわ。この話の続きは明日か明後日かまた近いうちに書くとしてとにかく今はボンソワよ。今？

五月十一日の午前三時五十分よ！

五月十一日

今日はせっかくの日曜日だってのに一日中頭痛がしてたわ。ゆうべの寝不足と日記の書き過ぎが祟ったのよ。どうしてあんなに遅くまで長い日記を書く羽目になったかっていうと、ずばりドンスコよ！　ゆうべ久々にマダム姉のドンスコが炸裂したのよ！　あたしが日記を書き始めたのがご飯の後だいたい十時半だから、ってことは、十一時頃から途中何度か休憩を挿みながら延々三時五十分まで続いたのよ！　つまりあたしゆうべは十時半から三時五十分までびっしり五時間と二十分、休憩なしに書いて書いて書きまくっちゃったの！　それでもってじゃあどうして翌日の今日が日曜日だってのに寝不足なのかっていうと、寝不足の方は庭師のおじさんが炸裂したからよ！　おじさんが日曜日だってのに七時から家中の水道管を叩いて回ったの！　ドンドンカンカンドンカンカンキン！　そりゃもう頭骸骨にヒビが入るような酷い醜い騒音よ！　お、じ、さん！　あんたいったいどうしたの？　今まであんたは酷い醜い騒音なんか一度だって立てやしなかったじゃないの！　家中の水道管を叩いて回ったことなんかなかったじゃないの！　いつも黙々と庭仕事だけして、あとは板チョコ齧りながら大人しく寝転んでたじゃないの！　それが今朝という今朝はいったい何がどうしたの？？――――何がどうしたってマダムが家中の水道管を叩いて回れって言ったんでしょう？　壊れてないか見て回れとでも言ったんでしょう？　そらそうよねぇ！　いくらおじさんが変人でも、確かにおじさんは歴とした変人だけど、だしぬけにお客さん家の水道管を叩いて回るような現実破壊型タイプの変人じゃないもの！　どちらかといえば一日中木に登ったまんま同じ姿勢で意味不明な独りごとを言い続けるような現実逃避型タイプの変人だもの！　要するに水道管の指揮を執ったのはマダムよ！　噫！　噫！　噫！　オソレイイリヤブソレイヤブ！　夜は姉！　朝は妹！　昼夜問わずまこと不愉快極まれり！　各種騒音の製造に余念無き老姉妹をかくもしぶとく生かし賜う恐るべき活力の僕よ！　汝共にもたらし賜う我が頭痛をここに掃い給え！　刻々と近づきたる今宵をしかるべき静寂の尋常により保ち給え！　痛、痛たた！　ボンソワ！

追伸一
エールフランスで貰った黄色い耳栓紛失。耳栓に代わる物とは？　耳穴にいったい何を押し込めばドンスコ狂騒の長丁場に栓ができるのか？　いくつかの代用品が考えられる。否、しかしそれは試すまい。夜耳に異物を挿入すると中耳炎や莫迦の原因になるから。

追伸二

昼前。穴子物干し場にて右ふくら脛こむら返り。沢庵の悪臭に皺を寄せるかのごとしすご顔。

五月十三日

今日部員に電話してみたの。きのう部員から届いたハガキに、部長生きてますか？　そろそろ部長の声が聞きたいです！　って書いてあったんで、嬉しいからさっそく声を聞かせてやったのよ。部員はもちろん部員らしく喜んでくれたわ。部員らしくってのは、つまり喜んでるんだか大して喜んでないんだかよくわからないんだけど、実はすごく喜んでるってそういうことよ。部員ってもろにそういうタイプだから。それで話してたら突然部員があたしに差し入れしたいって言い出したの。「アラいいわよそんな！」って一応遠慮したんだけど「いいえ部員ですから。ぜひさせて下さい」部員ったら高倉健みたいなこと言うじゃない！　だもんで「そう？　じゃあ期待してるよ！」あっさり承ることにしたの。すると部員「ありがとうございます。大した差し入れはしませんからあんまり期待しないで下さい。それから部長、他に何か必要な物ありませんか？　そちらで手に入り難い必需品とか」気の利いた事言ってくれたのよ！　嬉し！　嬉し！　っていうのも実はあたし、今すごく大変欲しい物が二点あるの。それは何かっていうとガムテープと梱包紐よ！　だってこの二点がないと荷造りができないんだもん！　あたしの計算では十六日の授業終了後に船便一個、ここを出る際に航空便二個、つまり最低でも三個の大荷物を日本へ送り返さなきゃあならないってのにガムテと紐がないんじゃあ！　無論エクスで手に入るもんならこっちで買わないこともないんだけど、いかんせんエクスにはこの二点がどこにも売ってないんだから困ってるの！　まぁどこにもって言うと語弊があるわね。モノプリの三階で見つけたには見つけたから。だけどこのテープが超薄型のペラペラなセロテープ素材よ。どうしてもこれで済ますしか方法がないってなら百歩譲って妥協するかもしれないけど、そうじゃなければダメダメこんなの！　ってテープなの。紐は紐でこれがまた洒落菓子のお飾り包装にしか使わないような見るだけでイライラしてくる柔な代物で、ダーメダメダメこんなの！　って紐よ。なんであたし母には手数だけど追加便でこの二点だけ頼もうかしらん？　って考えてたところだったの。だから部員が思いがけず必要な物ありませんか？　なんて気の利いたこと言ってくれて本当に助かったわ。持つべきものは気の利く部員ねぇ！「必要な物？　あるあるあるのよ！　ガムテープと梱包紐！　この二点を悪いけど一緒に速いやつで送ってくれない？　送料と代金は帰ったら支払うからさ！　いい？　速いやつだよ！」至極強引な部長のお願いを「速いやつ？　あぁ速便ですね？　わかりました。明日さっそく送りますから」快く引き受けてくれたの！　これで帰国準備の不安がひとつ解消されたわ！

五月十四日

マルセイユ石鹸を買おうと思ってスポルタ通りのプロヴァンス風雑貨店をのぞいたら、石鹸の隣にラベンダーの燻製じゃなくて剥製でもなくてえぇと、ドライフラワーが幾束か掛かってたの。このラベンダーの香りが思いがけず新鮮だったもんで感激しいしい「ん〜！　いい香り！」鼻孔を束にくっつけてピクピクやってたら、お店のお姉ちゃんが「香りがいいんでがしょ？」って。あたしが「ん〜とっても！」うっとりしながら答えると、お姉ちゃん「そらあんた何たってプロヴァンスのラベンダーだもんさ！　他のとは鮮度が違うんでがしょ？」得意顔で鮮度がなんて言い出したの。究極の南仏訛りよ。「鮮度？」あたしが南仏訛りを真似て聞き返すとモチロン！の身振りをしながらニヘラと笑ったの。へぇ！　乾燥ラベンダーにも鮮度があるんだってよ！　あたし乾燥させた花なんて納豆同様鮮度もへったくれもないと思ってた！　エクスで買おうが恵比寿で買おうが何ら変わりないと思ってた！　のに生粋の南仏姉ちゃん曰くそうなんだって！　乾燥ラベンダーにも鮮度があるんだって！

それで？　それで三束買ったの。一束四ユーロだから三束で一二ユーロ。あたしの日決め銭にしちゃあ大きいでしょ？　だけどこんなに立派な生きのいい乾燥ラベンダー、東京では絶対お目にかかれないから、送り返す荷物と一緒に送ってやれば日本の女達が四、五人ワァ！　つって喜んでくれると思って買ったのよ！　ヘッへ、東京では絶対なんて、あたしがまた！　だってまぁあたしの東京概念ほど当てにならないものはないんでね！　え？　マルセイユ石鹸？　石鹸は明日よ。お金が足りなくなっちゃったの。それだから今日のシャワーはアナコの石鹸を拝借して、あ、内緒で使ったから拝借って言い方はおかしいわね。正しくは無断で使用したの。え？　バレる心配？　多分大丈夫なんじゃない？　そりゃもう極力形に添って満遍なく使ったし、シャワーの後は十分以上ドア全開にしといたし、それでもって仕上げに乾燥ラベンダーの三束でフリフリフリフリ香りの上塗りしといたから。そうなの、石鹸はねぇ！　バナナと違って外見上の目減りは何ら問題ないバレやしないんだけど、匂いの強さがねぇ！　これがあるから万が一「おや？　この微かな匂いはもしやあたしの石鹸の……さてはアキコ、無断で使ったね？」自己の損害においちゃあ異常に敏感なアナコが感づいて「ちょい！　あたしの石鹸使わなかった？」キッチンで待ち伏せされないとも限らないからね！　まぁたかが石鹸の一回分がアナコにバレたところで、あたし罪悪感の欠片も感じやしないんだけれども！

五月十五日
午後の最高気温三二度。湿気はないが陽射しが非常に強いので、太陽光線に埋もれた学校の中庭に長時間止まると死ぬ。かといって心地よい翳りに黙する某教室サルミストラルへ忍びこめば、たちまち悪魔のような睡魔に襲われて完全に死ぬ。明日授業最終日。蚊取り線香。

五月十六日
終わった終わった！　あばよ直説法半過去！　あばよ接続法現在！　あばよデイビッドとアバスとみんな！
そしてボクメルシオヴァ！　ラロック先生！　ってことで無事に授業が終わったわけなの。三カ月半なんてあっという間ねぇ！　最後にラロック先生が一人一人にフランス語の進歩のほどを聞いて回ったんで、あたしは「最近ますますわかりません」て答えたの。最後のテストも返ってきたわ。七一点で総合評価がCよ。つまりAからEの五段階で真ん中の四角にペケがついてて、その横の《ひと言》欄にラロック先生の筆跡で、可も不可もなし、もしアキコがこの先もフランス語を学ぶ意志があるなら大いに可能性があり、なければ可能性はまったくない、って書いてあるの。ヘン、つまらない内容ね。でもまぁあたしこのクラスで本当によかったと思ってるの。ラロック先生は短気でスパルタで、機嫌が悪いとすぐにドアや窓や黒板を蹴ったり叩いたりしてアタり散らす悪癖があったけど、でもあたしたちのような最低レベルの外国人集団に対して至極教育熱心だったもの。どんなにあたしたちがしぶとく間違えようとも決して諦めなかったもの。直接話法・間接話法の時なんか最高に諦めが悪かったたな。あんまり諦めが悪いんで阿呆のデイビッドが「先生、どうして諦めないんですか？」って聞いたら、ラロック先生は「デイビッド、私は人一倍諦めが悪いんだよ。諦めが悪いから君らのような生徒の教師が務まるんだし、またこうして長いこと教師なんかやってるんだよ。と思うね」ってしみじみ答えたの。あたしなるほどねぇ！　って思ったわ。つまりラロック先生がもっとクールで諦めのいい教師だったら、あたしたちはとっくに学校やフランス語から解放されて、今頃好き放題に自堕落な生活を送ってたはずよ。そしたらあたしフフ、フフフフフフフフ！　フハハ！　ハッハッハッハ！

そういうことで明日から二十三日までは、部屋の片づけと荷物の整理をしながら、アルルとヴェルドン渓谷の日帰りバスツアーに参加するの。それで二十四日の朝七時半にはここを出発して、一路ニースへ向かうのよキャッホー！

五月十七日

今日がアルルなの。アルルってとこはゴッホの絵で有名なところよ。ゴッホの絵に出てくるあのカフェやあの公園やあれらのアルルの景色がそのままに残っていて、その雰囲気が実に情緒的でどこか深い面影に満ちた田舎町よ。町の大通りをちょっと入ると日陰石の匂いのする細い道がくねくねくねくねとどこまでも続いてて、どの道をどう歩いていっても必ずローヌ川に突き当たるの。そして突き当たるとそこからの眺めがいわゆるアルルの眺め《ローヌ川に架かるナントカ橋》なの。この眺めがよくてねぇ！　あたし猛烈に夕暮れ時が恋しくなっちゃった！　すると犬連れの地元のおじさんが通りかかって「ここは夕暮れが最高に綺麗なんだよ」って言ったの。連れの犬もホントデスカラって顔であたしを見上げてたわ。犬って正直ね。なんであたしも正直に「ええそうでしょうねぇ！　夕暮れまでいられなくて残念です、あの、足が……」体よく微笑みながら、いつの間にかあたしの足を踏んでる犬の片足を指差したんだけど、だって犬の足裏の肉球とかいう丸いポコポコしてる肉んところってスンゴクくすぐったいんだもの！

それから暗い埃っぽい文房具屋に立ち寄って、一枚〇・三ユーロのゴッホの絵ハガキを二十枚買って、その隣のカフェでアイスを食べたりお茶したりして、バスに戻ったら二時四十七分だったの。てっきりあたしが最後だと思って焦って戻ったら、あたしは最後から三番目で一番と二番はスペイン人の夫婦だって。それで二人が戻るのを待ったんだけど――戻ってこないのよ。十分経ち二十分経ち二十五分が経っても戻る気配がないのよ。どうしたんだろう？　するとガイドさんがマイクのスイッチを入れ「はい皆さん、バスはこれ以上待てませんので出発致します。アルルの観光局と連絡を取って、二人宛てに伝言を残しましたから。では出発です！」早口にそうアナウンスしながらバスを動かし始めたの。つまり三時十五分きっかりにバスは二人を置いて出発しちゃったの。それにしてもスペイン人の夫婦ったらどうしたんだろう？　考えられるのは二つね。集合時間の二時四十五分を聞き間違えたか？　それとも迷子になったか？　いずれにしても帰りのバスはないんだから、自分たちでエクサンプロバンスまで帰らなきゃならないわけよ。アルルからだと何？中距離バス？　タクシー？　電車？　お金は足りるの？　あぁ！　不安不安！　とても他人事とは思えない！いいえ他人事でよかった！　あたし明日のヴェルドン渓谷では休憩前に必ず再度集合時間の確認をして、ひとりでお茶をしても絶えず時計に目をやってなきゃあいけないわ。

午後六時エクスに到着。シャワー。小ビールと枝豆。午後九時消灯。

五月十八日

今日はヴェルドン渓谷に行ったの。何でもこの渓谷は断崖絶壁が二〇キロ続いててフランスのグランドキャニオンって呼ばれてるんだそうよ。渓谷に辿り着くまでの道はものすごくくねってて狭い上り坂なの。そこをあたしたち小バスの二・五倍くらいあるドイツやイタリアの観光バスと上手くすれ違いながら上っていくんだから、何度もバスごと谷底へ落ちるかと思ったわよ。だけど小バスならではの小回りのよさで、ガイドさんが「あ、あそこ寄りましょう！」言うとどこにでも即止まってあたしたちを降ろしてくれるの。急傾斜の野っ原の時も、崖っぷちの隅っこにしばらく停めといて、あたしたちは好きなだけタイムやセージやローズマリーを摘んだのよ！　ヴェルドン渓谷の色は何ともしれん水色なの。あたしの記憶に間違いなければ、ディズニー映画のシンデレラが着てたドレスの色よ。ファンタスティックでしょう？　なぜそういう色に見えるかっていうと、おそらく地質か何かがどうとかって関係なんじゃない？　ガイドさんがあたしの識らない単語ばっかり並べてもっともらしい雰囲気の説明をしたら、一部の乗客がほぉ〜！　なんて口をしながらこれまたもっともらしい相槌を打ってたわ。

　お昼には日本人の女の人と知り合いになったの。國本惣子さんて人なんだけど、あたしと同じエクスマルセイユ大学の別棟に通ってる人なの。お昼をしに入ったお店で彼女の隣のテーブルに案内されたあたしが腰掛けようとしたところへ彼女が「もしご迷惑じゃなかったらご一緒にどうですか？」声を掛けてきたの。実はあたしも彼女に同じ提案をしようかなと思ったのよ。だって六人掛けのテーブルにそれぞれランチ客が一人づつ、その二人が共に日本人の女でその一人があたしだっていうんだから、テーブル席の無駄使いに加えて何というか何となくチラチラソワソワしちゃうじゃない！　さり気なくすごく意識しちゃうじゃない！　あたしそういう雰囲気が大の苦手じゃない！　だもんであたしも、彼女さえよければいっそひとつのテーブルに纏まった方がいいんじゃない？　って、ギャルソンに椅子を引いてもらいながらそう思ったの。思ったんだけど自分から言い出すってのはどうも、たとえ相手が國本さんのようなきちんとした同年代の日本人女性だったとしても、あたし自分から「もしご迷惑じゃなかったら」なんてなかなか言い出せない、そういう性格なの。要するに國本さんて人が、迷いのない積極的な日本人女性で助かったわ。

　そういうことであたしと國本さんは一緒にお昼を食べたんだけど、そうしてみたらあたしたち割合と気が合うみたいなの。どういった点で気が合うかっていうと、まずこの一連の日帰りバスツアーが気に入ってるって点。そしていつも独りで参加してるって点。この二点について相槌を打ち合ってたら、食後のまずいコーヒーに至った時点でもうひとつの核心的な点に発点いえ発展したの。それはあたしも國本さんも留学中は基本的に単独行動主義だって点よ。無論あたしも國本さんも他人との付き合いを拒絶してるわけじゃないわ。そうじゃないんだけれども――何だっけ？――あ、その先の話はしてないんだった。フイッと時計を見たら集合時間二分前だったんで、慌ててお勘定を済ませてバスまで全力疾走したんだった！　きのうの教訓？　あぁ！　すっかり忘れてたわ！

五月十九日

きのうはとても疲れたわ。あたしたちのバスは小型で小回りが利いたもんだから、それをいいことにガイドさんが妙に欲張っちゃってのべつ幕なしにバスを止めるんだもの。その度にあたしたち降りて乗って降りて乗ってってそればっかり、本当にそればっかり何十回となく繰り返したもんだから、今朝は腿とふくら脛の筋肉が痛くてトイレするのが大変だったの。それでたとえばあたしが五十着のブラウスを試着した後で一着一着どんなブラウスだったか思い出そうったってそんなの無理な話よ、ただ心身に五十回の試着の疲労が残るだけで肝心のブラウスの記憶は何ひとつ残りゃしないの。あたしが何が言いたいかわかるでしょう？　つまりきのう何十回もバスから降りていろんなものを見たはずなんだけど、いったい何を見たのかちっとも覚えてないんだわよ。覚えてるのは――そうそう！　覚えてるのは、きのう知り合った國本さんって人がすごい人だってことよ。バスがエクスに到着してからモノプリまで一緒だったんだけど、歩きながらお喋りしてたら彼女が超エリートだってことが発覚したの。ここだけの話だけど、東大法学部卒の警視庁勤務なんだって。すごいわねぇ！　それでそういうすごい畑の人が今回どうしてエクスマルセイユ大学に通ってるかっていうと、これがあたしにはボクボク難しいんだけど、何でもフランスの犯罪ナントカ学だかナントカ法だか、とにかくフランス警察ってのが犯罪ナントカの分野に関してとても進んでて、そのやり方を日本の警察にも近い将来導入するために……端的に言えば警視庁から命じられて犯罪ナントカの講義を受けにきてるって、そういうことなんだって！　端的に言えば、って國本さんが言ったの！　すんごいわねぇ！　あたしならそいでさって言うわよ！　まったく同い年齢なのにこんなにできが違うとはねぇ！　天と地だねぇ！　神秘だねぇ！

こんな風に書くと、國本さんがすごく近寄りがたい超エリートキャリアウーマンのように思えるわよね。実際そうなんだけど、でも外見的にはそうじゃないの。近寄りがたい印象はまったくないの。だってスヌーピーに出てくるメガネのルーシーにそっくりなんだもん！　ああいう顔でああいう眼鏡でおまけに声と口調までルーシーなんだからホラ、近寄りがたくないでしょ？　え？　このこと？　言うわけないじゃない！　東大法学部卒の警視庁勤務が漫画なんか見てるわけないじゃない！　それにこんなこと言うのは何だけど、外見や声や口調がどんなにルーシーでも中身は間違いなく東大法学部警視庁なんだから！　それを思うとあたしやっぱり緊張しちゃうな。近寄りがたいな。ソラ恐ろしいな。ソラそうよね。無理もないわ。縁がないわ。あたしの周りには國本さんのような超エリートなんていやしないんだから！　あたしの周りには――――阿呆のデイビッドや爆睡アバスやうるさいベトナム人、それからあれだのこれだの――――も、もう止めた！　フハハハハ！

五月二十日

今日アナコったら「あたし自分でカレンダー作っちゃった！」だって。暇だねぇ！　確かにこの国にはカレンダーってものがほぼ存在しなくてボク不便だけどさ、今になってカレンダーなんか作ってどうすんのさ？　まぁいいわ。あたしもアナコのこと言えないから。実はあたしも暇でねぇ！　手編みセーターの解きなんかやっちゃったの。もちろん母が編んだセーターなんだけど、あたしがフランス入りした時に持ってきてた冬物のやつよ。これが全体にえらく複雑な、縄文時代の土器にそっくりな模様入りでね、あたしのような手編みの仕組みがわからない女が解くとなると結構な手間と集中力と時間が要るもんだから、お蔭様でいい暇つぶしになったわ。でもさ、解いちゃってから気づいたんだけど、母がなんて言うかしら？　そりゃあ「ええ？　解いちゃったの？　あんなに苦労して編んだのに！　あんたって人は！」って言うに違いないわよ！
　ところで暇をこいてたら夕方部員からの小包みが届いたの。初めてマダムが小包みを受け取ってベランダから放ってくれたの。最後の重要な小包みが部屋で受け取れて、こんなに嬉しいことはないわ。さっそく開けてみると入ってたわ！　待ちに待ってたガムテと紐が！　それからガムテの真ん中の穴にビニールパックの粒あんがムンギュと押し込んであって、周りを真空パックの豆餅とヨモギ餅で固定してあるの。これらが差し入れね！　全部取り出したら最後に小さなメモがハラハラと落ちてきたわ。拾って見ると、部長の好物きな葛餅は腐るので送れません悪しからずって書いてあるんだから何をやっても部員らしいわねぇ！　それにしても本当に助かったわ。今日が二十日だから、内心間に合うんかしら？　ってヒヤヒヤジリジリしてたのよ。これで明日荷物をやって、明後日郵便局へ持ってけば荷物の件はおしまいだわ。

追伸
アナコが「画鋲じゃない壁ピン持ってる？」を口実に自作カレンダーを見せにきたの。日にち以外の空白はポコポコポコポコ小鼻が産卵するように小花が散乱してて、日にちの方は今月の二十三日が抜けてるの。つまりどっちにしろ実用性に欠けるわ。

五月二十一日
荷物の整理は午前中に終わったの。箪笥の引き出しは全部空っぽ。中身はすべてスーツケースとダンボールに入れ換えたの。あとは明日の午前中ダンボールの方をプセットに積んで郵便局へ出しに行くだけよ。
部屋掃除とエトセトラは毎日少しずつやってて、今日はエトセトラ、電気筋の導線工作に着手したの。これがねぇ！　ここに来て間もなくあたしがぶっ壊したの！　赤と緑の導線を弄くっては切り弄くっては切りしてたら、しまいに導線が二本とも電球に届かなくなって要するに電流が電球に届かなくなっちゃったの。もうこうなっちゃおしまいね。なんたって明かりを運ぶ導線が途中でぶっちぎれちゃったんだから！　それなんで今日の工作ってのは、この二色の導線をもうちょっとどうにか工夫して完全に見えないように絡めておくって作業なの。この作業がねぇ！　厄介な場所なんで大変よ！　どんな場所ってカーテンレールから約五〇センチくらい高い角っこのところなんだけどね、真下は勉強机がピッタリ収まってるから脚立が使えないし、かといって勉強机に椅子なんか乗っけて万が一傷つけようもんなら《シャーペンは机に傷をつけるから鉛筆を使いなさい》なんて書いてきたマダムがカンカンに怒って弁償を迫らないとも限らないわよ！　だから仕方なしにぶっ壊した時と同じやり方でやったわ。どんなって、机に靴下でのぼって思い切りつま先立ちをしたまま思い切り顔と腕を反り上げて勘だけを頼りに手探りで絡め隠したのよ。体勢が体勢なもんで、たかが二本の導線を絡めて隠すのに二十分も掛かっちゃったわ。だけどとにかく部屋を出る際にはマダムソレイヤブの細かいチェックがあるでしょう？　その時に何も言われないようにするには、つまり手の届く場所は何が何でもちゃんとしとかなくちゃならないわ。そして手の届かない場所はマダムが見ておや？　と思わないような正常かつ自然な外観を作っておかなくちゃならないわ。要はあたし、気持ちよくマダムとお別れがしたいのよ。せっかくここまで感じよくやってこれたのに、最後の締めくくりが弁償じゃあ、この部屋の思い出が台なしだもの！

ってことで、性質の悪い寝癖のようにチョリンチョリンと天井に向かって飛び出てた赤と緑の導線工作は無事に終わったの。これさえやっとけば、気持ちよくマダムとお別れができるってものだわ。フフ、自信なこと言うでしょ？　だって自信あるんだもん！　あたしが自分でした厳密なチェックの結果、マァはっきり言ってこの導線以外は手の届く場所も届かない場所も完璧なんだもん！　ぶっ壊したり傷つけたりした物なんかひとつもなくて何もかもきれいに使ってあるんだもん！　あとは実践あるのみ、つまりマダムが電気のスイッチに手を掛けたら「マダムその電球切れてます。自分で交換しようと思って同じようなのを買ってはきたんですけど何だか上手くできなくて――――」ってだけ、その先は言―わ―ず―に！　ただ黙って買ってきた電球を差し出すの。これであたしの言葉に嘘はないわけだし、マダムの口から弁償なんて物騒な単語を聞く必要もないわけだわ。

五月二十二日

郵便局へ行く前に、公衆電話からナタリーに電話して、今日が出勤かどうか聞いてみたら、今日は一週間ぶりの休みだって！　こういうショックを俗にガーン！　って言うのよね。あたしがこれから大きな荷物を出しに行くってことを言ったら「わかったわ。じゃあまた三分後に電話して」って。それでぴったり三分後にもう一度電話したら「六番窓口へ行きなさい。そこならすごく親切で優しい男の人だから。アキコの名前と荷物のことも話しておいたから心配いらないわ。あ、それからね、ぼんやりして二番に並んじゃ駄目よ！　今日の二番はサラだっていうから。じゃあ頑張って！」休みなのにわざわざ電話して取り計らってくれたの。本当にナタリーっていい人ねぇ！

さ！　郵便局のお膳立てが整ったらいざ出発！　なんだけど、考えが甘かったわ。なぜなら日本に送る荷物ってのは三つあって、ひとつが船便の書籍便で一〇キロ、あとの二つが航空便の普通便で合わせると二二キロあるの。書籍が中ダンボールで普通が二個とも大ダンボールよ。つまり全部で中大大のダンボール三個計三二キロをプセットに乗せて郵便局まで持っていかなくちゃならないの。さあ、どうする？　どうする？　ってもちろん持っていったわ！　あたしここに来てからすごいお金、じゃなかった力持ちになったの。プセット使いの達人になったの。とはいえ中大大の三二キロをプセットの華奢な二本の骨にしっかりと固定するには、強い紐が数メートルと相当の結いつけ技術と馬鹿力に加えてソレ！　とかホイ！　とかエイショ！　とかのドスの利いた腹底の気合いが要るわ。幸い紐はいくらでもあるから、ソレ！　ホイ！　エイショ！　言いながらこれでもか！　ってくらいぐるぐる巻きにして、結いつけ技術と馬鹿力をカバーしたの。どんな面倒な作業でも一生懸命やってるとノってくるから不思議よね。で、でき上がったんだけど、でき上がってみたらこれがねぇ！　このぐるぐる巻きがどう見てもミイラの包帯巻きなのよ！　十字架専用の墓場に埋めちゃいたくなるよなできばえなのよ！　わかる？　昼下がりの恐怖映画でカラスがカァカァ鳴く晩に墓場をさ迷い歩くミイラの包帯って、あっちもこっちも緩んでてところどころビロ〜ンと垂れ下りつつあるでしょ？　あれなのよ！　おばあちゃんが生きてたら「あれまぁ！　だらしのない巻き方だことこれは！　どれ貸してみな！」って言う！　絶対言う！　だってさ、はっきり言ってあたし、こんなに滅茶苦茶なぐるぐる巻きって見たことな――――うっわぁ！　汚らしいわねぇ！　郵便局までこいつを引き摺っていくなんて恥ずかしいわねぇ！　度胸いるわねぇ！　けどノンノン！　そんなこと言ってる場合じゃないわ！　通りすがりの人がどんなに奇異な目で見ようと行かなくっちゃぁ！　さぁ早く！　行きましょう！

部屋から郵便局までの非常に過酷な道程のことはあえて細かく書かないことにするわ。もう過去に何度も何度も経験してきた過酷だもの。ただ、今日の過酷は過去最高の過酷だったってことだけ書いておくわ。何しろ中大大ダンボール三個を重ねるとほとんど前方が見えないし、三二キロっていうとあたしの体重と一五キロの差しかないわけだから、二〇〇キロの人が一九〇キロの荷物を運ぶのと同じくらいキツいってことよ。具体的な話をすると秒速一〇センチ前後よ。それ以上の速度は出ないし出せなかったの。もちろん場所によっては秒速マイナス二〇センチのような難関もあったわ。どこって、スタート地点の部屋から家の門までの階段よ。あたしもうちょっとで転落死するところだったの。転落死かしら？　そうじゃないわね。あたしを追って降ってきた落下物によるすさまじい強打が原因で死ぬんだわ。ドッスン！　ベキッ！　ウッ！　そして死体はグズグズのミイラ巻きでプセットに結わいつけられたダンボール三個三二キロの下敷きになるの。正確にはなるところだったの。マァこの階段で死に損なったのも一、二、三……何度目かしら？　あと残り一回、二十四日の早朝二七キロのスーツケースと三キロの手荷物を抱えての最終アタックが無事成功すれば、この階段で無様な死に方をしてそれを穴子に見られることもないわけね。それから――そうバスステップがあったわ。これも階段の苦労よね。でもバスの階段はね、あたしの荷物がバスのそこいらをブッ壊すとでも思ったのかしら？　いつもはこっちが声を掛けない限り梃子でも手伝わない運転手が、珍しく運転席からスイッと出てきて速やかに手伝ってくれたの。降りる時もそうよ。バス停が見えてきてあたしがソワソワし始めたら、あたしがソワソワついでにやたら荷物を動かしてバスのそこいらをブッ壊すとでも思ったのかしら？　あたしの様子をバックミラーでチラチラ窺い見ててさ、着いたらまたスイッと出てきて速やかに手伝ってくれたの。お蔭で今日は日本ででもフランスででもあたしがボクボク不得意とする一言を一度も言わずに済んだわ。この一言がねぇ！　簡単に言えそうでなかなか言えないのよねぇ！　たった一言「すみません、手を貸していただけませんか？」って言うだけなんだけれども、見ず知らずの人に助けを請うって行為があたしにとっては至極勇気の要ることなのよねぇ！　アァこれで二十四日の早朝の運転手が今日の人かもしくは今日みたく速やかに手伝ってくれる人ならなぁ！　そしたらあたし今までの運転手の仏頂面をすべて水に流して、気持ちよくエクスの市営バスともお別れができるのになぁ！――で何？あぁ！　バスを降りてから？　そう！　バスを降りてから！　バス停から郵便局までの道程！　これが長く辛い道程だったわ！　だってミラボー通りから郵便局までの石畳っていったら、石の畳み方がガッチャガチャよ。不揃いの隕石を適当にバッとバラ撒いて一刷けしたような手抜きの石畳よ。だからプセットを一〇センチ押すのに二秒掛かったの。何しろ前に進んでるかと思うとキャッ！　とんでもない角度に乗り上げたり傾いたり挙句の果てには知らないうちにわけのわからない円を描いちゃったりしてるんだから、一秒に五センチ進めばいい方なのよ。フォションの窓拭きしてた店員なんて、あたしがあんまりいつまでも同じ位置でガタついたり傾いたり回ったりしてるもんだから、そのうち耐え切れなくなってクックッ笑い出したの。どうせならその場でアッハッハ！ってあけっぴろげに笑やあいいのに、わざわざ惣菜ケースと瓶詰めコーナーの間のフォション独特の暗がりの溜まりんとこにさり気なく移動してクックッやるから、まるであたしが裸の王様か世にも珍しい軟体生物か何かみたいじゃないの！　世にも珍しい軟体生物って何だかわかる？　あたしわかるよ。人間カタツムリでしょ？　実はあたしもそう思ったの。だって道の両脇のショウウインドウに映るあたしの姿ったら、馬鹿でかい殻と運命を共にせざるをえないカタツムリそっくりだし、それに通りのおしまいで振り返ったら、向こう端からあたしの足元までヌメヌメヌメヌメっと続いてる怪しげに濡れた轍、これも馬鹿でかいカタツムリが這った跡そっくりなんだもん！　うっわぁ！　気色悪いわねぇ！　そいでまたその轍がねぇ！　いかにもつい今しがたここを世にも珍しい軟体生物が這いすがっていきました、そりゃもう鈍くて重くてドカドカしてて、おまけに時々すごい音を立てて転倒し損ねるもんだから騒々しいやら鬱陶しいやらでホントにエェ！　って言わんばかりの温もりを誇示してるんだけどだいたいさ、このフォションの通り！　この通り自体がレバのパテみたいに総日陰でジメジメしててフォションの店内そっくりなんだから、そういう気候の路上に人間カタツムリが出現したってなんら不自然はないわけよ！――――ア、キ、コ！　フォションの通りなんか振り返ってる暇があるんならとっとと前進しなさいよ！　ホラ！　ゴールは目前！　そこ！　右に二〇メーター！　郵便局！　郵便局！　**À la poste! Aller à la poste!**

　着―い―た！　命からがら郵便局に辿り着いてドアを開けたら、今日ほど郵便局のひんやりが気持ちよく感じたことはないわ。一分前まで着いたら死ぬと思ってたのに、着いた途端生き返ったの。（ホーラ！　やっぱりあたしここに来てからお金、じゃなかった力持ちになったし、それにプセットの達人になったのよ！）生き返ったのはいいんだけど、ナタリーの言った通り窓口②に天敵サラが座ってたの。あたしが額の汗を拭う振りして人差し指と中指の間からチッと見たら、敵は既に殺気立ったスッポンみたいにどう猛な目をしてチッとこっちを睨みつけてる。それなんで通過するタイミングを待って数秒間ドアの脇に引っついてたら、あたしを見つけた窓口⑥のお兄さんが「チャオ！　アキコ！」立ち上がって手でオイデオイデしてくれたんで助かったわ。よくあたしがアキコだってわかったわねぇ！　嬉しいからあたしも「ボジュ！　セアキコ！」お兄さんに手を振ってさっさと窓口⑥へ辿り着、きたい着ければいいんだけどそうは簡単にいかないわよ。フンム！　エイサ！　ヨッ！　オラショッ！　気合いだけは入ってるんだけど力が！　するとオイデオイデしたのになかなかオイデにならないアキコを心配した親切なお兄さんが迎えにきてくれて、サッサカサーッとダンボール三個、全部手際よく窓口の中へ運んでくれたんでこれも大いに助かったわ。あたし？　あたしは何にもしな、あ！　したした！　お兄さんの横で気合いの掛け声だけ掛けた！　紐？　あぁ！　紐の状態はエキサイティングで壮絶だったわ。上の方が関が原の戦い風超ザンバラ、中ほどが空腹のライオンに一掻き二掻きされた草薮、そして下の方の見るも無惨なグズグズバラバラは見事に地上まで雪崩れ込み、六月の花嫁を妬む参列者が踏みにじったウエディングドレスの裾みたいにズリズリズーリー引き摺ってて、その一部はプセットの車輪に巻き込まれて複雑に絡みついてるの。うっわぁ！　汚らしいわねぇ！　惨たらしいわねぇ！　やだやだ！　紐の話はもう止すわ！　要は紐がそんなだったからダンボールを一個ずつ運ぶのにいちいち鋏は必要なかったってだけの話よ。それよりもっと面白い話があるからその話をするわ。

荷物を運び入れてそれぞれの重さを量り終えるとお兄さんが「さて、と！　お待たせアキコ！」爽やかな笑顔で窓口に現われたんだけど、右手にはあたしが記入しなくちゃならない三枚の用紙と左手にはA３サイズを縦半分に切った感じの画用紙を持ってるのよ。で「ハイ、まずこっちが用紙、三枚ね」まずは用紙を差し出して言うから「メルシボク！　埋めます」答えると「じゃあこっちはな～んだ？」って左手の画用紙をヒラヒラさせるのよ。あたし硝子張りの向こうで縦長のA3画用紙がビコンビコン音を立てながら縦にウェイブしてるのを見たら何だか疲れがドッ！　と出そうになったんだけど、次の瞬間「ハイこっちはこれでーす！」って画用紙の表を見せられたらドッ！　とじゃなくてプッ！　と思わずふき出しちゃったの！　だってA3画用紙の縦半分にはね！　真っ黒いマジックで《窓口閉鎖》の漢字四文字が書いてあったんだもん！　その文字がなぜかコテコテの明朝体でね、何をお手本にして書いたのか知らないけど、妙な塩梅に四文字漢字の雰囲気が出てるの。流れるところはシュッと流れてるしハネやテンもハネ！　テン！　ってちゃあんと形になってるの。あたしがホホ〜ッ！　感心して眺めてるとお兄さんが「ストライキの時用に僕が書いたんだ。どうかな？」褒められたくてウズウズしてる子供のような顔で見るから「上手上手！　あたしよりずっと上手！　お兄さんいい感覚してるわねぇ！」ドーンと褒めてあげたら、満足そうにニンマリして「欲しい？」あたしがえらく書きづらい先太ボールペンで苦手なカーボン紙と格闘してるってのに指の力が抜けるようなこと言うのよ！「要らないわ。あたし窓口持ってないもん」あたしがグッと堪えて答えるとお兄さん「ええ？　窓口持ってないって本当に？　そりゃ残念！」とか何とか言いながら、あたしが埋め終わるまでずっと一人で楽しそうにペチャクチャ喋ってるの。さてはお兄さん、褒められて伸びるタイプね。

用紙のあたしんとこを埋めたら、後はお兄さんが抜かりなくやってくれたの。内容とカーボン紙の写しをざっと確認してから、重さ料金その他細かい空欄をリズミカルに書き込んでいって、最後にもう一度ざざっと確認すると「ハイできた！　全部で二〇五ユーロね」ドゥサンサンク、二〇五をゆっくり発音しながらそれぞれの写しをくれたの。どれどれ？　一枚目が書籍の船便で一〇キロ二五ユーロ、あとの二枚が普通の航空便で一一キロずつの九〇ユーロずつで合計二二キロの一八〇ユーロ、合わせて三二キロの二〇五ユーロ。重さの方はあたしの計算とピッタリ。でも料金の方は「まぁこんなもんかしら？」あたしがお兄さんに計算間違いがないかどうか、つまりあたしが損してないかどうか一応確かめたら「まぁこんなもんだよ」お兄さんが似非モナリザに瞬間変化して神秘を装った科作りの微笑を浮かべたんで「トレビアン！　今の微笑みモナリザ！」あたしもトリを飾ってちょいと科作りな声を出したら「ウイビアン！　髪伸ばそうかしラン！」ってお兄さん、科の上塗りするじゃないの！　うっわぁ！　キモワルイわねぇ！

そんなこんなで無事に《荷送りの乱》が終結したの。お兄さんに大盛りメルシボクとオヴァを言って、もちろんナタリーには郵便局前のドアブッ壊れてる電話ボックスから報告をして、お兄さん同様大盛りメルシボクを言ったの。それからいつもの怪しいテレカ専門店に行って「いつものやつ二枚ちょうだい」アジア専用テレカ一枚一五ユーロのを二枚。すると、いつものアロハシャツ以外は何を着ても似合わないアラブ人アモオが「おぉ！　あなたそれ一枚目であなた今まで買ったの全部で二十枚なるから一枚分サービスね！　一五ユーロタダね！　おめでとう！　あなた！　幸運なあなた！」いつものように鳩色の眼をテラテラと輝かせながら正しくなくもないつまり巧みな日本語で言ったの。アモオは日本語が上手。前にあたしアモオに「あんた何でそんなに日本語上手ですか？」って尋ねてみたことがあるんだけど、そしたら「日本語商売に大事なこと。言葉商売に大事なこと。わたし日本語でしょ？　英語でしょ？　フランス語でしょ？　あといろんなアラブ語でしょ？　全部スラスラできるでしょ？　あなたそれ不思議思うの？　なぜ？　なぜ？　なぜあなたそう？」結果的にあたしがしつこく聞かれたんでそれ以来アモオの言語能力をやたらと褒めないようにしてるんだけど、やっぱりアモオの持てるアラブ人のナニカってすごいわ！　あたしのナニカとは何かがまったく違うの！　このナニカのところが何だかわかればあたしの人生もウンとよくなるはずなんだけど、いかんせんこの答えを出すだけの何かテツガクのようなものがあたしには欠けてるんで、アモオを機にあたしの人生と語学力が華々しく生まれ変わるかもしれないっていう希望的観測いえ卑々しい儲け心は捨てるわ。さよならウマい話。さよならアモオ。胡散なアモオ。アモオ――アモオ？　あぁ！　アモオの！　テレカの話！　ハイハイ！　えーと、ハイここでテレカ二枚一五ユーロで買いましたそれから――――まだあるの。何しろ今日はめいっぱい動いたんだから。何だっけ？　そうそう、ミラボー通りのパリバに行って七〇〇ユーロ下ろしました。サーティーワンアイスクリームでラムレーズン食べました。そのあとサーティーワンの対面の洒落菓子屋に行ってマダムへ明日のボンボンを買って、二件隣りの接着剤が豊富な文房具屋でボンボンに付けるカードを買いました。それくらいかしら？　まだ何か他にもやった感じがするけど。何はともあれ旅立ちの二日前ってものは一番忙しいものよ。

五月二十三日

いよいよ明日この部屋をあとにすると思うと、短いようで長く、長いようで短かったこの四カ月間がとても愛おしく感じられるわ。なーんてね！　嘘じゃあないけどそんな実感はまだないわ！　そういうのは実際ここをあとにして少し時間が経つとじんわりじわじわ感じだすものよ。今はただ明日から始まる地中海への旅立ちが待ち遠しいだけよ！　部屋の支払いなんかの済ませなきゃいけない事は午前中のうちにすべて済ませたわ。部屋の支払いは約束通り六月分と七月分きっちり納めたし、そのついでに部屋のチェックもしてもらったの。もちろん何のケチもつかなかったわ。それどころか「アキコは見かけによらず物をきれいに使うんだねぇ！」ってマダム感心してたわよ。マダムへのお礼と別れの挨拶は家賃やチェックとは別に午後改めて伺うつもりでいたから、あえてそこではそういう話はしなかったわ。それで部屋のチェックが済んだらまず穴子にお別れの挨拶をしに行ったの。マダムにはお礼とお別れのしるしにきれいなボンボンとカードを用意したんだけど、穴子には湯たんぽよ。湯たんぽが畳めれば持って帰るんだけど畳めないからねぇ！　それに穴子はもう少し残留するって言ってるから、じゃあ冬までいたら冬の暖にして、冬までいなければ八月あたり再発するだろう膀胱炎の際下っ腹にでも当ててちょうだいなって言ってあげちゃったの。そしたら穴子が「八月と言えば夏よ夏！　冬の湯たんぽも嬉しいけど順序としては夏の蚊取り線香が先よね？　ここは虫が多いじゃない？　ホント蚊取り線香があるといいわよねぇ！　アキコさんもしかして使ってるんじゃない？　使ってるわよね？　あ、やっぱり！　あれは独特のにおいがするからすぐわかっちゃうのよぉ！　あぁ懐かしい日本の夏のにおい花火パーン！　なんてね！　フフフフ！」最後まで図々しいこと言うから、手切れに蚊取り線香も三巻きあげたの。それからナタリーと國本さんとアバスとデイビッドに電話でさよならを言って、明日からのホテルレパントに確認の電話もして、電話から帰ったら今度はマダムへのカードを書いて、そして午後にもう一度改めてマダムの所に行ったの。

玄関口でマダムが「ちょっと入りなさいな」って言うから、てっきり茶の間へどうぞなのかと思ったら、ドアをきっちり閉めて玄関んとこだったの。あたしがナーンダ！　って顔したからかしら？「アキコ、最後くらい上がってもらって一緒にお茶したかったんだけど、姉がまた病院から戻ってきてて……残念だけど上げられないのよ。最後なのにこんなところでごめんなさいね」とてもすまなそうな顔で謝るもんだから「とんでもないマダム！　どこだってそんなこと！　あたし最後にお礼が言いたかっただけですから」マダムがすごく気の毒になったわ。それで昨日買っといたボンボンとカードを渡して、長い丁寧なお礼を言ってたら、途中でマダムが突然涙ぐむもんだからあたしも釣られて言葉に詰まっちゃったの。あたしこう見えても情に脆いから、人の涙を見るとすぐうつっちゃうんだわようッうッ！　するとマダムが白いアスパラガスのような手を伸ばしてあたしの涙をそっと拭ってくれたの。マダムの今までで一番優しい顔ようううッ！　そしてそのままあたしの頬をスリスリ撫でながら「本当にねぇ！　アキコがいなくなると寂しくなるわねぇ。あなたはあたしがお茶に誘いに行くといつもいなかったわ。何度か誘いに行ったけどいつも留守だったの」しみじみ言うもんだから、あたし何だか涙が止まらなくなっちゃったわ。

結局マダムとのお別れはほんの数分薄暗いドアの内側んとこで立ち話しただけで終わっちゃったんだけど、はっきり言ってまさかマダムとのお別れでこんなに涙するとは思わなかったわ。てことは、あたしとマダムって実は何というかボクボクいい関係だったのね。最後の最後はてんこ盛りの頬ずりとキスをしてお互い別れを惜しんだの。それからマダムにプレゼントを頂いたわ。本とお菓子とシードルよ。本ていうのはエクサンプロバンスのあれこれについてぎっしり書かれたハードカバーで、あたしの苦手な極小文字が超過密でほとんど写真がないやつなの。「エクサンプロバンスの記念にアキコが絶対買わない物をあげるから頑張って読んでごらん。これを読むとエクスの歴史がよくわかるからね」って。お菓子とシードルは「部屋で召し上がれ」って。お菓子は苺のミルフイユと薄い何種類ものチョコレートが何層も重なったケーキが一個ずつでシードルはあのシードルよ。短い手紙も入ってたの。本の包みのピンクのリボンに挿んであって、開けてみると最後までマダムの蟻字には手こずるんだけども読めるところだけ拾ってみると――お元気で。日本に帰っても時々はここでの生活やあたしのことを思い出してちょうだいね。あなたの前途が素晴らしいものでありますように。あなたを忘れません。良い旅を！　ってことなの。本当は十二行マダムがくれた本みたいにぎっしり書いてあるから全部解ればきっと感動的な文章なんだろうけど、ごっそり省略しちゃったから、そうするとまぁこんな感じの内容なの。嬉しいわねぇ！

五月二十四日

あたし今カールって長距離バスの中なの。エクス発ニース行きのカールよ。まだ出発してから二分と経たないんだけど、何がどうって素晴らしい天気よ。きのうはあれから即シードルを冷凍庫に入れてキンキンに冷えるまで手紙書きしながら待ったの。もちろん夕飯はお菓子二個とキンキンに冷えたシードル一本と、それと冷蔵庫に残ってたオレンジ一個よ。何となく最後の晩餐的趣きがあるでしょう？　この晩餐をテラスでやってたら、部屋で迎える最後の夕暮れが楽曲《遠き山に陽は落ちてえ》の調べに乗せてゴーッ！　と、まぁ音はしないんだけれどもまるでそういう音がするような壮大なスケールで訪れたの。きのうばかりは夕陽に燃えるサント・ビクトワール山の横顔がそこはかとなく孤高に感じられたんだけど、きっとあたしが孤高だったせいね。とにかくきのうの夕空に今日の青空よ！　エクサンプロバンスでの最後の夕と朝がどっちもこう素晴らしけりゃ言うことはないわ！

最後の空はどっちもすこぶる素晴らしいんだけど、最後の穴子は最後まですこぶる何というかアレだったわ。最後ってのは今朝のことよ。バス停まで見送ってくれたのはありがたいんだけど、ステップであたしが荷物の引き上げに苦労してたら下から「あたし手伝わないわよ！　自分でやんなさい！　いい？　ここから先は一人なんだから、あたしを頼らないで全部一人でやるのよ！　わかった？　もう！」最後の朝だってのに、何だか知らないけどすこぶる不機嫌なのよ。あたし別にステップの上から「手伝って！」叫んだわけでもないし、それに今まで穴子を頼った覚えだって一度もないわ。普通に何でも一人でやったし、やれないことってほぼなかったわよ。それだから、わかった？　たってわかりゃしないし、もう！　たってもう何なのよ？　って聞いてやりたかったわよ。もちろんそんなどうでもいいこと聞きゃしないわ。第一あたしそれどころじゃなかったの。零コンマ一秒でも早く二八キロの荷物をバスに乗っけなきゃならなかったんだから。運転手？　最後の市営バスの運転手はまんまとハズレたわ。まるで木の上のナマケモノみたいに運転席からすこぶる動かないの。ア・ビアント！

今どこだかわかる？　恐怖のホテル《レパント》よ。聞いてちょうだい。あたしの部屋はやっぱり予約しにきた時に通された悪夢の角部屋だったの。予約の時は同じタイプの別室をどうぞって言った癖に、今日来てみたらあの時の部屋へどうぞって言うのよ！　人を馬鹿にしてるわ！　なんで、ちょっと待った！　レパントさん！　あんたあたしのこと相当なお馬鹿さんだと思ってるんでしょ？　予約の時のあんたの言ったことなんかこれっぽっちも解っちゃいないと思ってるんでしょ？　フン残念でした！　はっきり言ってあたしはあんたが思ってるほど馬鹿じゃありませんよだ！　こう見えても聴き取りは話すよか割合マシなんでね。さぁレパントさん！　あの日の約束はきっちり守っていただけませんかね？　忘れちゃいないでしょ？　四月二十一日の事。ボケるには一、二年早いもんねぇ！　あの日あんたあたしに言いましたよ、今日見せるのは角部屋だけど五月二十四日から実際に泊まってもらうのは角じゃなくて同じ階の別室だよって！　レパントの嘘つき！　部屋の広さもタイプも変わらないからってそういう嘘ついていいんですかね？　みたいなこと、つまり「予約時の約束と話が違うようですけどあたしが今日から一週間泊まる部屋ってのはもしかしてこの角部屋でしょうか？」って聞いたの。そしたら「アァ、実はあの部屋シャワーが壊れちゃってね。それでもよければどうぞ」すごく適当な返事が返ってきたんだけど、シャワーが壊れてるんじゃあ牢獄同然だからあっさり「あ、そう。じゃここにする」この角部屋にしたの。それで荷物を運び入れてもらったんだけど、ドアを閉めた途端、何が起こったかわかる？　旅行鞄が開かないのよ。どこもかしこも狭くてどこにどう置いても開けらんないのよ！　この時あたしのコメカミ辺りに込み上げた不条理な苛立ちわかる？　危うく前庭神経が千切れそうになっちゃった！　で仕方がないからベッドの上で開けたんだけど、止めたわ。何をって、滞在が一週間だから隅のババチイ鏡台兼机の引き出しにいろいろしまおうと思ったんだけど、その引き出しを開けてみたら蒸れた毒キノコの匂いがして、今度は嗅神経の方がブッ千切れそうになったんで、引き出し使うのは止めたの。でも洗面台に洗面道具だけは出しとかなくちゃマズイなと思って洗面道具を両手に抱えて洗面台に向おうとしたら、これはどこもブッ千切れそうにならなかったんだけど、狭くて足がスッスと交互に出せないの！　で仕方がないから、足を交互に出さないで右足を常に前に置いた斜め構えツートンステップで移動したら、結局部屋での移動はこっちの方がスムーズに行くってことがわかったの。それからもうひとつ発覚した大事実があるんだから聞いてちょうだい。四月二十一日にこの部屋を訪れた時ってのは、あたしひどく疲れてて気が朦朧としてたんだけれども、部屋のドアを引いた瞬間右の洗面所の奥に白っぽい穴が見えて、それが浴槽だとばかり信じてたの。だってあらかじめフロントで浴槽と海側が希望だって伝えたら、レパントの嘘つき野郎が右手でバッチリマークを作りながらこの部屋に案内したんだから、洗面所の奥の白い穴が浴槽でなけりゃあいったい何だっていうのよ！――――何だったと思う？　いわゆるシャワーの水受けよ！　一辺七〇センチの正方形で深さ二〇センチだから、うちの洗濯機の水受けとほとんど同じサイズでしょ？　それを浴槽と名づけてお客からお金をとるなんざアッタマクルアッタマクルアッタマクルックルな話じゃないの！　よし！　あたしこの一週間のうちに絶対復讐してやるわ！　あぁ！　それにしてもあたし迂闊だった。肝心な浴槽なんだからちゃんと確認すべきだった。けどあの時はとにもかくにも部屋の狭さ、あってはならない狭さとの遭遇にすっかり魂を抜かれちゃって、とてもじゃないけど浴槽や海側関係の確認どこじゃなかったの！何もかもが狭さの驚異にボヤけちゃったのよ！　ええ、今思い出してみてもあの時のあたしに浴槽の確認はできやしなかったと思うわ！　チ！　うまく騙された！　これがレパントの手口！　驚異の狭さを楯に取った姑息なボヤかし手段！　おそらくこれまでも同じ手口で、宿探しに行き詰ったお客の目を騙くらかしてきたのよ！　狡い男ねぇ！

そういうことで、この部屋で場所を移動するにはいちいち斜め構えのツートンステップを踏まなきゃならないし、あれほど楽しみにしてた浴槽ってものはないの。海側の希望だけは何とか守られた感じがしないでもないんだけど、ベッドに寝転がってうたた寝しいしい海でも眺めようかなってそういう海じゃあないの。じゃあどういう海かっていうと、波の音がまったく届かない遠い遠い海、無数の屋根と洗濯物のはためきがあらゆる看板の突出と重なり合いながら遥か彼方まで続きその向こうに見え隠れしている海、それはまるで金箔入りの水色のジグゾーパズルの欠片が無意味に散在してるような海、散在してる欠片は分裂中の海の断片でつまりあたしの視界から隠れよう隠れようとしている海、一言で言うならば本当の海かどうか疑わしい、そういう海よ。そんな海でも見たいってなら、しばし窓枠にしがみついて目を凝らさなきゃ駄目。ニース旧市街を彩るゴチャゴチャした雑風景の中から金箔入りの水色のピースを見つけなきゃ駄目。一瞬じゃ見つからない。一、二、三秒でようやっと十ピースくらい見つかる。溜め息。目がチカチカし一度瞼を強く閉じる。するとやっとの思いで見つけ出した十ピースの海は瞼裏の闇に揉み消されなくなってしまう。あ〜あ、最初からやり直し。もう一度海を見たいってなら、窓枠にしがみつくとこから初めなくちゃならない。そういう海なの。

今どこにいるかわかる？　ベッドの上よ。結局この部屋で一番狭くない場所はベッドの上なんだから、何でもここでするしかないのよ。するったってただ仰向けになってボーッとしてるだけなんだけれども。だって仰向けになると天井までの距離が見えるわ。この距離がこの部屋の中で一番幅広い空間だもんだから、ついつい仰向けになってこの空間だけを眺めていたくなるの。でも天井ってつまらないわ。天井を眺めるってことは上の階の床を眺めるってことでしょ？　つまらないわけよね。はぁ！　ふぅ！　腹式呼吸！　ハッ！　フッ！　背筋の伸び曲げ運動！――――うぅ！　うぅぅ！　うぅぅぅ！　あたし呻いた経験ってのがないんでこれが生まれて初めての呻きになるんだけれども、人間が呻く時ってのはオオカミ男がオオカミに変身する時だけじゃない！　天井眺めの人々が限界に達した時にもこうやって呻くんだわよ！　うぅ！　うぅぅぅ！

今カフェ。海沿いのカフェで夕食後のお茶してるの。日没の真っ最中だから徐々に海の中へ沈んでいく夕陽がきれいよ。海側で海を眺めるってのはこういうことよ。それにしてもまぁ、この時刻になってやっと心が静まりつつあるわ。今日という日を振り返ってみる余裕が出たわ。要するにあたしあの部屋には絶望してるの。はっきり言ってヤなとこだらけで救いようがないわ。明日からはいよいよ念願の地中海線に乗って毎昼素敵な思い出をたくさんこさえようと思ってるのに、毎夕戻る部屋ってのがあれじゃあ興醒めも甚だしいわよ！　気がグスン滅入るわよ！　あぁ！　でぇもさ！　とにかく部屋の件はどうにもならないわ！　レパントを飛び出たら泊めてくれるホテルはないんだし、それにレパントの嘘つきおじさんにことごとくいちゃもんをつけるためには、あの部屋っていう題材が絶対不可欠よ。それだからあたし腹を決めなきゃならないわ。ハイ、ハラ決めた。それでハラが決まるってことはスローガンが決まるってことね。ハイ、スローガン決めた。ずばり《一週間！　昼は天国！　夜地獄！》よ。この昼夜対極戦はフレンチオープンのシングル決勝戦よかボクボク白熱すると思うな。あぁ！　言いたくない！　言いたくない！　んだけど今日という日の終わりの記念に言わせてちょうだい。あたし今回のフランスはホントにホテル運てものがないわ！　な―い―わ！　運の悪さにもまわりがあると信じてたけど、ここまでダイサッカイが続くと、オオトリのパリはいったい全体どういうホテルになっちゃうのか、想像するだけで震撼モノよ。パリのホテルはカフェロスタンに近いサンジェルマン・デ・プレにある三つ星で一泊九五ユーロなの。もちろん浴槽付きよ。ホントかしら？　パリは下見ができないから、電話に出た若い男の言ったことを信じるしかないわね。ということはひたすら祈るしか方法はないってことね。

いつかのベルナールの手紙に書いてあったわ。「アキコ、どんなに辛く惨めな経験も後々必ず役に立つんだよ。人生というのはそういう風にできてるんだ」って。つまり今日から一週間あの部屋で味わう辛く惨めな経験が後々あたしの人生に役立つってことなの。あの部屋での？　辛く惨めな経験が？　役立つような？　人生って――うっわぁ！　ろくでもない人生ねぇ！

六月一日

今、パリ行きのTGVが動き出したところよ。きっかり一週間日記をつけずにいたわ。だってこの一週間というもの、本当に毎日が《昼は天国！　夜地獄！》の繰り返しだったんだもの。あたし間違っても天国と地獄のことを同じページに書くなんてごめんよ。そんなことしたら天国の思い出が地獄に汚されて台なしだし、地獄の思い出が一生まざまざと残るじゃないの！　まぁいいわ。それでも今TGVの折り畳みテーブルの上でしばらくぶりに日記を開いたら、この一週間のことで書いておきたいことがいくつかあるの。

まず地中海線の天国のことなんだけど、こっちはほとんど省略しようと思うの。だって珠玉の思い出をほんの数行であらわすなんて無理な話よ。そんな悪趣味なことはできないわ。それにまだどこの思い出もちゃんとした思い出の形になってないの。撮った写真の現像がまだのように、まだ脳裏のあちこちをさまざまな場面が絶えず去来するだけで、とてもじゃないけど昨日の今日って具合にトントン拍子で纏まるような安っぽい一週間じゃなかったの。要するに素敵なところがありすぎて、何をどう書いたらいいのか皆目わからないわ。

次に地獄のことなんだけど、こっちは全部省略したいくらいなの。だけどさっきあのホテルにあばよを言って今こうして無事TGVに乗り込んだら、無性に一週間分の不快感と腹立たしさが込み上げてきて、何とも気持ちが治まらないんで、なるたけ文字数を少なくして書くことにするわ。天国の方のことってのはまこと離れがたい愛おしさが立ちはだかるから決してトントン拍子に纏まりゃしないのに、地獄の方のことってのは立ちはだかるどころかとっとと失せろ！　背中をド突く勢いで、つまりさっきの今って具合に即トントントン！　と纏まっちゃうんだから不思議ねぇ。てことで、一週間の角部屋地獄をトントントンと思いつくままに書き出して纏めてみるとね――

まず、エコノミー症候群にならなかったことが不幸中の幸いよ。それから再三言うけど、浴槽がなくて海が見つけ難い。部屋全体が何から何まで清潔感に欠け、壁紙の向こうは常に静寂感に欠ける。三日目から冷房がよく効かなくなりレパントに抗議。四日目から冷房がまったく効かなくなり再度レパントに抗議。要するに最も耐え難い狭さと冷房不良に対して六回の抗議、二番目に耐え難い不潔感と騒がしい感に対して四回の抗議、諦めの境地にあってもなお諦めきれない浴槽と海、これに対してが二回、そして抗議しても抗議してもレパントの方で改善しようとする様子が見受けられないんで、その怠り姿勢に対する怒り節の抗議が三回、最後チェックアウト時に総体的駄目押し抗議一回、合計十六回抗議してやったの。フン、なかなか熱心にやるもんでしょ？　この抗議内容と回数はベルナールの言う通り後々参考になるわね。それで結局どうなったかっていうと、この一週間ホテルレパントであたしが味わった不快感と腹立たしさ、ベルナールの言葉を借りれば辛く惨めな経験を五〇ユーロに換算して返してもらったの。今朝抗議がてらチェックアウトしてたら、レパントが残金三五〇ユーロだけど色々と迷惑掛けたんで三〇〇ユーロでいいって言い出したの。どう思う？　予約の時点では八泊九日で四〇〇ユーロつまり一泊五〇ユーロ約六五〇〇円だったのが、チェックアウト時には三五〇ユーロつまり一泊四四ユーロ約五七二〇円になったわけ。もし仮に本当の料金が三五〇あるいはそれ以下だとしても、あたしが毎日せっせと抗議しなかったらレパントはびた一文返しやしないんだから、一週間せっせと抗議した甲斐があったわ。今のあたしにとっちゃ一日の七八〇円てボクボクおっきいから。ハイ、ホテルレパントの話はこれでおしまい。あとは日本に帰って『泊まるところに困っても絶対泊まってはいけないホテル／ニース編』の編集部にホテルレパントを推薦するだけだわ。

ところでこのＴＧＶはニース発七時五分パリ／リヨン着十二時五十一分てやつなの。ニースからパリまで約五時間かかるんだからやっぱり随分離れてるのねぇ！　こんなこと書いてる間にもどんどん地中海や南仏から遠ざかってると思うと、あたし何だかすごく寂しくて泣きたい気持ちよ。それにしても通路を挟んであたしの横に座ってるアメリカ人ときたらさっきから食欲が止まらないの。四十代の男なんだけど、マァ次から次に鞄からいろんなお弁当を取り出しちゃあムシャムシャ食べ通し食べてばっかりいるのよ。お弁当っていうのはそりゃあアメリカ風のソーセージパンやハンバーガーとか鶏やジャガ芋の揚げたみたいのとかポテトチップスや板チョコなんかよ。それをコカコーラとファンタの両方でやってるんだから堪らないわよ。この男がゲップする度にあたしヒ！　信じられない！　って顔をして一瞬まじまじと見てやるの。だいたいさ、世界中で最もゲップの多いのがこのアメリカ人だと思うわ。だって世の中のゲップの九割が多分コーラとファンタから生じる胃ガスなんだし、コーラとファンタといえば、あたしの記憶によるといつだってアメリカ人の掌に納まって、つまりペットボトルがやたらとペッコンポッコン言ってるじゃないの。てことは間違いなくゲップ世界一はアメリカ人よ。

それはそうと、今日からパリに四泊すれば、ついに此度のフランス滞在もおしまいだわ。パリではアグネスやチェリーに会って、それから日本へのお土産を買って、あとはブラブラ散歩して過ごすだけよ。パリのブラブラ散歩。これがあたし超お好きなの。途中で何度も迷子になるんだけど、迷子になるとより一層楽しいの。で、迷子のまま歩き続けてると、知らないうちに何駅も歩いちゃってて、そうなるとますます楽しいわ。そこから今度帰りは来た道とまったく違う道を通ってみたり地下鉄やバスを変な風に乗り継いでみたりしながら、また途中いろんなところに寄り道をして気が向いた時間にホテルへ戻るんだから、そりゃもう癖になる楽しさよ。で、これが癖になると靴底がたちまち減って靴代が掛かるの。すると今度は新しい靴が何日で履き潰せるかやってみたくなるの。五日間で履き潰せたらご褒美なんていう一人遊びも導入して、たとえ達成できなくてもご褒美は貰えるシステムなの。つまりね、五日間で靴を履き潰そうってパリの散歩女が一日に消費するエネルギー量って相当なの。八五〇〇カロリーくらい。これだけのカロリーを身体運動によって消費し、さらにエトランゼの緊張感五〇〇カロリーが加算されるから、全部で九〇〇〇カロリーの消費よ。だもんで夜はヘトヘトヘトへに疲れて、朝まで夢なしにぐっすり眠れるの。眠れるんだけど眠気ね、これがパリでは急激に強烈に襲ってくるから要注意よ。もちろんベッドの上で襲われる分には何の問題もないんだけど、お湯に浸かった状態で襲われると劇的に溺れるから。浴槽で溺れてもがく自分の姿って見たことある？　あたし何度かある。溺れる時に限って浴室の壁全面が総鏡になってるホテルに泊まってるの。どう？　って想像以上に無様よ。殊に欧米様式の浴槽は浅くて底角が丸いから、あの容の中で壮絶な水しぶきを上げながら死にもの狂いで暴れもがく自分の姿が一瞬でも目に入ろうもんなら、その一瞬にクンワッ！　と目が覚めるわよ。

今、午後八時。サンジェルマン・デ・プレ通りにある古いカフェテラスで夕飯後のお茶してるの。あぁ！　この風景この賑やかさがパリはサンジェルマン・デ・プレよねぇ！　感激よねぇ！　感激といえば聞いてちょうだい！　浴槽よ！　浴槽に恵まれたの！　ついに今夜から浴槽のある部屋に泊まれるの！　それも立派なやつ！　浴槽とトイレと洗面台、つまり洗室が部屋の中で一番立派なの。要するに浴槽については申し分ないんだけど、他の部分がちょっとどうにもアレなの。どの部分かっていうとシーツとカーペットの辺りよ。まずシーツなんだけどこれは取り換えてなかったの。一応ササッと形を整えてあるだけで、毛布を捲ったら枕元の辺りにビスケットの粉が散らばってて前のお客の温もりがムンムンしてたの。うわっ！　汚らしいわねぇ！　それからカーペットなんだけどこっちもシーツ同様掃除してなかったの。一応ササッと目立つゴミだけ拾って掃除機なしヨ！　ハイおしまい！　って掃除さんの手抜き姿が目に浮かぶようなナニゲに酷い状態なの。それというのも実はね、床で旅行鞄を広げてたらね、おんや？？　何か絨毯の模様が微妙に動いてるのよ！　わかる？　絨毯のペイズリー柄の黒い縁取り部分がね、音もなく解け出してどこかに移動してるのよ！　わかったでしょ？　そう！　蟻よ！　蟻の行列よ！　蟻が見事な行列を作って、何か白っぽい食料をこの部屋から運び出そうとしてるの！　あぁやっぱり！　よく見るとビスケットよ。ホラホラ！　最後尾は枕元真下のビスケットのボロボロ毀れてる所に続いてる。先頭は壁の――――ギャッ！　壁紙と床の間の隙間にある小さな穴に続いてる！　んだけどヤダヤダ！　穴の入口に！　う、うじゃうじゃ群がってる大勢の人、いえ黒集りの蟻達がうええっ！　気色悪い！　よく見ると渦巻き状に蠢いてヤダヤダヤダ！　ゲッ蟻の臭い！　ジ、ジンマシン出るう！！　それで慌ててフロントに電話してホテルの人を部屋に呼んだら、すぐに飛んできて「本当に申し訳ありませんでした。もしお邪魔じゃなければ今から掃除機とシーツ交換と蟻の方もやらせていただきたく存じますがいかがでしょうか？」って。それなんであたし「じゃあ今から数時間外出しますんで、その間にやっといていただけますか？」そう言ったの。言ったんだけどあのね、今回のあたしの部屋って一階の厨房の脇なのよ。厨房を挟んで反対側っていうとそっちに客室はなくて、つまり一階の客室ってのはたった一部屋あたしの部屋だけなの。脇が厨房で前がホテルのレストランでその奥がフロントと玄関よ。てことはね、もしかするとあたしの部屋って蟻にとっちゃ絶好の環境なんじゃないの？　食料事情は充実してるし侵入はスムーズだし、その上適度な日かげの湿度があって根城として完璧なんじゃないの？　そう完璧。言い換えるとあたしの部屋は蟻の巣窟よね？　そう巣窟。巣窟？　ヤダヤダ！　てことはね、もしかすると一回くらい退治したところで引っ切りなしに出てくるんじゃないの？　イヤンダア！　あたしヤダヨ！　パリで蟻に食い殺されるなんてノンノン！　でもあり得る話！　実際お菓子を食べたあと歯磨きしないで寝た子供がネズミに襲われたって事件があったもん！　蟻だって同じことやるわよ！　うっわぁ！　恐ろしいわねぇ！　あたし気をつけよう！　就寝前の歯磨き後にお菓子をつままない寝酒をしない！　それから――蟻の話は止めた。だって蟻の話を始めてから隣席の熟年カップルが満足気に頬張ってるクラッカーキャビアのキャビアが蟻の塊に見えて仕方がないし、隣席に蟻食い人種が二人もいるとなれば当然「ちょっと！　この人たち蟻食べてますよ！　蟻食い人種ですよ！」こっち隣のブンガクしてる青年に耳打ちしたくなるのが人間の深層心理ってものだわ。

六月二日

ゆうべ戻ったら、蟻も掃除機もシーツもちゃんとやってあったの。ホテルの対応としてはごくごく当たり前のことなんだけども、今までのホテルがホテルだったもんで非常にありがたく感じたわ。それから浴槽よ。実に五カ月ぶりの湯ぶねだったんだけどこれが感無量よ！　十分も浸かってたら、五カ月間閉じていた体中の毛穴が小さな気泡を吹きながら徐々に開いてきて、その不思議な現象を見てたら「生き返ってるう！」って実感があったわ。

ところで今日は午前中サンジェルマンの辺りを一人でブラブラして、お昼とおやつをチェリー・ビザルモンと食べて、チェリーが仕事に戻ったんであたしもいったん部屋に戻って夕方まで昼寝をして、夜はまたチェリーと待ち合わせて夕ご飯したの。チェリーって人は、名前の通りビザールなことしか言わないの。ビザールって一風変わってるって意味。それだからあたしチェリーと一緒にいるとすごく楽よ。だってチェリーが何か喋ったら何でもかんでも「セビザール！」変な話ねぇ！　って答えてればいいんだもの。夕ご飯の後はセーヌ川を散歩したの。パリの夜散歩って本当に素敵！　だってパリってところは夜がひと際きれいな街なんだもの！　だけどあたし独りだったら、夜の散歩は昼のように好き放題ブラブラってわけにはいかないわ。十一時過ぎに日本の女が独りで歩き回るのはやっぱり何となく不安だし、アグネスにもやめるように言われてるの。アグネスからやめるように言われたことはあたし絶対にしない主義よ。アグネス以外のパリの知り合いが皆いい加減で風紀の乱れたのばっかりっていうわけじゃあないんだけれども、時々母親に似てちょっとばかし道徳心が旺盛で風紀委員みたいな物の言い方をするアグネスに「アキコ？　パリでそれをやったら危険だからやめなさいね」しっかと目を見て言われるとあたし「ハイわかりました。やめときます」素直に従わざるをえないの。まるで地域防犯対策に熱心な風紀委員に忠告を受けてるようなの。風紀委員に逆らうとどうなるか？？　無論お後がよろしくないわ。それなんでせっかくパリに来てても、独りきりの時は必ずアグネスの言うことを守って、十一時を過ぎたら街をうろつかずに部屋に籠って大人しくしてるの。「つまらない！　あぁつまらないつまらない！」極めてつまらない人間の顔ってまさしくこういう顔、って顔をしながらベッドに寝転がってリモコン片手にテレビ見るの。稀に前回はたまたまあたしの好きなロミー・シュナイダーとフィリップ・ノワレのフィルム特集だったんで夢中で見てたけど、映画を除いてはフレンチオープンとアニメーションだけが面白いの。本当はニュースが大事なんだけど、いかんせん言葉が速すぎてチンプンカンプンだから、とにかくストライキの情報だけは頑張って聞き取るようにしてるけど、他は映像写真とキャスターの微妙な表情を頼りに一瞬勘繰ってみるだけよ。テレビ番組は以上なの。

その他に面白い番組はないわ。あとは日本でもお馴染みだけど出演者たちが同時に喋るシステムのテレビ討論会とか視聴者に豪華賞金が当たるクイズ番組とか耳掃除したくなるようなまこと下世話で馬鹿々しいメロドラマとかそんなのばっかりよ。それだから――――何だっけ？　そうそう！　今夜はチェリー・ビザルモンが一緒だったんで、心ゆくゆくパリの夜散歩が楽しめたって話ね。そうなのよ！　さっきも言ったようにチェリーと散歩するってのは犬と散歩するよりよっぽど楽なの。だってチェリーの声が途切れたら「セビザール！」ってそれだけ言ってればいいんだからこんなに楽な同伴者はいないわ。そういうことで今夜は、初夏の夜の素敵なパリを思う存分歩くことができたわ。

六月三日

今日は一日独りでブラブラしてたの。やっぱりパリでブラつくとどうしても高くつくし買っちゃうわね。まぁあたしの買い物なんてちびっちゃい物ばかりなんだけれど、どうもあたしっていう人は、もしお金がたくさんあったらキラキラ光るような大きい買い物に夢中になるタイプだと思うわ。そういえばゆうべ散歩してたらチェリーがキラキラ光るちびっちゃいネックレスをくれたの。どんなネックレスかっていうと、ライトアップされた夜のエッフェル塔が満月と仲良く並んでぶら下ってるネックレスよ。ライトアップのキラキラ光る部分がよく見かける何ていうのかしらラインストーンていうのかな？　とにかくキラキラ光る石みたいので、満月がこっちは光らない白い塗りの丸いのなの。これが一緒に細いネックレスの先にちょこんとぶら下ってるんだから、何とも可愛らしいわよ。チェリーの言う通り、エッフェル塔の形がアルファベのAにも見えるから、あたしがつけるのにちょうどいいわ。それにしてもチェリーって気が利いたことするわねぇ。パリの夜散歩にパリの夜景ネックレスなんか用意してくるんだから、そういうところはちいともビザールじゃないわけね。

日本のみんなへのお土産も買ったの。あたしこのみんなへのお土産買いがまた超お好きなわけなの。まずメゾン・ド・ショコラに行ったわ。ここで大人の人たちに一番シンプルな長箱を五箱買ったの。シンプルな長箱ってホラ、中に何も入ってなくて薄くて真四角でそれがウン十枚細長い箱にギッシリズラリと並んでるオーソドックスなやつよ。これだとあたしの周りの大人はみんな喜んでくれるし誰にあげてもお土産として不足がないんで本当はもう二、三箱欲しかったんだけど、一箱が結構ドッシリしてるしそれにお値段の方もなかなか結構シッカリしてるんで五箱が限界だったわ。それから別にもう一箱作ってもらったの。チェリーへネックレスのお礼よ。たった六個選ぶのにえらく時間が掛かったけど、チョコ選びって何を選ぶより心穏やかで知的で奥が深い作業だと思うわ。

お店を出たら、すぐチェリーのアトリエに向かったの。だってチェリーのやつは全部中に何か入ってる凝ったフレーバーのやつだから「今日中に召し上がらないと断然味が落ちますよ」ってそう店員さんが断言したし、明日はあたしアグネスに会うから、チェリーに会ってる暇があるかどうかわからないもの。それで何の連絡もせずにいきなりアトリエを訪ねていったら、チェリーは仕事中にもかかわらず「今すごくお茶がしたかったんだ。アキコがチョコを持ってここに向かってたからだね」クサイこと言って大いに歓迎してくれたの。

チェリーのアトリエでお茶してたらあっという間に四時をまわっちゃったんで、急いであばよを言って次のお土産場に直行する予定だったんだけど、アトリエのドアを一歩出たらそうはいかなかったの。ナンだって魅力的な物品さんが次から次へと視界に飛び込んできて、それでいちいち誘惑されてたらあっという間に七時をまわっちゃったんだもの。それにしても三時間絶え間なしにパリのめくるめく誘惑に引っかかり続けると、心も体も健全に燃焼できるわ。充実した気分で疲れを受け入れられるの。そういうことで、七時をまわったら疲れがドッと出てきたんでホテルまでの道のりが大変だったわ。いくら良性の疲労ったって、足も手もえらく重いんだもの。

そりゃそうよね。今日だってあたし優に弥次喜多くらいは歩いてるし、何だか知らないけど気づいたら紙袋四つもぶら下げてて、そのうちのひとつが妙に重くて別のひとつが妙に大きいんだもの。そういうことで今日のお土産買いは七時でお開きにしたわ。

六月四日

今ベッドでゴロゴロしながら外の雨を眺めてるの。やっぱりパリは雨が多いわね。毎朝午前中の早い時間は決まって雨よ。この雨が気まぐれでねぇ！　ザーザー降りかと思うとパーッと晴れるし、止んだと思って傘を窄めるとまた途端に降り出すし、ってそういう雨なの。パリってとこはだいたい大の昔から毎日こんな天気の繰り返しらしいの。つまりこの気まぐれ雨の長い歴史が、パリの人たちを世界有数の雨上手に仕立てあげたってわけ。その証拠にホラ！　見てよ！　パリの人たちは雨の格好がとても粋だしサマになってるじゃないの！　それにこうしてベッドに寝そべって雨の景色を眺めてると、パリって街はつくづく雨の雰囲気が似合う街だなぁってそう思うわ。雨の雰囲気ってあたし好きだな。大切なことよね。それだからあたしが部屋で寛いでる間はいつも雨が降ってて欲しいわ。

ところでゆうべは夕ご飯も食べないで、お風呂だけ入ると、馬鹿みたいにたくさん寝たの。何時に寝たのか覚えてないけど、起きたのは七時半かそこらよ。つけっぱなしのテレビからボクドラエモ〜ン！　の声がしたんでオッ！　ドラエモン！　つって目覚めたの。敏感な日本人ねぇ！　それからニュースを見てたら、どうやらあたしの怖れてたストライキが始まったらしいの。あたしの聴き取りに間違いがなければ迷惑千万な話よ。それで念のためフロントに行って若い男のスタッフに訊いてみたら、本当の話だって。「あのあたし明日日本へ帰るんだけど明日までに終わると思う？」心配になって乗りだしたら「さぁ、それは何ともお答えできませんね。テレビフランス人ねぇ！

の速報よく見といた方がいいですよ」同情の目つきひとつもなしで若気の他人事みたいな返答するのよ。無感な

午前中は雨とストライキとそれから蟻で終わったの。荷物してたらまた蟻の行列が現われて絨毯のペイズリー柄を勝手に移動させてたの。うっわぁ！　図々しいわねぇ！　それであたし追っ払うのにいいこと思いついちゃった。何だと思う？　あのね、ワサビよ。荷物してたらチューブの本練りワサビがでてきて、約二回分残ってるから捨てていくべきか持ち帰るべきか悩んでたのよ。その練りワサビをね、なにげなく行列の三カ所にムニュムニュ～ッ！　と見舞ってやったの。するとこれが効果絶大だったんで愉快だわよ！　ツーン！　と来たかどうかは知らないけど、とにかく盛った途端に行列がズタズタに崩壊したの。よく見ると、まるで集団貧血でも起こしたようにほとんどの蟻が背負ってた食料を投げ出して、ヨロヨロとヨロめきながら銘々が完全に方向を見失ってる。幽かだけれど悲鳴や搾声のようなものが聴こえる。そして二分も経つと、無数の黒い蠢きはキレイサッパリどこかへ消え去り、絨毯のペイズリー柄が元あった位置にピタッと戻ったの。アァよかった！　これで本練りワサビも使い切ったし、蟻たちの死骸をイヤアな気持ちで片づける手間もないわけね。

午後は約束通りアグネスと会ったの。エクサンプロバンスへ行く時にTGVのホームまで見送ってもらってそれ以来だから、四カ月と三週間ぶりの再会よ。場所はあたしの好きなカフェ・ロスタン。四時の約束だったから一時にホテルを出たの。まずモンマルトルまでチェリーの顔を見に行って、それからまだ買ってなかった比較的小さい人たちや未成年たちへのお土産を済ませたらもう三時だったんで、その足でカフェ・ロスタンへ行ったの。三時二十五分に着いたから余裕で《お先一杯》ができたわ。あたしこの《お先一杯》てのが気に入ってるの。《お先一杯》てのは約束の三、四十分早目に行って、相手が来るまでに一人でする一杯のお茶のことよ。どうし

て気に入ってるかっていうと、これが厄介事を思案するにはもってこいのお茶だからよ。だって人間てね、あたしのような年齢になれば誰しも常に何かしら厄介な事柄を抱えてるものよ。そして大概その中のひとつふたつは何やら時間が迫ってて、早急に思案するべき事柄らしいの。そうでしょ？　つまりね、もう思い出しただけでも頭痛がしてくるような厄介事を、《お先一杯》に持ち込んで思案するってやり方は、我ながらなかなかのセンスだなって思うわ。だってその厄介事思案がどんなに、例えば初期のラロック先生の授業みたいにひどい頭痛を伴う作業であるとしても、三、四十分後には確実に待ち人が現われて、そうすればそこで何もかもハイそれまでよ、言わば終業の鐘を鳴らしてくれるんだもの。あゝありがたや終業の鐘！　あなたなしには！　人生万事終業の鐘と共に去りぬ！　だってそうでしょ？　何につけても終業の鐘がまめに鳴ればこその我が人生よ！　もし終業の鐘がまめに鳴らなかったら、あたしの人生って万事がやたらと長ったらしいわよ！　厄介事思案はもちろんのこと、ラロック先生の授業なんかとてもじゃないけど耐えられやしないわよ！

そういうことで今日のカフェ・ロスタンでは何の厄介事を思案する運命にあったかっていうと、まず日本に帰ってから今後のあたしに係わる厄介事は、蓼科高原の夜空に輝く満天の星ほどあるから手がつけられないの。じゃあ何かっていうと、チェリーよ。何となく急にチェリーとの別れが寂しいのよ。なぜだかわかる？　それがわからないから厄介なのよ。友情過多かしら？　それとも友情の突然変異かしら？　いやあねぇ！　馬鹿みたい！　あらそお？　そんなこともないんじゃない？　そりゃあチェリーはちょっとばかし変わった男だけど、そこがチェリーの魅力なんだし――――え？　何？　チェリーが何だって？　あっちにもこっちにも見えるって？　いやあねぇ！　大丈夫？　え？　何？　チェリーがまるで何だって？　観終わった後もしばらく脳裏に住み着いて離れないディズニー映画の小動物みたいに瞼の裏にちょこまかしく宿ってるって？　いやあねぇ！　それトムとジェリーのジェリーじゃないの？　え？　違うの？　絶対にチェリー？　あ、そう。ホラいた！　チェリー！チェリー！　あ、ホントにジェリーだ！　あ！　消えた！　と思ったらホラそこ！　うっわぁ！　チェリーがジエリー！　じゃあトムはあたし！　アッハッハ！　馬鹿馬鹿しいわねぇ！！

話が逸れたけど、アグネスは四時十分頃カフェ・ロスタンに現われたの。アグネスが視界に入るや否や、約四十分間あたしの脳裏をジェリー顔負けのちょこまかしさで走鼠してたチェリーの面影がスーッとどこかに消え去り、脳裏ってものの存在すら感じなくなるんだからやっぱり終業の鐘ってありがたいわねぇ！　ところでアグネスは今日もモンマルトルからサン・ミッシェルまで自転車で来たの。アグネスとカフェで待ち合わせて、約束の時間頃店の周囲を怪しげに歩き回る小柄の黄ヘル女を見たら大抵アグネスよ。自転車を繋いどくための木だかポールだか低い鉄柵だかを物色して歩き回ってるのよ。今日？　今日はあたし頭の中がボクボクチェリーマウスで大変だったから気づかなかったんだけど、どうやらアグネスの自転車の方もストライキでボクボク大変だったらしいわ。アグネスが言うにはどの道も自転車でごった返してて、それでもって今日はナンタラン通りからサン・ジェルマンまでずっとフルスピードの長い集団に取り囲まれて走ったもんだからこれが走り難いのなんのって！　ツール・ド・フランスじゃあるまいヒ、フ、ウエッション！　ち、ちょい洟！　チーン！　って。ストライキっていえば「明日ちゃんと帰れるかなぁ？」あたしが心配になって呟くと「飛行機は動いてるから大丈夫よ。でも空港までの道路が渋滞するから一、二時間余裕持ってホテルを出た方がいヒ、ヒョ、フ、フヘッション！痛！」特大クシャミと共に両膝頭で思い切りテーブルを突き上げるという荒技に次いで、チ、チチチ、チーン！もう一回、今度は鼻っ面のムズ痒いを丹念にグリグリしごきながら洟をかんだの。何でも最近自転車で三、四十分走るとその後一時的に鼻がアレルギーになっちゃうんだって。自転車走行後鼻アレルギーか。どこがってわけじゃないけどどことなくアグネスらしい症状よね。

アグネスの鼻アレルギーはさておき、カフェ・ロスタンで五時過ぎまでお茶したんだけど、ベルナールとジャクリーヌが元気って話からある映画の話になって、そしたらアグネスがその映画に主演したフィリップ・ノワレの演技の素晴らしさと彼の持つ妖精的な能力だかマァそんなような不思議な魅力について熱く語り始めたの。と、それがまたすぐ別の映画に逸れてホラ！　主演した女優の名前がホラ！　何だっけ？　あのイタリア人の！　ビスコンティの映画にボクボク出ててホラ！　あの名女優！　もちろん綺麗な人！　でもただの綺麗じゃないあの端正な顔立ちにはそう、独特の気品と強さとそれから何というか圧倒的な神秘の影みたいなものが感じられるのよねぇ！　ホント！　そうそう！　で、何ていう人だっけ？――ええとね、待って！　わかってる！　あの人でしょ？　あのホラ！　ク、ク、クラウディア？　違う違う！　もう一声！　えええ、と……ううむ！

それで結局あたしたち最後までシルヴァーナ・マンガーノの名前が思い出せなかったんで、そこで話がピタッと止まっちゃったの。わかるでしょ？　度忘れの膠着。出口を失った空気の停滞感。これに嵌まっちゃうと思い出すまでは他のどんな話にも身が入らないものよ。しかもね、実はあたしたちシルヴァーナ・マンガーノの名前を思い出せないってのは三度目なの。だから今日はそう簡単に諦められないわ。今日こそこのモヤモヤを解消してイタリアの大女優の名前をメモしておかなくちゃ、明日スッキリとした気分で帰れないわよ！　え？　他の話？　だから他に話っていう話はしなかったの。それよりあたしたちのテーブル周りは度忘れの空気が蔓延しちゃってて、この空気の中じゃあ思い出せるものも思い出せないし、思い出せないうちは他のどんな話も弾みやしないから、とにかくひとまずここを出ようよ！　場所を変えようよ！　あぁそうね！　賛成賛成！　ってことでカフェ・ロスタンを出てあたしたちが新鮮な空気を吸いに向かったのは、言うまでもなくリュクサンブール公園よ。だってリュクサンブール公園ていうのはカフェ・ロスタンの真っ正面にあるんだし、それにあたしカフェ・ロスタンに行ってリュクサンブール公園に寄らなかったことも、リュクサンブール公園に行ってカフェ・ロスタンに寄らなかったこともないわ。カフェ・ロスタンに行けば必ずリュクサンブール公園に寄るし、リュクサンブール公園に行けば必ずカフェ・ロスタンに寄るの。つまりあたしにとってカフェ・ロスタンとリュクサンブール公園てのは心地好さの点において至極しっくりと連係する雰囲気があるわ。アグネス？　アグネスもカフェ・ロスタンは滅多に来ないけどリュクサンブール公園はよく来るって。晴れた休日にリュクサンブール公園のベンチで長々と考え事をするのが大好きだって。

リュクサンブール公園のベンチであたしたちが話したことを正確に書けるほどアグネスの言ったことを理解したわけじゃないから概ね省略するわ。つまりとりとめのないお喋りくらい難しいフランス語ってないんだもの。今日なんか帰国前日だってのにえらく面倒なのにぶつかったわ。っていうのもアグネスがベルナールの病院の話をし始めて、そこからお互いやお互いの家族の持病や病歴はたまた治療や薬の話になったからなの。この一連の話の中であたしが自信を持って理解したと言える単語は唯一《歯科》だけよ。あとはまったく言えやしないし、アグネスの言うこともサッパリチンプンカンプンなんで、仕方がないから通り掛かりの男の子が捨てていった木の枝を拾ってきて、あたしがこの会話を続行するために一番必要と思われる、そう《ヒトの形と内臓の図》を地面に描いたの。ツーツツーッとこうかな？　ヒトの内臓って描いてみると結構これも難しいのよねぇ。するとアグネスったら心臓はもっと真ん中だとか胃の向きが反対だとかって横でいちいち難癖つけるんだもの、お蔭でただでさえややこしい話がなおさらややこしくなって、しまいには何が何だか訳がわからなくなっちゃったじゃないの！　オララ！　フィニフィニ！！――――と、その時よ！　あたしの口が「シルヴァーナ・マンガーノ？」って動いたのは！　たらアグネスが「ああ！　シルヴァーナ・マンガーノ！　アキコ！　そうよ！　シルヴァーナ・マンガーノよ！　メモメモ！　メモしとこう！」って紫のポシェットからササッと鉛筆手帳を取り出してすばやくメモしたんで、あたしも慌ててポケットに入ってたエールフランスのボールペンで左の手の平にシルバナって書いたの。あいにくパスポート以外に紙らしい紙の持ち合わせがなかったもんで。それにしてもシルヴァーナ・マンガーノが思い出せて本当に何よりよ！　これで明日はスッキリとした気分で帰ることができるわ！　それから？　それから七時頃まであたしたち場所を変えずに何かとペチャクチャ喋ってはいたんだけど、さっきも言った通りあたしはアグネスの言うことを理解した上で喋ってるわけじゃないから、つまりどの話もことごとく尻切れトンボなの。辛うじて尻切れなかった話題っていえばアグネスのダイエット話、これだけよ。アグネスが今ダイエット中で、今日も朝からキウイ一個しか口にしてないって話。「守れてる？」あたしが疑惑絡みの細目で囁いたら「当然当然！　でもアキコにはできないよ！」ハ？　何か知ったようなこと言うじゃない！　それなんで「何であたしにはできないって言えるのさ？」いったいアグネスがあたしの何を知ってるのか訊いてみたら「アキコは一度に四個も食べるからよ」ってそんなこと知ってるの。ま！　よく見てるわねぇ！

　アグネスがダイエットするのは自由なんだけど、今日の夕飯が此度フランスにおける最後の晩餐になるあたしにとっては実に味気ない話よ。だってあたしアグネスと今夜どこに何を食べに行こうか？　って相談するのを楽しみにしてたんだもん。それなのに今日会ってみたらアグネスは、キウイダイエットの最中だから今夜食べない、もし食べるとしてもほんの少し、そうね、小鳥のエサぐらいそれしか食べない、ホントにホント、って言うんだから、そう言われちゃアあたしのお楽しみはおじゃんよ！　でもアグネスが食べないからってどこも行かずにサヨナラはないわ。それじゃあまりに味気ないもの。それなんで「じゃあ軽い雰囲気の店で軽く何かつまみながら軽く乾杯しない？　それならいいでしょ？」あたしにしては珍しくシルクタッチな笑みをこさえて勧誘したら、あたしのシルクタッチに挑発されたのか、アグネスもいつになくエレガントな微笑みを浮かべて「ええ。それなら喜んで」やけに気取るから、アグネスのそういうところが可笑しいわよ。「決定！　そうと決まればさっそくお店探そうよ！」「どっちに行ってみる？」「あっちにしない？」ってことでサン・ミッシェル通りをソルボンヌ側に渡り、一本裏手の道をブラブラ歩いてみたら、突き当たり石壁の静寂伝いにこじんまりと佇むカフェレストランがあって、黄色いパラソルで設えた小テラスから微かに漏れてくるようないくつかの優しいさざめきが今日のあたしたちのフィーリングにピッタリだったんで、すんなりその店に決めたの。店選びの要は何といってもテラスよね。テラスの感じがよけりゃあ、とりあえずテラスの居心地だけは保証されるんだものね。

　そういうことで此度フランスにおける最後の夜の数時間を、近隣ソルボンヌの石壁にもたれながらアグネスと過ごしたの。席に着くなりアグネスが「あたしお酒じゃなくてペリエで乾杯するけどいい？」またつれないこと言うんで、多分そんなこと言いだすんじゃないかと予想してたあたしが「アグネス！　そんなこと言わないでこの乾杯だけはあたしに免じて白ワインにしてちょうだいよ！　あたし今夜はよく冷えた白ワインでアグネスと乾杯したいんだからあ！」ぜひ〻お願いしますうのスリスリ顔で迫ったら「そ、そお？……わかった！　じゃあ今夜だけはアキコのためにそうしますか！」さすがに観念して一緒に白ワインで乾杯してくれたの。そこまでは大変結構だわ。ところで白ワインの栄養価だか熱量だかがアグネスのダイエット効果をどれくらい妨げるのか、そんなことあたしの知ったこっちゃないんだけど「ハイカンパ〜イ！」っていったん乾杯したら「おかわり！」「おかわり！」ってダイエット中のアグネスのおかわりがどうにも止まらないってのはいかがな現象かしら？　何杯おかわりしたかって？　五杯よ！　つまりアグネスは白ワイン六杯飲んだの！　あれじゃあねぇ！　え？　あたし？　あたしは二杯よ。あ、そうじゃなくて？　え？　あたしが？　まさか！　勧めちゃいないわよ！　それどころか何べんも止めたわよ！　そりゃそうよ！　今夜の支払いはあたしが持つんだもん！　それになんだか心配だもん！　しかしね、あの飲みっぷりから察すると一日にキウイ一個よなんて威張ってるけどそんなこたない、あたしの勘ではおそらくキウイ一個の他にボクボクいろんな物を口にしてる！　いえホントに！　嘘だと思うんなら直接アグネスに訊いてみ――あぁ！　ダイエット中の女って嘘つきだからねぇ！　たとえ食べても素直に白状しやしないからねぇ！　でも大概そうなの。食べてないって断言する女ほど実は食べてるんだから！　それでやんわりと事を追求しようもんなら、昨日は特別だとかあれはいいのとか、果てはアラ全然記憶にないわ！　そらもうサラリと言ってのけるんだから。ダイエット中の女って最強のご都合だわよ！　ま、いいわ。要するにあたしが心配したのはアグネスのダイエットどうのこうのなんかじゃなくてアグネスの帰り道、つまり自転車の飲酒走行よ。だって日頃お酒はほとんど飲まない上にキウイダイエット実践中（かしら？）のアグネスが、午後七時のすきっ腹（かしら？）にいきなりハイピッチで六杯の白ワインでしょ？　六杯目の途中に立ったトイレから戻ってくるアグネスの足取りを見てたら新橋のサラリ、いえ確実にフワフワしてたもの。そのフワフワが自転車を漕ぎ漕ぎしてストライキまっ最中のパリの夜道をはるばるモンマルトルの坂の天辺まで帰るっていうんだから、今夜だけは飲んでちょうだいよ！　なんて言って飲ましたあたしが心配するのも無理はないわよ。アグネスがフワフワの漕ぎ漕ぎで帰り道何か事故でも起こそうもんなら、せっかくシルヴァーナ・マンガーノが思い出せたってのにスッキリとした気分で日本に帰れやしないもの。それにはっきり言ってアグネスはシラフでもフワフワなの。だから余計に心配なのよ。シラフでもフワフワってのはどういうことかっていうと、アグネスが自転車に跨ると両足とも宙にフワフワ浮いちゃって地面を掠りもしないってこと。それで地面に足を着ける時は相当な角度に自転車を傾けるもんだから、いい年齢をした女がおしっこ犬の片足上げ姿勢にそっくりなんだけど、マァそんな形になってやっと右足の親指がすれすれ地面に届くってことなの。それだものホラア！　やっぱりいくらあたしにぜひ々の手ぐすねスリスリされたからって、そこはダイエット女の意地とプライドで断固ペリエにしとけばよかったのよ！　そうしとけばあたしだって、そうあたしだって此度フランスの最後の最後にサンジェルマン通りのカフェテラス前で小恥ずかしい思いをせずに済んだのよ！　あのさ、車道と歩道の段差にガクンときたことある？　じゃあその拍子に膝がフニャリとお行儀よく畳まっちゃったことは？　あれ小恥ずかしいわよぉ！　あたし見事に畳まっちゃったの。帰りアグネスを見送るのに歩道と車道の間を爪先立ちでウロチョロしてたら、ガクンときてフニャリよ。あの瞬間？　あるいは次の瞬間？　あたしの周囲に笑いの破裂音が弾けたような気もするし弾けたなかったような気もするんだけど、弾けたんかしら？　弾けなかったんかしら？　どっちだったかしら？　あぁ！　人の多い場所で小恥ずかしい思いをするとこれだからヤアよねぇ！　後になってその時の周囲の反応が妙に気になるんだから！　え？　それで？　それでもちろん即刻その場を去ったの。アグネス？　アグネスは無事だったわ。ついさっきあたしがベッドでストライキ情報の停滞にうつらうつらしてたら電話があったの。その電話がね、無事を知らせる電話かと思いきやそうじゃないのよ！　じゃあどんな電話だったかっていうと、この内容が衝撃的かつ画期的よ！　あたしまったく驚いちゃった！　何にってあのね！　アグネスってアグネスじゃないんだって！　アニエスなんだって！　AGNESって書くのにフランス語じゃGは発音しないんだって！　あたしそれを聞いて、そういやそんな気がしなくもないと思って「なるほど、そういうことか」学習的雰囲気に満ちた籠り声でつぶやいたらアグ、いえアニエスが「アキコ〜！　エクサンプロバンスで何を勉強してきたの？」って言ったんだけど、このうんざり声と急に機嫌を損ねた教育者がにべもなく言い放つような口調がジャクリーヌそっくりなんだから、親子って変なところが似るものねぇ！　あぁ！　あぁ！　それにしてもアレよ！　だってあたしアグ、いえアニエスと知り合ってからかれこれ二年が経つってのにずっとアニエスをアグネスって発音してたんだからどう考えてもアレじゃないの！　アレってアレよ！　ほら！　ええと――――何だっけ？　べ、べ、べべべ――――そうだベットよ！　bête って書いてベットって読むの！　そう！　ベット！　ベット！　ラロック先生が毎日何度となく用いてたあの懐かしきベットよ！　あぁ！　思い出した！　思い出せてよかった！　これが思い出せなかったらあたしせっかくシルバナが思い出せたってのにスッキリとした気分で日本に帰れやしないし、それに此度フランスにおける最後のベッドでベットが思い出せないばっかりに朝まで一睡もできなかったなんて、そんなベットな話は絶対にあっちゃならないわよ！

六月五日

今シャルル・ド・ゴール空港。何もかも済ませて後は表示板のパタパタパタが出たら飛行機に乗るだけよ。そのパタパタパタを待ちながら最終ロビーでアメリカンを啜ってるわけなんだけれども、この酷くまずいアメリカンが此度フランスで啜る最後のコーヒーかと思うと、急にフランスの空気が愛おしくなってしごく離れ難い気持になってくるもんだわ。

それにしても、日本に帰ったら家族や親戚や友達があたしの留学生活についていろんなことを聞きたがるだろうし、また実際聞いてくるはずよ。そのあだこだを想像すると今から何となく気がサワサワしてきちゃうんだけれども、それはきっとあたしがこのフランス滞在で多くを学べなかったからだと思うの。つまりね、あたしこのフランス留学でひとつ学んだ事があるわ。それは何がっていうと、あたしっていう人が五カ月間フランスに留学すると紙代が馬鹿にならないってことなの。だってあたしフランスに来てからというもの、何でもかんでも書き出したら止まらないわ。いつでもどこでも何時間でも書くもんだから、何しろ紙の減り具合がえらく早かったの。フランスってメチャクチャ紙の値段が高いでしょう？　だからこの五カ月間でいったい紙にいくら使ったのか考えるとゾッとするわ。ところであたしこの紙代を無駄遣いだなんて思っちゃいないのよ。それどころか、あたしにとって稀に意味のある出費だと思うわ。だってあたしがおばあさんになってこの日記を読み返すことがあれば、少なくとも三、四日はタダで暇潰しができるんだし、それに半年も経てば、読んだことも内容もすっかり忘れちゃってまた最初から新鮮な気持ちで読み返せるんだから、それを何度も繰り返してやってれば、わざわざお金を掛けて外に暇を潰しに行く必要がないわけだわ。

さぁ！　もう行かなくちゃならないわ！　パタパタが始まったの！　パタパタパタパタパタパタ……ああ！　空港のパタパタ表示が時を駆け巡る馬たちの足音に聞こえるなんて、なんだかとてもジーンとくるじゃないの。いわゆるこれが走馬灯のようにってやつね。それに馬たちの姿が随分と歪んで見えるのは、込み上げてくる熱い涙のせいってやつよ。ああ！　胸がいっぱいってこういうことね。まもなく終わるであろう特別な時間の存在とこれから形になるであろう溢れんばかりの情感との間で、今ここにあるであろう言葉を手繰り寄せながら立ち尽くす搭乗者が味わう数瞬間的心境のことよ。数瞬間っていうのは馬駆け巡るパタパタ表示がそういつまでもパタパタやってるわけじゃないからで、言葉っていうのは……そう、言葉っていうのは、記憶という夢想のなかへ過ぎ去ろうとしているかけがえのない時間に捧ぐべき別れの言葉なんだから、できるだけ美しくありたいわよ。だけど別れの場面にかぎっては、言葉より思いそのものが大切だってことを忘れちゃならないわ。それがどういうことかっていうのは別れのシーンが印象的な名作映画を見ればよくわかることよ。つまりね、あたしこの思いをうまく言えないんだけど、この五カ月に存在した時間のすべてが、いえ、五カ月という時間に存在したもののすべてが、多様な輝きを放つ無数の面で構成された一個の宝石のように感じられるの。もちろん無数の輝きはパリの物静かな光のようでもエクサンプロバンスやカンヌの強くてキラキラした光のようでもあるんだけど、それだけじゃなくて、もっといろんな光のようでもあるのよ。いろんな光……これが何を意味するのか今はわからないわ。そして今わからないことだけがいつか必ずわかることだってことぐらいあたしにだってわかるの。わかりやすく言えば、これらのことは時が経ってから徐々にわかってくることよ。たとえば数カ月後の頭冴えやすい木曜の早朝あたりに、ふとその手掛かりらしきものがぼんやり見えてくるはずよ。それらは次第にはっきりと見えつつある星々のごとく初々しく、その背景に広がる明るい夜空のような宙は過ぎ去った時間の存在そのものであるかのごとく果てしなく、星々を湛えた明るい夜空のような宙は膨大な想念に値するがごとき夢々しく、要するに、人生というものが夢と現実の混合体であることを強調するかのごとく、あたしのなかに未知数の間居続けるの。ああ！　人生ってものはいつも堂々巡りする謎々しりとりのごとく感じられ、それが時々しごく魅力的に思えるから厭きないわよ！　人生はフランス語でラヴィ。それ以外の単語がひとつも浮かんでこないのは、あたしの目にNARITAの文字が映り始めたからよ。あたしが走馬灯や人生の情景を思い巡らしているうちに、パタパタ表示の更新が完了したらしいの。ってことは、いよいよこの日記もおしまい。だから此度のフランス滞在を通じてあたしが関わった何もかもに別れを告げなくちゃならないんだけど、別れにつきまとうはずだった耐え難き悲しみは今この瞬間までにさんざん味わったせいで、思ったより爽やかに別れを告げることができそうだわ。あたし嬉しいな。だって爽やかな別れのやりとりにはたいてい再会の約束が取り交わされるじゃないの。再会か。運命的な言葉ね。いいわ。約束する。そうと決まれば――――ってのはどう？　フフフ、空港のアナウンスって必ず別れ際の一番肝心な部分を掻き消すようにできてるんだから愉快よ。ところで今のアナウンスだけど、最後の最後にあたしの聞き取りが正しければ、なんとなくあたしが乗ろうとしてる飛行機の搭乗案内だったような気がするのよ！　ほら！――――ね？　そういうわけだからあたし本当に行かなくちゃ！　じゃあね！　さよなら！　さよなら！　また会う日まで！

著者について——

上島周子（うえしまちかこ）　蠍座。好きな作家はレーモン・クノー。好きな言葉は「冒険」で、最も好きな夢想は「魂の大冒険」である。『ニボアンヌ』が初の小説。

装幀――滝澤和子

ニボアンヌ

二〇一六年二月一五日第一版第一刷印刷　二〇一六年二月二五日第一版第一刷発行

著者――上島周子

発行者――鈴木宏

発行所――株式会社水声社
東京都文京区小石川二―一〇―一
郵便番号一一二―〇〇〇二
電話〇三―三八一八―六〇四〇
FAX〇三―三八一八―二四三七
郵便振替〇〇一八〇―四―六五四一〇〇
URL: http://www.suiseisha.net

印刷・製本――ディグ

ISBN978-4-8010-0150-3